로크미디어가
유혹하는
재미있는 세상

ROK
MEDIA
로크미디어

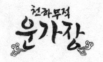

천하무적
윤가장

천하 무적 운가장 3

2023년 5월 11일 초판 1쇄 인쇄
2023년 5월 16일 초판 1쇄 발행

지은이 운천룡
발행인 강준규

기획 이기헌 왕소현 박경무 강민구 조익현
책임편집 금선정
마케팅지원 이원선

발행처 (주)로크미디어
출판등록 2003년 3월 24일
주소 서울시 마포구 마포대로 45 일진빌딩 6층
Tel (02)3273-5135 Fax (02)3273-5134
홈페이지 rokmedia.com **E-mail** rokmedia@empas.com

© 운천룡, 2023

값 9,000원

ISBN 979-11-408-0923-3 (3권)
ISBN 979-11-408-0920-2 04810 (세트)

차례

제一장   7

제二장   77

제三장   145

제四장   211

제五장   275

제一장

태성은 무언가를 골똘히 생각하고 있었다.

'뭔가 찝찝하단 말이야? 자꾸 이런 일들이 벌어지는 것이…… 내가 뭔가를 놓치고 있나? 하아.'

무언가 머릿속을 간질거리며 기억이 날 듯 말 듯한데 기억이 나지 않자 짜증이 나기 시작했다.

'안 되겠어. 안 쓰던 머리를 쓰려니 골이 빠개지겠다. 자꾸 이런 일들이 벌어지니 머리 쓰는 놈을 하나 고용하든지 데려오든지 해야겠군. 가서 사형들과 의논해 봐야겠다.'

그리고 자리를 박차고 일어나 무광과 천명이 있는 천막으로 걸음을 옮겼다.

"그러니까 머리 쓰는 놈을 한 명 부르자?"

"네! 사형. 자꾸 머리를 써야 할 일들이 생기네요."

"흠, 네 말도 맞긴 하는데……."

"중원 지리도 잘 알고 중원에 있는 문파들에 대해 빠삭하게 아는 놈이 필요합니다."

"그래, 그렇게 하자. 우리가 그런 자잘한 것까지 신경 쓸 위치는 아니지."

무광이 손뼉을 짝 치며 결정을 내렸다.

"그럼 누구를 데려오는 게 좋을까요?"

"그래도 얼굴이 알려진 놈을 데려오는 게 편하지 않을까요? 나중에 일이 생기면 그래도 얼굴 알려진 놈을 보내는 게 일 처리도 수월할 것 같고……."

그러자 천명이 무언가를 생각하더니 말했다.

"이번에 온 놈들이 벽검문이라 했다고?"

"네! 아시는 문파인가요?"

"음, 몇 번 신세를 지기는 했지. 조언도 좀 해 주고……. 그런데 이런 일을 할 문파가 아닌데……."

"무슨 문파의 영광을 위해 어쩔 수 없이 해야만 하는 일이었다고 하더군요."

"그렇게까지 쪼들리는 문파도 아니었는데…… 암튼 벽검

문의 문주를 잡아 오라고 시켰다고?"

"네! 아무래도 머리를 잡아 와서 물어보는 게 가장 빠를 것 같아서요."

"그럼 아쉬운 대로 그놈을 데리고 다니자. 머리도 나름대로 비상하고 대처도 기가 막히게 잘하는 놈이라 나도 그놈 말발에 몇 번 넘어갔어."

"오, 그 정도예요?"

"응. 말발로 문주를 먹었다고 해도 믿을 정도야. 거기다가 아는 것도 많아서 그놈이랑 대화하면 즐거웠지."

"그래도 한 문파의 수장을 끌고 다니기는 좀 그렇지 않아요?"

태성이 찝찝한 듯이 말하자 가만히 듣고 있던 무광이 버럭버럭하며 화냈다.

"그렇긴 뭐가 그래? 우리에게 칼을 들이밀고도 살아난 것을 감사해야지!"

"맞아! 감히 사부님이 계시는데 습격을 해?"

천명 또한 분노를 토해 내며 말했다.

태성은 그 모습을 보며 고개를 흔들었다.

그렇게 날이 밝고 표행은 계속되었다.

다시 저녁이 되고 야영을 시작했다.

털썩!

무광과 사형제들이 술을 한잔하고 있는 천막 바닥에 꿈틀거리고 있는 포대 자루가 놓였다.

"읍읍읍!"

포대 자루 안에서 알 수 없는 신음이 들렸다.

"저놈이냐?"

"네! 벽검문 문주입니다."

그리 말하고 칼을 뽑아 포대 자루를 잘랐다.

자루에서 굴러 나온 중년 남자는 입에 재갈이 물려 있었다.

자다 끌려왔는지 잠옷을 입고 있었고, 반항했는지 여기저기 멍든 흔적들이 보였다.

"허허, 그래도 어느 정도 실력이 있는 놈이었는데……. 저렇게 깔끔하게 데려온 것을 보니, 사제 부하들의 솜씨가 짐작이 가는구나."

천명이 웃으며 자신의 부하들을 칭찬하자 태성이 웃으며 말했다.

"아유, 사형도 참! 우리 애들이 좀 하죠! 대사형네 부하들도 이긴 정예 아닙니까? 정예!"

"아씨! 야! 그 얘길 왜 또 꺼내!"

"대사형, 진실을 말했을 뿐인데 왜 그리 발끈하십니까?"

"천명이 너도 왜 쓸데없이 칭찬하고 있어! 빨리 심문이나 할 것이지!"

벽검문 문주는 지금 이게 무슨 상황인지 갈피를 잡지 못하고 있었다.

잘 자다가 습격을 당해서 끌려온 것도 억울해 죽을 판인데, 비겁하게 습격한 놈들을 칭찬하며 낄낄거리는 저놈들을 보니 다시 분노가 솟구쳤다.

"읍읍읍읍!"

무언가 화난 듯한 신음이 들려왔다.

"어라? 저놈 왜 이리 팔팔해? 야, 어찌 된 거야?"

태성이 갈파랑에게 묻자, 갈파랑이 머리를 긁적이며 말했다.

"술에 취해 곤히 자는 놈을 몇 대 쥐어박고 데려왔더니 아직 정신 못 차린 것 같습니다."

그 말에 무광이 흥분하며 말했다.

"저 봐, 저 봐! 실력으로 데려온 게 아니네. 자는 놈 그냥 업어 온 거네. 심지어 술까지 취한 놈을 데려온 거네."

무광의 말에 갈파랑이 오히려 당황해서 쩔쩔매고 있었다.

두 거물의 싸움에 자신의 의도와는 다르게 끼인 것이다.

"아니라니까요! 야! 이따가 저놈이랑 대련해! 아주 묵사발을 만들어 버려!"

졸지에 오밤중에 운동하게 생긴 갈파랑이었다.

"으으으으읍브브읍읍!"

자기 얘기가 나와서인가? 격하게 신음을 내며 얼굴이 벌게진 벽검문의 문주였다.

"뭐지? 이놈은? 상황 판단이 안 되나? 왜 이렇게 당당하지?"

신선했다.

보통 자신이 잡혀 오면 살기 위해서라도 자신을 잡아 온 자들에게 잘 보이기 위해 노력을 하거나 최대한 신경을 거스르지 않게 조용히 있는 것이 일반적인 반응이었다.

근데 벽검문주는 아니었다.

오히려 눈으로 화를 내며 이쪽을 바라보고 있었다.

"야야! 저거, 저거 눈으로 욕한다. 재갈 풀어 줘 봐라. 뭔 말 하나 들어나 보게."

태성의 말에 벽검문주 입에 있던 재갈이 풀렸다.

"네 이놈들! 내가 누군 줄 알고 이런 짓을 하는 것이냐! 내 뒤에 누가 있는지 안다면 네놈들이 지금 무슨 짓을 했는지 땅을 치고 후회할 것이다!"

그렇게 말하며 생선으로 치면 갓 잡아 올린 놈처럼 문주의 몸은 싱싱하게 퍼덕이고 있었다.

"지금이라도 늦지 않았다! 이 오라를 풀고 각자 팔 하나씩 자르고 용서를 빈다면 내가 너그러이 용서할 의향도 있다!"

"네가 누군데?"

태성이 코를 후비며 물었다.

그 모습에 잠시 얼이 빠져 있던 문주는 이들이 자신에 대해 잘 몰라서 지금 이러한 행동을 하고 있다고 생각을 했다.

천하무적
윤가장

"나는 대벽검문의 문주이다! 또한 감숙일검(甘肅一劍) 장허다! 내 이름과 별호는 들어 봤을 테지!"

그러한 외침에 시큰둥한 표정으로 자신의 코에서 나온 딱지를 동글동글 말며 '모른다'고 답하는 태성을 보며 당황했다.

"내, 내 뒤에는 무림맹이 있다! 중원 최강의 단체인 무림맹 소속 문파다! 나를 건들면 저 무림맹이 너희들을 가만두지 않을 것이다!"

이번엔 무림맹을 거론하며 큰 소리로 외쳤다.

이제 저들이 화들짝 놀라며 자신의 오라를 풀고 용서를 빌 것이라 여겼다.

하지만…….

"무림맹이 뭐? 무림맹이 여기 오기 전에, 점혈(點穴) 돼서 힘도 못 쓰는 네놈 하나 죽이는 게 뭐 어려운 일이라고…….

코딱지를 문주의 얼굴에 튕기며 답하는 태성을 보며 '이게 아닌데'라는 표정으로 당황하는 문주였다.

"그, 그래. 내 인정한다. 지금 내 상황을 제대로 파악 못 하고 너희들에게 잘못 말한 것 같다. 나, 나는 검황께서 손수 지도해 주신 제자다! 너, 너희들은 지금 검황님의 제자를 건드리고 있는 것이다!"

문주의 말에 천막 안의 모든 사람이 천명을 바라봤다.

"아, 아니야! 저딴 제자 없어!"

천명이 당황하며 큰 소리로 외쳤다.

문주 장허는 천명이 한 소리를 듣고도 저자가 왜 저러나 하며 이해하지 못했다.

"내가 넓은 마음으로 오늘 일은 없었던 일로 하겠다! 그, 그래! 다시 눈을 가리고 포대에 나를 담아서 문파 앞에 데려만 다오. 내 아무 일 없었던 것처럼 지나가겠다."

"뭔 개소리야. 우리 얼굴 다 봐 놓고."

태성이 어이없어하며 웃었다.

"어, 얼굴은 봤지만…… 너희들의 정체는 내가 모른다! 이 넓은 중원 천지에 비슷한 얼굴이 얼마나 많은데 내가 너희를 찾는단 말이냐. 그, 그런 걱정일랑 하지 말고 어서 보내다오."

점점 애원조로 바뀌는 장허의 목소리였다.

"아항! 우리 정체? 우리 정체도 알려 줄게. 우리 정체는 말이야."

태성이 정체를 말해 주려 하는데 갑자기 장허가 고래를 마구 휘저으며 큰 소리를 냈다.

"에베베베베베벱! 어버버버! 안 들린다! 안 들린다! 나는 아무것도 안 들린다!"

정체를 들으면 무조건 자신을 죽일 것이라 생각을 했는지 필사적으로 듣지 않으려고 노력하는 문주였다.

하지만 그러한 노력도 무용지물이었다.

태성이 장허의 고개를 꽉 잡고 귀에 대고 아주 친절하게 말해 주었기 때문이었다.

"우린 천룡표국이야. 이제 알겠지? 네가 왜 잡혀 왔는지?"

이 상황이 재밌는지 아님 문주의 행동이 재밌는지 반달눈이 되어 즐거운 표정을 짓는 태성이었다.

반대로 문주는 큰 충격에 빠졌다.

'천, 천룡표국? 천룡표국이라니? 어떻게?'

"자, 이제 네가 아는 모든 것을 말해야 할 거야. 그렇지 않으면…… 알지?"

저들을 보아하니 자신이 보낸 부하들은 이미 모두 잡힌 것 같았다. 그러지 않고서야 자신을 잡아 올 이유가 없었으니 말이다.

태성의 말에 고개를 끄덕였다.

복수든 뭐든 일단 살아야 할 것이 아닌가.

"누구야? 이 일을 시킨 놈이? 무림맹이야?"

순간 당황했다.

정체를 한 번에 맞혀서 당황한 것이 아니고, 이 일을 시킨 자가 무림맹 소속이었기에 무림맹이라고 해야 하는지 아니면 그 소속을 말해야 하는지 헷갈렸기 때문이었다.

무림맹에 소속이 돼 있으니까 무림맹에서 시킨 것이라고 해야 할까?

'그래 무림맹이라고 해야겠다. 무림맹이라는데 지들이 어쩌겠어?'

"무, 무림맹입니다! 무림맹에서 이 일을 처리해 주면 뒤를 봐주겠다고 했습니다!"

"또 무림맹이야? 야! 너희들 이리 와 봐!"

'또? 그럼 이전에 누군가 우리처럼 왔었다는 말인데?'

태성이 또라고 하면서 누군가를 부르자 문주가 눈동자를 굴리며 생각했다.

그렇게 불려 온 애들은 태성이 문주를 아느냐고 험악한 표정으로 묻자, 문주를 보고 고개를 저으며 말했다.

"저, 정말 모릅니다! 벽검문이라는 곳이 있는지도 몰랐는데…… 저희가 어찌 저 사람을 알겠습니까? 진짜입니다!"

태성은 문주에게 오 조 쟁자수들을 가리키며 말했다.

"얘들도 무림맹에서 온 애들이거든. 얘들은 아예 무림맹 소속이야. 그런데 너를 모른다네? 그럼 나는 누구 말을 믿어야 할까?"

태성의 말에 장허가 놀란 얼굴로 쟁자수들을 쳐다봤다.

'아니, 무림맹 소속인 줄 알면서도…… 잡았다는 거잖아. 이놈들 정체가 뭐지?'

그렇게 생각을 정리하고 있는데 머리에 엄청난 고통이 밀려왔다.

빠악!

"이 새끼가 사람이 말하는데 딴짓을 해?"

대답을 안 하고 멍하니 있자 열받은 태성이 문주의 머리를 후려갈긴 것이다.

"맞습니다! 정말 무림맹에서 시킨 것이 맞습니다! 다만 저는 무림맹에 있는 어느 상단에게 의뢰를 받았습니다!"

"상단? 상단이라고? 가만…… 혹시…… 그 상단 이름이 천금상단이냐?"

태성은 자꾸 무언가 떠오를 듯 말 듯했던 것의 정체가 떠오르자 인상을 찡그리며 물었다.

"헉! 그, 그렇습니다. 어찌 아셨는지…….”

문주의 입에서 확실한 답이 나오자 천막 안에 엄청난 살기가 뭉게뭉게 피어올랐다.

"그 새끼……를 진작 잡아 죽였어야 했는데…….”

"그러게 말입니다. 목표는 역시…… 국주님……이겠죠?"

태성은 쟁자수들을 노려보며 물었다.

"야, 너희도 저 상단에서 의뢰해서 온 거냐?"

그 말에 쟁자수들은 손을 내저으며 필사적으로 말했다.

"아, 아닙니다! 저희는 군사님이 직접 명령을 내리셔서 온 겁니다! 정말입니다."

쟁자수들의 억울함을 호소하는 외침을 뒤로하고 태성이 무광과 천명을 바라보며 말했다.

"이거 아무래도 무림맹하고는 앞으로 계속 엮일 것 같은데요? 당장 지금 우리가 지나가는 동네만 해도 무림맹에 가입한 사천당가가 있는 곳 아닙니까?"

"그렇지. 분명히 그놈들도 시비를 걸게 분명한데……."

사천당가는 벽검문이나 천금상단과는 격이 다른 문파다.

"그럴 수도 있습니다. 무림맹 군사면 만학자(萬學者) 제갈현(諸葛炫)이 아닙니까. 그놈이라면 사천당가에 지원 요청을 했을지도 모르지요."

"정말 지독한 놈들이군. 가입을 안 했다고 이렇게까지 몰아붙이다니."

장허는 심각한 표정으로 대화를 하는 세 사람을 보며 머리를 굴렸다.

'내가 살길이 있을 거야. 뭘까? 뭐지?'

"그냥 피해서 갈까요?"

태성이 피해서 가자는 의견을 제시하자, 무광이 인상을 찡그리며 말했다.

"뭐? 피해서 가? 야이씨! 우리가 죄졌냐? 그리고 사천당가가 뭐! 독이나 쓰는 새끼들이 무서워서 피해?"

"아니, 우리야 상관없지만 표국 사람들은요? 저들이 사천당가 독에 내성이 있습니까? 막말로 그놈들이 미친 척하고 독 뿌리면 방법 있어요? 표국 사람들 다 죽어요!"

"뭐? 독을 뿌려? 으드득! 그럼 그러기 전에 지금 당장 가서 지워 버리자!"

"뭘 지워요! 우리가 가서 사천당가를 치면 우리만 나쁜 놈 되는 겁니다. 무림맹에게 좋은 일 시켜 주는 거라고요. 나도 열받고 짜증 나지만 어찌합니까. 혹여라도 잘못해서 국주님이 독이라도 들이마시는 날이면…….”

태성이 말을 하다가 갑자기 멈췄다.

상상만 해도 끔찍했다.

온몸에 소름이 돋았다.

나머지도 그러한 태성의 반응과 다르지 않았다.

무광이 헛기침하며 말했다.

“험! 그, 그래 네 말도 일리가 있는 것 같다. 그, 어디로 돌아서 갈까?”

“길을 따라가면 사천이니 저기 저 산을 바로 통과해서 가면 당가 영역을 피해서 지나갈 수 있을 것 같아요.”

천막 밖으로 나가서 태성이 가리킨 쪽을 바라보니 험준한 산세를 자랑하는 산맥이 보였다.

“저길…… 이 짐들을 끌고 넘자고? 제정신이냐?”

무광이 어처구니없는 표정으로 태성을 바라보며 말했다.

천명 역시 ‘너 미쳤어?’라는 표정으로 태성을 바라보았다.

“우리 애들이 들고 넘으면 되지 않을까요? 애들 기운도 남아도는데…….”

태성의 말에 곰곰이 생각해 보니 가능한 일인 것도 같았다.

태성이 계속해서 말했다.

“애들 수련도 시킬 겸 해서 넘으면 될 것 같은데요?”

"야! 너는 뭐 저런 무식한 방법으로 수련을 시키려고 하냐?"

무광이 툴툴대며 말하자, 태성이 웃으며 말했다.

"후후, 그래서 우리 애들이 강한 거죠."

무광의 약점이자 역린을 건드린 것이다.

"야! 해! 당장 해! 먼저 지쳐서 쓰러지는 쪽이 지는 거다!"

"좋습니다! 하시죠! 저는 저희 애들을 믿습니다!"

그렇게 둘의 내기가 성사되고 있을 때 옆에 갈파랑은 고개를 숙이며 속으로 울었다.

'제발…… 저희 의견도 좀…… 아…… 애들아……. 미안, 명복을 빈다…….'

갈파랑을 포함한 천막 안의 표사들은 전부 썩은 물을 마신 표정으로 서 있었다.

그렇게 투닥거리다가 무광은 무언가 생각이 났는지 장허를 보며 말했다.

"야! 길 안내는 저 새끼 시키면 되겠다. 이 동네 지명이 별호에 박혀 있으니 지리가 빠삭하겠네."

마른하늘에 날벼락이 떨어지면 이런 기분일까?

조금 전까지 어찌하면 여기서 살아나갈 수 있을까 묘책을 생각하고 있었는데, 그 생각이 한 번에 날아갈 정도의 충격이었다.

"네? 저, 저는 길치라서 여기 길 모릅니다! 정말입니다! 길도 모르고 기력도 달려서 제가 따라가면 짐만 될 겁니다!"

장허가 다급하게 외쳤지만, 무광은 그러한 장허의 말을 가볍게 씹으며 천명을 바라보며 말했다.

"야, 네 말대로 말 잘하네. 입이 아주 완벽히 살아 있네."

아니, 살기 위해 열심히 의견을 표출하고 있는 건데 그걸 그렇게 받아들이다니…….

그러한 장허에게 다가가 무광이 말했다.

"최선을 다해 길을 안내해야 할 거야. 그렇지 않으면…… 너도 같이 짐을 들고 산을 넘어야 할 것이니까……."

무광의 최후통첩에 장허는 고개를 떨구며 모든 희망을 버리고 대답했다.

"네……."

⁂

"정말로 넘을 수 있나요? 괜히 저희 표국 때문에 다들 고생을 너무 많이 하시는 것 같아서……."

산맥을 넘어서 사천당가를 피해 가자는 의견에 유가연이 미안함에 어쩌지 못하고 있었다.

"그 사천당가가 정말로 그렇게 위험하냐?"

천룡은 무림을 잘 모르기에 제자들에게 물었다.

"무공 실력은 그다지 신경 안 써도 되는데, 이놈들이 쓰는 주력이 독(毒)이라…… 혹시라도 국주님이 흡입하시거나 표국의 사람들을 노릴 수도 있어서요. 저희가 그걸 다 일일이 잡아낼 수도 없는 노릇이고요."

"독이라……."

아무리 생각을 하고 기억을 더듬어 봐도 정보가 없었다.

기억나는 거라곤 은거지에서 읽었던 책에 나온 위험하다는 구절이 전부였다.

그래서 더 호기심이 생겼다.

"정말로 그 독이라는 것이 그렇게 위험한 거냐?"

천룡의 말에 제자들이 서로를 잠시 바라보다가 다시 천룡을 보며 말했다.

"그…… 저희 예상으로 사부님은 독을 드셔도 딱히 큰 위험이 되지 않으실 것 같은데요?"

"응? 그게 무슨 말이야? 사람이 흡입하면 위험하다고 했잖아? 그런데 나에게는 위험하지 않을 것이라니?"

"사부님이나 저희 같은 경지는 몸이 알아서 반응하여 배출한다고 알고 있습니다."

"그래? 그거 신기한데. 너희도 다 경험한 거야? 모든 독이 전부 다 배출돼?"

천룡의 물음에 다들 고개를 갸웃거리며 생각을 했다.

천명이 제일 먼저 답했다.

"그게…… 전부는 모르겠고…… 자잘한 독들은 배출했던 것 같습니다."

무광과 태성도 뒷머리를 긁적이며 말했다.

"생각해 보니 저희도 자잘한 독은 배출했지만…… 크게 위험하다는 독은 경험을 안 해 봐서……."

"이것 봐 봐. 너희들은 자만심에 빠져 살고 있었구나. 강하다고 모든 게 다 능사가 아니다."

유구무언(有口無言)이었다.

자신들도 왜 그걸 당연하게 생각하고 있었는지 의문이었다.

그냥 경지가 올라서 너무 당연하게 생각하고 있었던 것일까? 남들이 다 그렇다고 하니까 그런가 보다 하고 넘어간 것인가?

이런 작은 방심이 나중에 큰 상처가 되어 돌아온다는 것을 너무나도 잘 알고 있는 그들이었기에 더욱더 충격이었다.

"뭐 됐다. 언젠가 경험해 볼 날이 있겠지."

그런 날이 와선 안 된다.

절대 그럴 일은 없겠지만, 혹시라도 사부가 잘못된다면…….

"절대 안 됩니다! 경험 절대 반대! 무조건 반대!"

셋이 사색이 되어 한목소리로 크게 외쳤다.

"아, 깜짝이야. 그, 그래 알았다. 알았어. 경험 안 할게."

천룡이 고개를 저으며 답을 하자 옆에 있던 유가연이 낮은 저음으로 천룡에게 말했다.

"저분들 말을 무조건 들으셔야 합니다. 혹시라도…… 드시고 잘못되시면 저는……."

갑자기 부정적인 생각이 떠올랐는지 울먹이며 말하는 유가연이었다.

크게 당황한 천룡이 유가연을 달래기 위해 말했다.

"아냐, 아냐! 내가 왜 그런 모험을 하겠어. 그냥 농담한 거야 농담! 가연아! 뚝! 응? 울지마……."

"정말이신가요?"

유가연이 묻자 천룡이 고개를 격하게 흔들며 답했다.

"당연하지!"

그 모습에 만족했는지 울음을 멈추고 무광을 보며 말했다.

"공자님들 뜻대로 할게요. 저도 괜히 모험해서 우리 식구들과 가가를 위험에 빠뜨리고 싶지 않아요. 제가 도울 수 있는 일이 있다면 뭐든지 할게요!"

"네, 알겠습니다. 그럼 그렇게 알고 준비하겠습니다."

천룡을 빼고 모두 일치단결한 모습으로 결의를 다지는 그들이었다.

⁂

"헉헉! 헉헉! 헉헉!"

사방에서 거친 숨소리가 들려왔다.

거친 숨소리가 들리는 곳에선 수많은 표사들이 땀을 뻘뻘 흘리며 짐수레를 상여 메듯이 메고 산을 넘고 있었다.

그들의 입에서 쉴 새 없이 제일 앞에 선두로 가고 있는 자에게 격한 욕설을 날리고 있었다.

"저 스발 새끼가…… 헉헉! 우리한테…… 헉헉! 불만…… 헉헉헉!"

"시XX야! XXX해서 XXXX 해 버린다! 헉헉! 일부러…… 험한 길만…… 헉헉!"

표사들의 엄청난 살기와 욕설을 한 몸에 받는 자는 바로 벽검문 문주 장허였다.

그는 울고 싶었다.

자신이 원해서 하는 일도 아니었고, 심지어 자신은 지금 잡혀 있는 상태였다.

살기 위해선 시키는 대로 해야 하는 신세란 말이었다.

그런데 저들은 그런 자신한테 모든 원망을 쏟아 내고 있었다. 이래도 죽고 저래도 죽을 상황에 부닥친 것이다.

'이 시발! 천금상단 이 새끼들! 내가 여기서 살아나가면 모조리 다 죽여 주마!'

속으로 자신을 이렇게 만든 천금상단을 욕하며 험난한 산길을 헤쳐 나가며 안내를 하고 있었다.

"야! 정찰조는…… 헉헉! 어찌 된 거야! 이 정도 산이면…… 헉헉! 산채 하나 정도는 있을 법도…… 헉헉헉! 한데 못 찾았나? 헉헉!"

"이, 새끼들…… 헉헉! 정찰 핑계로…… 헉헉헉! 어디서 쉬
고 있는 거 아냐? 헉헉!"

이들이 이토록 애타게 산채가 발견되기를 바라는 것은 이
유가 있었다.

산세가 험해서 아무 데서나 쉴 수가 없었던 것이었다.

이 많은 짐과 인원이 편하게 쉬기 위해선 그래도 어느 정
도 평지가 필요했는데, 그러한 요건을 가진 곳이 바로 산적
들이 기거하는 산채였다.

여기는 산세가 험해서 지나가는 사람이 거의 없었다.

하지만 가끔 이런 곳을 지나야 하는 보따리장수들이 있기
에 그런 장수들을 상대로 영업을 하는 산적 무리가 하나쯤은
있을 법도 했다.

그래서 그런 곳이 발견되면 그곳을 야영지로 잡고 쉬기로
한 것이고, 이것이 이들이 그렇게 애타게 산채가 발견되기를
바라는 이유였다.

한편, 이들이 애타게 기다리던 산적들은 멀리서 이들 무리
가 오는 것을 바라보고 있었다.

※

"채주님! 저희 산채가 개장한 이래 가장 많은 손님이 몰려

오고 있습니다!"

채주는 그러한 부하의 말에 고개를 끄덕이며 감격한 얼굴로 저 아래 희미하게 올라오는 무리를 바라보았다.

"세상에…… 이 험난한 산을 넘는 미친…… 아니, 이쁜 놈들이 저렇게 많이 오는구나! 하하하."

"헤헤헤. 그렇습니다! 근데…… 어째 오는 것이 상여를 메고 오는 것 같습니다만……."

"뭐? 아니, 이 험한 산에 상여를 메고 오르는 미친놈이 어딨어? 보따리장수들도 간신히 지나갈 정도로 험한데."

부하의 말에 안구에 힘을 주어 자세히 보니 상여가 아니라 짐수레를 메고 올라오고 있었다.

"헉! 저, 저 미친……놈들이?"

"왜? 왜 그러십니까?"

"저, 저 미친놈들이 짐수레를 메고 올라온다!"

채주의 말에 산적들은 일제히 당황하며 말했다.

"네? 짐수레를…… 메고 올라온다고요?"

채주는 어느 정도 내공이 있어 멀리 있는 사물을 볼 수가 있었지만, 부하들은 그러지 못했기에 채주의 말을 믿지 못했다.

"채주님, 장난하지 마시고요."

빠악!

"아효효효효!"

방금 말한 부하의 대가리를 세차게 후려갈긴 후에 말했다.

"이 새끼야! 내가 지금 장난하는 얼굴로 보여? 야! 저거 보통 미친놈들이 아니야. 심지어 짐수레를 메고 있는 놈들 인상이…… 다들 철수한다. 빨리!"

그렇게 허둥지둥 대며 부하들에게 철수하라고 명령을 내리는데 등 뒤 나무 위에서 무언가가 떨어져 내렸다.

"드디어 찾았다!"

갑자기 들려오는 말소리에 화들짝 놀라며 돌아보자 저 아래서 짐수레를 메고 올라오는 무리와 같은 복장을 한 자들이 자신들을 바라보며 엄청 행복한 표정을 짓고 있었다.

그리고 그중 한 명이 저 아래를 향해 내공을 실어서 크게 외쳤다.

"심 봤다! 아니, 산적 봤다!"

그리고 바로 뒤이어 아래쪽에서 엄청난 환호 소리가 들렸다.

"우와와와와와아!"

채주는 태어나서 처음 겪는 상황에 이러지도 저러지도 못하고 있었다.

그때 앞에 서 있는 무사들이 정색하고 살기를 내뿜으며 말했다.

"칼 버리고, 얌전하게 여기서 앉아 있어라."

너무나도 무서웠다.

채주와 산적들은 잽싸게 칼을 땅에 버리고 저들이 시키는 대로 바닥에 앉았다.

그러자 무섭게 생긴 무사가 다가와 채주의 민머리를 쓰다 듬으며 말했다.

"착하네. 그리고 고맙다. 넌 인마 복 받을 거야. 하하하."

산적이 되고 나서 받아 보는 첫 칭찬이었다.

얼마 후 자신이 봤던 짐수레 메고 오는 모습을 가까이서 보자 기가 막혔다.

심지어 깃발이 휘날리는데 표국 깃발이었다.

세상천지에 이렇게 표행을 하는 미친 표국이 있었나 싶었 다.

다들 정말로 산삼이라도 발견한 표정으로 자신을 바라보 며 해맑게 웃고 있었다.

단체로 미친놈들 같았다.

"야! 니네 산채 어디야?"

자신을 부르는 소리에 화들짝 놀라며 돌아봤다.

"이게 자꾸 두 번 말하게 할 거야? 니들 산채 어디냐고!"

"넵! 저희 산채 말씀입니까? 저희 산채는 왜?"

"안내해."

"네?"

"너희 산채로 안내하라고! 자꾸자꾸 두 번 말하게 할래?"

아니, 왜 자기네 산채로 안내하라는 말인가?

요즘 표국은 부업으로 산채도 턴단 말인가?

"아이고! 저희 산채에 가 봐야 아무것도 없습니다! 가시면 고생만 하십니다!"

자신의 산채를 노린다고 생각을 했는지 바닥에 엎드려 싹싹 비는 채주였다.

"야야! 너희 산채 물건 탐나서 그런 게 아니니까 겁 좀 먹지 마. 그냥 우리 하룻밤만 쉬어 갈 테니 안내해."

"네? 쉬어 가신……다고요?"

아니, 이 미친놈들은 객잔이 즐비한 멀쩡한 길 놔두고 이 험한 산을 그것도 짐수레를 메고 올라와서 이 지랄을 한단 말인가?

자신이 지금껏 정성을 다해 꾸며 온 산채가 순식간에 객잔이 되었다.

그렇다고 이들에게 안 된다고 할 용기는 없었다.

"그, 그럼요! 쉬, 쉬셔야지요. 저희가 오늘 거나하게 대접하겠습니다. 가, 가시죠!"

목숨을 건졌다는 것으로 만족하기로 한 채주였다.

"와! 여기는 정말 잘해 놨네요."

이런 오지에 있는 산채치고 깔끔하고 정갈하게 꾸며진 것을 보고 유가연이 감탄을 하며 말했다.

산채 곳곳은 짐수레를 메고 올라오느라 지친 표사들이 여기저기 쓰러져 있었다.

"저렇게 힘들어하시는데 너무 죄송해서 어떡하죠?"

숨을 헐떡거리며 몸도 제대로 못 가누고 있는 사람들을 보며 유가연이 발을 동동거리며 안타까워했다.

그때 엄청난 호통 소리가 들렸다.

"이 자식들이 빠져서! 겨우 이 정도로 힘들어해? 그동안 얼마나 수련을 대충했는지 이제 알겠다! 당장 안 일어나!"

무광과 태성이 분노한 표정으로 지쳐서 쓰러져 있는 표사들을 닦달하기 시작했다.

그리고 죽을상을 한 표사들을 데리고 어디론가 사라졌다.

그 모습을 본 채주가 고개를 흔들며 말했다.

"독하다. 독해. 저러고 살 바엔 죽고 말지……."

"그러게 말입니다. 그나저나 채주님 오늘이 그날입니다."

"응? 무슨 날?"

"그분들이 수련하러 오시는 날입니다."

"……오늘이 그날인가?"

"네! 그분들께 도움을 요청하는 게 어떻겠습니까? 그동안 저희가 그분들을 위해 해 준 게 있는데, 도움을 요청하면 그래도 도와주시지 않을까요?"

"흐음, 그분들이라면 이딴 표국 놈들은 우습게 처리하시겠지?"

"그렇죠! 그분들이 누구입니까? 아마 이름만 들어도 저들은 혼비백산해서 도망갈 것입니다."

"그래도 저들도 만만치 않을 것 같은데? 괜히 우리만 중간에 껴서 피 보는 거 아냐?"

"안 그래도 이미 피 보고 있습니다. 저거 보십시오. 이미 창고가 거덜 나고 있지 않습니까? 저희 이러다가 올겨울도 못 넘깁니다."

워낙에 인상들이 더럽고 기세가 등등했기에 지레 겁먹고 대접한다고 말했다가 산채의 식량들이 탈탈 털리고 있었다.

"그분들도 저희가 사라지면 곤란하지 않겠습니까? 수련하고 편히 쉴 곳이 사라지는 것이니, 그분들도 꼭 도와주실 것입니다."

"그래그래. 대충 오실 시간이 된 것 같으니 오시는 길목으로 우리가 마중 가자."

"네! 가시죠."

산채의 채주와 그의 오른팔이 밖으로 나가고 있지만, 그 누구도 신경 쓰지 않았다.

하지만 천룡은 그들이 하는 말을 멀리서 모두 듣고 있었다.

그리고 기감을 넓게 펼쳐 산 전체를 탐색했다.

그러다가 무광과 태성이 표사들에게 무언가를 주고 있는

것이 느껴졌다.

"흐음, 무광이와 태성이가 애들에게 단약을 먹이려고 데리고 나간 거였구나. 하하, 자식들 암튼 자기 부하들은 격하게 아낀단 말이지."

그리고 다시 탐색을 시작하자 멀리서 한 무리의 무인들이 이쪽을 향해 빠른 속도로 오는 것이 느껴졌다.

"저놈들이군. 그런데 어디서 많이 느껴 본 기인데?"

고개를 갸웃거리며 어디서 이 기운을 느꼈을까 하고 생각하는 천룡이었다.

"아핫! 하하하. 그렇군. 그 아이들이군. 재밌겠네. 딱히 신경 안 써도 되겠군. 가연이랑 산책이나 다녀와야겠다."

이곳을 향해 오는 무리가 위험인물들이 아닌 것에 안심하고 유가연을 찾아 몸을 옮기는 천룡이었다.

한편, 그분들을 마중 나간 산적들은 그분들이 언제 올까 싶어 그들이 항상 오던 길을 기웃거리고 있었다.

"앗! 저, 저기 오십니다!"

그토록 기다리던 그분들이 날쌘 몸놀림으로 산적들이 있는 곳에 도착했다.

선두에 있던 자가 반가워하며 물었다.

"오호? 웬일인가? 이렇게 마중을 다 나오고."

그분들의 물음에 선뜻 대답을 못 하고 우물쭈물하다가 어설픈 미소를 지으며 대답했다.

"그, 저기…… 저희가 부탁이 좀 있는데요."

채주의 말에 환하게 웃으며 말하는 그들이었다.

"부탁? 오호라, 무언가 산채에 문제가 생겼구나?"

눈치가 백 단이다.

"그, 그렇습니다! 제발 저희 좀 도와주십시오!"

채주는 다짜고짜 엎드려 빌며 서럽게 울었다.

"평생을 일군 것들을 모두 털리게 생겼습니다요. 부디 그
간의 정을 생각하셔서 저 좀 도와주십시오! 도와주시면 이
은혜는 백골이 난망해도 잊지 않겠습니다요!"

그분들의 대장은 구구절절 서럽게 하소연을 하는 채주의
등을 토닥이며 말했다.

"하하, 다 늙어서 그렇게 눈물을 흘리고 그러면 쓰나. 걱정
하지 말게. 그간 봐 온 정도 있는데, 그 정도 부탁도 못 들어
줄까? 무슨 일인지 말을 해 보게."

채주는 그동안 있었던 일들을 아주 상세하게 가끔은 양념
을 첨가해서 말했다.

"허허, 세상천지에 그런 표국이 있단 말인가? 짐수레를 들
고 올라왔다고?"

"네! 그렇습니다! 인상은 또 얼마나 무서운지…… 보기만
해도 오금이 저려서 아무것도 할 수 없었습니다요."

"흐음, 특이한 표국이로군. 일단 가 보세."

"감사합니다. 정말로 감사합니다!"

채주는 머리가 땅에 닿도록 감사 인사를 하며 그들을 산채로 안내했다.

산채에 도착하니 여기저기 표국의 천막들이 쳐져 있었고, 한쪽에서는 저녁 준비에 한창이었다.

여기까지 수련을 하기 위해 쉬지 않고 달려온지라 출출하던 차에 사방에서 맛있는 향기가 몰려오니 참을 수가 없었다.

하지만 지금은 저들에게 자신들의 정체를 밝히고 공포를 심어 주어야 했다.

그 후에 저들의 음식을 자신들이 먹으면 되니까 말이다.

"모두 동작을 멈춰라!"

기선제압을 위해 내공을 실어서 크게 외쳤다.

천둥이 울리는 듯한 소리가 산채를 뒤흔들었다.

과연 효과가 있었는지 다들 혼비백산하며 여기저기서 뒤엉키고 넘어지고 난리가 났다.

그 모습에 흐뭇해하며 다시 내공을 실어 외쳤다.

"무도한 놈들이 남의 집 안마당에서 주인 행세를 하는구나! 당장 무릎 꿇지 못할까!"

내공이 얼마나 웅혼했는지 그 소리에 다들 귀를 막고 자리에 주저앉았다.

그 와중에 몇 명이 버티며 이곳을 쏘아보고 있었다.

그 모습에 잠시 감탄을 하는 그였다.

'오호, 그래도 나름 버티는 놈도 있구나. 쭉정이들만 모인 것은 아닌가 보군. 그래도 저런 형편없는 것들한테 겁먹고 산채를 내주다니…… 쯧쯧쯧.'

그러면서 한심한 눈빛으로 채주를 바라보며 말했다.

"아니…… 저렇게 형편없는 놈들한테 산채를 뺏겼단 말이냐? 부끄러운 줄 알아야지. 그리고 면면을 보아하니 그렇게 인상이 더럽지도 않구먼. 눈이 어찌 된 거야?"

그 말에 채주가 황급히 손을 내저으며 말했다.

"아닙니다! 저들이 아닙니다! 진짜 놈들은 따로 있습니다요!"

아니, 잠시 자리를 비운 사이에 이놈들이 어디로 갔단 말인가? 주변을 아무리 둘러봐도 그 인상 더럽던 표사들이 한 명도 보이지 않았다.

심지어 그들의 상관으로 보이던 자들도 모습이 보이지 않았다.

"이놈들이 무사님들이 오시는 것을 알고 도망을 갔나 봅니다요."

"도망? 도망가는 기척이 전혀 안 느껴졌는데?"

"아까 눈치를 채고 도망을 갔을 수도……."

그때 아까 버티던 쟁자수들이 큰 소리로 말했다.

"당신들은 누구요! 누군데 갑자기 나타나서 이런 짓을 한단 말이오!"

"오호라, 아까 눈여겨보았던 놈이구나. 역시 내 눈이 틀리지 않았군. 기개가 남달라."

"닥치시오! 그리고 표사분들은 잠시 볼일이 있어서 자리를 비운 것이오. 그분들을 모욕하지 마시오!"

눈을 부릅뜨고 자신을 똑바로 바라보며 자기 할 말을 저렇게 또박또박하는 모습을 보니 기분이 나빠지기 시작했다.

"저놈 조용히 시켜."

명이 내려지자마자 뒤에 있던 자가 방금 떠들던 쟁자수를 향해 돌진했다.

그리고 그 쟁자수의 명치에 주먹을 내질렀다.

적당히 고통만 주기 위한 위력이었다.

그러나…….

파팍!

무사는 일개 쟁자수가 자신의 정권을 막은 것을 보고 놀랐다.

심지어 막으면서 반격까지 했다.

무사가 내지른 주먹을 비틀어서 튕겨 내고, 자신의 무릎으로 무사의 왼쪽 얼굴을 향해 내질렀다.

무사가 당황했는지 거리를 벌리며 쟁자수를 놀란 눈으로 쳐다봤다.

이 쟁자수들은 바로 무림맹에서 천룡표국으로 이직한 오조 쟁자수들이었다.

다른 쟁자수들과는 다르게 초일류급 무공을 지닌 자들이었다.

"하하하하, 재밌다! 재밌어! 수련하러 왔다가 이렇게 재밌는 일이 생길 것이라고 누가 생각을 한단 말인가! 하하하."

"당신들은 누구요! 녹림(綠林)이오?"

"녹림? 녹림? 하하, 그런 쓰레기 집단하고 우리를 비교하다니…… 내가 네놈을 너무 띄워 줬나 보군. 잘 들어라."

침을 꿀꺽 삼키며 자신을 바라보는 쟁자수들의 시선을 즐기며 천천히 입을 열었다.

"우리는 대구룡방의……."

"뭐야? 얘네들이었어? 휴우, 깜짝 놀랐네."

"……얘네들이다! 아니! 이게 아니고…… 어떤 자식이야!"

한참 분위기를 잡고 자신의 정체를 밝혀서 저들이 놀라 자빠지는 모습을 보려고 했는데, 그것을 누군가 깨자 분노가 치밀어 올랐다.

누군지 몰라도 일격에 대가리를 부수겠다는 생각으로 그 목소리가 들린 곳을 쳐다봤다.

"감히 내가 말하는 데 방해……를…… 하셨…….."

고개를 돌려서 본 장소에는 매우 익숙한 얼굴들이 산 아래서 올라오고 있었다.

"뭐? 감히? 누구냐? 네가 미쳤구나. 어디서 화룡대(火龍隊) 따위가 지금……."

'뭐, 뭐야. 저분이 왜 저기서 나온단 말인가?'

산적들이 도움을 요청한 자들의 정체는 바로 구룡방의 화룡대였다.

그리고 그러한 화룡대에게 반말을 하며 갈구는 자는 흑룡대주 갈파랑이었다.

흑룡대는 구룡방에서 방주 직속이었으며, 그 대주는 방 내에서도 열 손가락에 드는 서열을 가진 자였다.

특히 툭하면 대련한답시고 자신들을 데려다가 괴롭히기 일쑤인 집단이었다.

"어쭈? 대답 안 해? 내가 지금 묻잖나?"

"수, 수련하러 왔습니다!"

재빠르게 부동자세를 취하며 자신이 낼 수 있는 최대치의 목소리로 소리를 치는 화룡대주였다.

그 모습에 뒤에서 지켜보던 산적들은 얼마나 놀랐는지 입에서 침이 줄줄 나오는데도 다물지를 못하고 서 있었다.

저들이 누구인가?

이곳 감숙의 패자이며 강호삼세(江湖三世) 중의 한 곳인 구룡방의 정예 무사들이다.

그러한 무사들이 일제히 부동자세가 되어 표사들에게 오히려 깍듯이 대하는 게 아닌가.

"수련? 아항, 우리가 여기 있는 걸 알고 일부러 온 거니? 거참, 기특하네?"

화룡대주는 죽을 맛이었다.

사실대로 말하자니 쪽팔린다며 처맞을 것 같고, 저 말에 동의하자니 이 먼 곳까지 와서 대련한답시고 처맞게 생긴 것이다.

그렇게 말을 못 하고 눈동자를 굴리고 있는데 누군가 뒤에서 어깨를 두드렸다.

돌아보고 싶었지만, 앞에 흑룡대주가 있었기에 부동자세로 가만히 서 있었다.

자신이 돌아보지 않자 다시 어깨를 두드렸다.

지금 분위기 파악을 못 하고 누가 자꾸 어깨를 두드리는 것인가?

그렇게 흑룡대주의 눈치를 보고 있는데, 흑룡대주의 얼굴빛이 변하면서 고개를 까딱거리고 있었다.

그 모습에 살며시 고개를 돌려 보았다.

거기엔 정말로, 정말로 여기에 있어서는 안 될 사람이 서 있었다.

"와…… 내가 두 번이나 어깨를 두드리게 만드네? 그치?"

아니, 왜 여기에 구룡방의 방주님이 계신단 말인가?

"대답도 안 하고…… 개판이네? 내가 없는 사이에 아주 개판이 되었어."

"충! 성!"

젖 먹던 힘까지 짜내 구령을 외치는 화룡대주와 화룡대였다.

"대구룡방 화룡대! 방주님께 인사드립니다!"

그리고 일제히 태성의 앞에 엎드렸다.

그 모습에 산적들의 놀람은 상상을 초월했다.

일개 표국의 표사들인 줄 알았는데 그 표사들이 구룡방의 무사들이었고, 그들을 이끄는 자가 방주였다니…….

산적들뿐만 아니라 벽검문 문주와 그의 문도들 역시 엄청난 충격에 빠졌다.

"저게 무슨 소리야? 갑자기…… 구룡방 방주가 거기서 왜 나와…… 거짓말……일 거야."

"거짓말이라기엔…… 머리가 붉은색에…… 저기 엎드린 사람…… 제가 너무 잘 알고 있습니다……."

"누군데?"

"무정도(無情刀)…… 적화랑(赤火狼)……."

"정말?"

"네……. 강호 백대고수(百代高手) 중의 한 명입니다……."

"나도 알아…… 특히나 우리가 있는 이곳에서는 더 유명하지……."

"네……. 잔인하고…… 피도 눈물도 없는 인간으로요……."

"그런 인간이…… 사색이 되어서 엎드려 있다……. 그럼 진짜네?"

"그, 그런 것 같습니다. 우리 이제 어쩌죠?"

"……."

"문……주님?"

"이제부터 우린 천룡표국하고만 거래한다. 아니, 아예 천룡표국 소속이라고 선포해. 그 길만이 살길이다. 너희도…… 이의 없지?"

"네. 저희도 목숨은 소중하니……."

벽검문 사람들은 복수라는 단어를 기억에서 지워 버리고 조용히 저들을 따라다니기로 했다.

벽검문 정도는 일식경(一食頃)이면 멸문(滅門)시킬 수 있는 단체가 구룡방이다.

괜히 심기를 건드리지 않는 길이 살길이었다.

산적들 역시 구석에 모두 모여 오들오들 떨고 있었다.

자신들 딴에는 최상의 계책이라고 생각하고 실행한 것이 지옥문으로 가는 지름길이었다.

다들 사색이 되어 사태만 주시하고 있는데, 자신들이 부른 화룡대가 표사들에게 얻어맞기 시작했다.

그 모습을 보니 '이제 정말 이 세상과는 끝이구나'라는 생각이 절로 들었다.

누가 됐든 자신들을 가만두지 않을 테니까 말이다.

그때 태성이 산적들을 쳐다보며 손으로 까닥거렸다.

"채주님…… 부르시는 것 같은데요……. 가 보셔야……."

천하무적
윤가장

채주가 화들짝 놀라며 태성을 바라봤다.

그리고 자신의 손으로 자신을 가리키며 눈으로 물었다.

태성이 고개를 끄덕였다.

자신을 부르는 것이 맞았다.

지금까지 살면서 한 번도 겪어 보지 못했던 공포가 밀려왔다.

힘겹게 한 걸음 한 걸음은 개뿔…… 염통이 터져라 뛰었다.

"헉헉헉! 독산채 채주 부르심을 받잡고 왔습니다!"

태성이 채주를 올려다보며 말했다.

"나 고개 아픈데?"

채주는 그 소리를 듣자마자 납작 엎드리며 외쳤다.

"소인이 못 배우고 살아서 실례를 했습니다요! 부디 너그러이 용서해 주시면 평생을 종노릇 하며 모시겠습니다요! 부디 목숨만!"

외침이 끝나자 태성은 인상을 찡그리며 귀를 후비적거렸다.

그리고 나긋나긋하게 말했다.

"쟤들한테 우리 손 좀 봐 달라고 했다며?"

그러면서 자신을 손을 펼치며 말했다.

"자! 실컷 봐."

채주는 지금 이것을 어찌 반응해야 할지 몰라 커다란 동공만 이리저리 굴렸다.

그때 사방에서 배를 잡고 사람들이 웃기 시작했다.

"푸하하하하! 아이고 배야. 방주님 너무너무 웃깁니다!"

"아이고, 숨을 못 쉴 정도로 재미난 농담이십니다! 하하하
하!"

'이게 웃긴가?'

채주가 그렇게 고개를 갸웃거리며 생각하고 있는데 태성
이 고개를 들이밀며 말했다.

"너…… 사회생활 더럽게 못 하는구나? 나는 지금 너에게
기회를 준 건데……. 웃으면 봐주려 했더니……. 야! 이놈들
끌고 가."

태성의 말에 다들 언제 웃었냐는 듯이 정색을 하면서 채주
를 끌고 나가기 시작했다.

"하하하하하! 아니, 아닙니다! 정말 재밌습니다! 너무너무
웃겨서 웃음이 잠시 정신이 나갔었습니다! 정말입니다!"

채주는 질질 끌려 나가는 와중에도 바둥거리며 최선을 다
해 자신을 변호했다.

그때 딱 봐도 유약해 보이는 자가 나타나서 그들을 말렸
다.

"그만해라. 약한 애들 데리고 노는 것도 정도껏 해야지. 애
도 아니고 언제 철들는지. 쯧쯧."

채주는 어처구니없는 얼굴로 방금 말한 사람을 쳐다봤다.

지금 물로 불을 꺼도 부족한 마당에 기름을 붓고 앉아 있으니 어이가 없는 것이었다.

좋은 말로 달래도 지금 자신을 봐줄까 말까인데, 저자는 지금 구룡방주, 그러니까 사황에게 철들라며 면박을 주고 있었다.

이제 사황의 분노가 저자와 자기에게 날아올 것이라 믿고 모든 것을 내려놓았다.

'그래. 이번 생은 틀렸어……. 내세는 부디 부잣집 도련님으로 태어나길…….'

하지만 사황의 입에서 나온 말은 다시금 채주의 정신을 나가게 했다.

"에이! 사부. 저놈들이 우리를 배신했다니까요? 막막 뒤에서 치려고 이렇게 막 음모를 꾸미고 있었는데, 그걸 봐줘요?"

'사부라니? 사부? 저 젊은 사람이? 사황의?'

채주는 절대 저 입에서 나오면 안 되는 단어와 천하의 사황이 생떼를 부리는 모습을 자신의 두 눈으로 보고 있었다.

지금 자신이 꿈을 꾸고 있는 것인가 하고 맨살을 꼬집어보고 싶었지만, 붙잡혀 있는 상태라 그러진 못했다.

하지만 꿈은 아니었다.

아까 처맞을 때 분명 엄청 아팠으니까…….

"적당히 해라. 적당히! 아버지가 말씀하시잖냐. 어디 지금 말대꾸를 해! 혼날래?"

이번엔 그 옆에서 한 덩치 하는 인간이 사황에게 시비를 걸었다.

채주는 생각했다.

이번에도 엄청난 말이 나올 것이라고.

"아, 대사형까지 왜 그래요! 이놈들이 사부 등 뒤를 치려고 했다니까요!"

'허허, 내가 오래 살았나 보다……. 저런 말도 안 되는 대화를 듣게 되는 날이 오다니.'

사황의 대사형이란다.

그럼 또 다른 사형도 있다는 말이다.

"둘째 사형 안 그래요? 뭐라고 말 좀 해 봐요!"

역시나 있었다.

"에이, 개미가 물었다고 땅을 파서 여왕개미를 찾아 죽이진 않지. 너는 너무 과해."

천명의 말에 천룡이 고개를 끄덕이며 천명의 머리를 쓰다듬어 주었다.

"에이씨!"

"에이씨? 너 지금 아버지 앞에서 에이씨라고 했냐?"

"네? 제가…… 그랬나요? 하하. 나도 모르게…….'

천하의 사황이 갑자가 태세변환을 하며 자리를 피하려고 했다.

"얘들아. 잡아라…… 잡아서 저기 뒤에 공터가 있던

데……. 거기로 데리고 와라. 오늘 몸 좀 풀어야겠다."

천룡이 우두둑 소리가 나게 고개를 까닥이고는 말했다.

그리고 자신이 말한 공터로 몸을 돌려서 걸어갔고, 저 멀리 도망가는 태성을 붙잡기 위해 무광과 천명이 경공을 펼치며 날아갔다.

채주는 이미 기절을 한 상태였다.

그리고 벽검문주와 문도들은 자신들이 호굴, 아니 지옥에 들어왔다는 사실을 깨달았다.

"미……친! 사황으로도 부족해서…… 그 사형제들이라고? 거기다가 사황의 사부라니……. 사황의 사부고 저렇게 어린 모습이라면…… 도대체가 어떠한 경지라는 거냐."

"천하의 사황이…… 쩔쩔매며 줄행랑을…… 쳤습니다. 거기다가…… 사형이라고 부른 자들에게도 깍듯한 것이…… 네 명 중 제일 약한 것이 아닌가…… 하는 생각을…….."

"심지어 저기 보십시오! 천하의 화룡대가…… 표사들에게 얼차려를 받고…… 있네요. 무정검은…… 머리를 박고 있고요……."

"이제부터 우리 벽검문의 생사대적(生死大敵)은…… 여기로 우리를 보낸…… 천금상단과 그 상단주…… 쥐새끼다……. 으드드득!"

"맞습니다! 철천지원수도…… 이렇게 사지로 사람을 보내진 않을 겁니다."

그와 동시에 잡혔지만, 이곳에 속했다는 사실이 그들을 너무나도 평안하게 만들어 줬다.

"뭐가 됐든! 우리에게 해가 될 일은 딱히 없을 것 같으니…… 밥이나 먹자."

문주의 말에 다들 격하게 공감의 표시를 하며 밥을 먹으러 이동했다.

어느덧 산채에는 노을이 내리고 있었고, 사람들은 다시 아무 일 없었다는 듯이 저녁을 먹으며 하루를 마감했다.

저 멀리서 들려오는 누군가의 비명을 들으며 말이다.

다음 날 아침.

천룡표국 사람들이 하룻밤 묵은 산채를 떠날 채비를 했다.

정말로 하룻밤만 지내고 간다는 사실에 산적들은 속으로 너무 기뻤지만 내색하지 않고 아쉬운 표정으로 그들을 배웅하러 나왔다.

"아이고! 벌써 가십니까? 조금 더 머물다 가시지 않고요."

채주의 말에 태성이 웃으며 말했다.

"맘에도 없는 소리 하네. 정말 여기 더 있을까?"

움찔—!

"저 봐, 저 봐. 움찔하면서."

"아, 아닙니다! 우, 움찔 안 했습니다. 너무 기뻐서 그런 겁니다."

정말로 눌러 앉을까 봐 겁이 덜컥 난 채주는 최선을 다해 대답했다.

"됐다. 다음에 또 오든지 하지."

"네? 다, 다음에요?"

"응. 이렇게 아쉬워하니 다음에 또 와야지."

"하하하…… 여, 영광입니다."

'시바, 당장 산채 옮긴다.'

태성이 그런 채주의 마음을 읽었는지 사악하게 웃으며 말했다.

"왜? 산채 옮기려고?"

그 말에 채주는 너무 놀라 표정을 숨기지 못했다.

"그럼 내가 너무 미안하잖아. 가만있어 보자……. 그래도 하룻밤 잘 대접 받고 가는데 보답을 해야겠지?"

"아, 아닙니다! 보답 안 하셔도 됩니다! 저희는 그저 편히 쉬었다 가시는 것으로 만족합니다."

절대로 저 '보답'이라는 것을 받으면 안 된다고 온몸이 경고를 날리고 있었다.

"에이, 그래도 성의 표시는 해야지."

그렇게 말하고 화룡대주를 불렀다.

"야! 애들 데려다가 키워라."

"네?"

"데려다가 키우라고. 다음에 봤을 때 채주 경지가 절정이 아니면 네가 죽는 거야."

"네, 네! 아, 알겠습니다!"

그리고 이글거리는 눈빛으로 채주를 바라보는 화룡대주였다.

그 모습에 침을 꿀꺽 삼키는 채주였다.

기분이 알쏭달쏭했다.

좋은 건가? 나쁜 건가?

무공이 강해지니 좋은 거 같으면서 저 눈빛을 보면 따라가면 안 될 것 같고 그랬다.

어색하게 웃는 채주의 등을 토닥이고 자리를 벗어나는 태성이었다.

그런 채주에게 화룡대주가 다가와 나직하게 말했다.

"최선을 다해서 강해져야 할 거야. 그렇지 않으면 지옥문이 열릴 테니……."

으르렁거리는 화룡대주를 보며 이건 나쁜 쪽이라 생각하며 울고 싶은 채주였다.

❧

예상보다 많은 일이 있었지만 천룡표국은 무사히 표행을

마쳤다.

천룡은 이번 표행에서 많은 아쉬움이 남았다.

표행을 떠난 이유가 세상 구경을 하며 즐기기 위해서였는데, 일이 꼬이는 바람에 제대로 구경도 못 해 보고 이렇게 끝난 것이다.

운가장에 도착하고 나서 천룡은 제자들에게 우리끼리 여행을 다녀오자고 얘기했다.

당연히 좋다며 당장 준비하러 움직이는 제자들이었다.

천룡은 유가연에게 가서 잠시 여행을 다녀오겠다고 말했다.

"네! 다녀오세요. 올 때 선물 잊지 마시고요."

"응. 그동안 잘 지내고 있어."

"네!"

"그리고 이거."

유가연에게 무언가를 꺼내는 천룡이었다.

"이게 뭐예요?"

"응, 호신부야. 위험한 일이 생기면 널 지켜 줄 거야."

"정말요? 와, 신기해요. 고마워요. 가가."

어떤 기능인지 그런 것은 묻지 않았다.

그저 천룡이 그렇다고 하니 당연하게 믿는 유가연이었다.

쪽─!

"히히. 잘 다녀오세요!"

재빨리 천룡의 뺨에 뽀뽀하고 얼굴이 빨개져서 인사하고 도망가는 유가연이었다.

행복한 기습을 당한 천룡은 그런 그녀를 웃으며 바라보았다.

ꕥ

"보냈던 애들에게서 연락이 끊겼다?"

서책들이 잔뜩 쌓여 있는 책상에서 문사 한 명이 차를 마시며 누군가에게 보고를 듣고 있었다.

"그렇습니다. 군사님! 보아하니 일은 실패한 것 같습니다."

"실패라…… 이상하군. 분명히 내가 취합한 정보에 의하면 그 아이들이 충분히 성공할 임무였는데……."

그는 무림맹의 모든 것을 맡은 무림맹의 군사 만학자(萬學者) 제갈현(諸葛炫)이었다.

"기반도 약한 중소 표국이라 딱히 신경 쓰지 않아도 될 것으로 생각했는데……. 뭐가 문제였지? 남궁세가에서는 돕지 못했을 것인데……. 예상외로 저력이 있는 표국이었나? 나도 참, 너무 나태해졌었군."

그렇게 말하며 차를 다시 한 모금 마셨다.

"다시 아이들을 보낼까요?"

제갈현은 무사의 말에 고개를 저으며 찻잔을 내려놓았다.

그리고 일어나서 뒷짐을 진 채 창문 쪽으로 걸어갔다.

창밖을 보며 말했다.

"아니다. 아무래도 내가 그 표국을 너무 과소평가한 것 같구나. 남궁세가가 선택했다는 것을 염두에 두었어야 했거늘……."

그리고 자신의 수염을 이리저리 휘젓다가 몸을 돌려 무사에게 말했다.

"천룡표국으로 천급(天級) 세작을 보내라. 그곳에서 완벽하게 융화가 된 후에 천룡표국의 모든 것을 조사하라고 전해."

"네? 천……급을 말입니까? 일개 표국에 그렇게 고급 자원을……."

무사가 놀라는 이유가 있었다.

천급 세작은 정말로 귀한 자원이었다.

일단 무공도 초일류 이상에 비상한 두뇌도 가지고 있어야했다.

또한, 어디서든지 그곳에 완벽하게 녹아드는 순발력과 친밀성도 갖춰야 하는 인재였다.

무엇보다 맹에 대한 충성심이 신앙 수준으로 높아야 했다.

보통 그러한 천급은 인원이 많지 않기에 이름 있는 명가나황가 쪽에 잠입을 시켰다.

그런데 지금 일개 중소 표국에 잠입을 시키고 있는 것이었다.

"남궁세가와 연관이 되었을 때부터 그곳은 무시해서는 안 되는 중요한 표국이어야 했다. 내가 너무 안일했던 것이지. 지금도 늦었다. 최대한 빨리 그곳에 잠입시켜서 정보를 알아내야 한다."

"충! 명 받들겠습니다."

무사는 제갈현의 명을 이행하기 위해 조심스럽게 뒷걸음질 치며 밖으로 나갔다.

아무도 없는 빈방에서 제갈현은 다시 창밖을 보며 생각에 잠겼다.

'다시 생각하니 내가 너무 자만하고 있었어. 남궁세가의 숨구멍이 표국이라는 것을 간과했군……. 자신들의 약점인데 대충 구했을 리가 없지. 천룡표국이라…… 천룡표국…….'

제갈현은 천룡표국을 생각하며 무림맹의 풍경을 바라봤다.

그의 집무실은 오 층 전각 꼭대기 층이었기에 무림맹의 전경이 한눈에 들어왔다.

'무황성의 그늘에서 겨우겨우 벗어나 이제야 우리 시대를 향해 한걸음 내걸었다. 하지만 아직 부족해…… 그러기 위해선 강한 결집력이 필요하다. 우리와 함께하지 않는 문파에게 힘을 보이지 않는다면 언젠가는 무너질 것이니…….'

제갈현의 눈빛은 무섭게 가라앉아 있었다.

'남궁이여, 너희가 자초한 운명이다. 부디 나를 원망하지

천하무적
운가장

않기를······.'

무림맹의 두뇌가 남궁세가를 진정한 적으로 인식하는 순간이었다.

⁂

쾅─!

"그게 무슨 소리야? 더는 일을 못 하겠다니?"

천금상단주가 방금 자신에게 보고한 총관에게 화를 내고 있었다.

"저······ 그게, 저희가 먼저 자신들을 위험에 빠뜨렸다며······ 오히려 손해배상을 청구해야 할 판이라고 합니다."

"뭐? 지금 그걸 말이라고 하는 거야? 이유가 뭐야?"

천금상단주 배금령이 분노의 목소리를 토하며 묻자, 총관이 자신의 손에 들려 있는 서신을 펼쳐 읽어 주었다.

　-천금상단주는 보아라! 우리와 무슨 억하심정이 있어 우리를 궁지에 몰아넣었는지는 모르겠지만, 그래도 우린 무사히 그 궁지를 벗어났다. 생각 같아서는 네놈을 갈아서 마시고 싶지만······ 문파가 멸문에 가까운 피해를 보아서 갈 수 없음이 한이다. 너희에게 빚진 것은 모두 없는 것으로 이 일을 조금이나마 보상받으려 하니 그렇게 알고 있어라. 다시 한번 말하지만······

눈에 띄지 마라. 보이는 즉시 찢어 죽일 수도 있으니…….

　-벽검문주

　총관이 서신의 내용을 다 읽자 배금령은 믿기 힘들었는지 총관의 손에 있는 서신을 뺏어 다시 읽어 보았다.

　총관이 읽은 그대로라는 것을 확인한 후에 분노를 토해 냈다.

　"이게 무슨 개소리야! 으아아아아아악!"

　배금령은 집무실에 있는 것들을 손에 잡히는 대로 사방팔방에 던져 댔다.

　한참을 그렇게 하고 나니 분이 좀 가라앉았는지 의자에 털썩 주저앉으며 말했다.

　"그러니까…… 서신의 내용인 즉 천룡표국을 치러 갔다가 천룡표국에서 고용한 고수들에 의해…… 큰 피해를 봤다 이거지?"

　"네! 그런 내용인 것 같습니다. 멸문에 가까운 피해라고 하니……."

　"어떻게? 아니, 돈도 없는 계집이…… 무슨 수로 그런 고수들을 섭외한 거지? 어떻게?"

　혼이 나간 표정으로 천장을 바라보며 멍하니 있다가 다시 고개를 돌려 총관을 바라보며 말했다.

　"우리에게 진 빚을 갚지 않기 위해 연극을 하는 거 아냐?

충분히 가능성이 있잖아?"

"저…… 그게……."

"왜? 아는 거라도 있어?"

"벽검문은 무림맹에서 탈퇴했습니다. 무림맹에선 멸문에
가까운 피해를 봤다는 사실을…… 인정하여서 허락하였고
요……."

"허…… 내가…… 너무 쉽게 생각했나? 천룡표국에……
숨겨진 재산이라도 있었나? 하아…… 쉬운 일이 없구나."

"어쩌실 예정입니까? 포기하시는 건지?"

총관이 포기라는 단어를 꺼내자 배금령이 미간을 찡그리
며 말했다.

"뭐? 포기? 지금 장난해? 이렇게 되면 오기로라도 내가 천
룡표국을 망하게 할 것이야! 총관 우리도 섭외해!"

"네?"

"우리도 최고의 고수들을 섭외하란 말이야! 그리고 천룡표
국으로 보내! 살수 집단이든! 사파든, 정파든! 돈이 얼마가
들든 닥치는 대로 섭외해서 보내란 말이야!"

"네! 아, 알겠습니다!"

총관이 대답하고 서둘러 나가려는데 배금령이 다시 불렀
다.

"아! 그리고 유가연에게는 특별 포상금을 걸어. 살려 오면
의뢰금의 열 배를 주겠다고. 이 정도는 준다고 해야 죽이지

않고 데려오겠지."

상단주 유가연에 대한 집착이 점점 더 심해지기 시작했다.

총관은 겉으로는 대답했지만 속으로 한숨을 쉬며 나갔다.

❦

천룡과 제자들은 다시 사천 땅을 찾았다.

아쉬움이 컸기 때문이었다.

그렇게 열심히 사천의 수도인 성도를 향해 가다가 무언가를 발견하고 멈춰 섰다.

"사부…… 이거 제가 생각하는 그거 맞죠?"

태성이 절벽 사이에 나 있는 이파리를 뚫어져라 쳐다보며 천룡에게 물었다.

"내 생각에는 삼인 거 같은데…… 저 먼 거리에서 이런 기운을 풍기는 삼이라……. 확실하지 않구나."

천룡이 고개를 저으며 잘 모르겠다고 말하자, 옆에 있던 천명이 자세히 보고 오겠다며 몸을 날려 그 식물이 있는 곳으로 날아갔다.

그리고 그 식물을 조심스럽게 채취해서 돌아와 사뿐히 내려앉았다.

"사부님! 삼(蔘)이 맞습니다. 천 년은 넘어 보이는데요?"

천명이 캐 온 삼은 그의 손에서 영기를 내뿜고 있었다.

"거참…… 남들은 평생……. 아니, 전설이라고 여기고 사는 천년 삼을 우리는 길 가다가 발견하네."

"그만큼 우리의 경지가 높다는 소리겠죠. 이런 작은 기운도 느낄 정도니……."

그랬다.

천룡과 제자들은 성도로 향하던 도중에 절벽 쪽에서 미세한 기운이 흘러나오는 것을 느꼈다.

너무나 미약해서 혹시나 하고 안력(眼力)을 높여서 보았더니, 작은 풀에서 그 기운이 뿜어 나오고 있었다.

"하긴 저런 절벽이면…… 찾으려야 찾을 수도 없겠다. 누가 저런 데서 이런 게 자라고 있을 것이라고 상상하냐?"

"그러니 천 년이라는 시간을 아무런 해도 없이 버렸겠죠."

그렇게 삼을 보며 한참을 대화하다가 누구라고 말할 것도 없이 천룡을 바라보며 말했다.

"이건 아버지가 드셔야죠! 천년 삼은 하늘이 허락한 사람에게만 보이는 영초입니다."

"맞습니다! 사부님 몸보신하라고 하늘에서 내린 선물입니다."

"사부! 지금 저희가 보는 앞에서 꿀꺽하고 씹어 삼키세요!"

아마 세상에 이들 손에 천년 삼이 있다는 것이 알려졌다면 여기저기서 차지하기 위해 천룡 일행을 공격했을 것이다.

그만큼 귀한 귀물이었다.

하지만 천룡의 제자들은 그런 것에는 관심이 없었다.

오로지 천룡의 건강과 행복에만 관심이 있었다.

그런 제자들의 마음이 너무도 확실하게 전달되자 천룡은 울컥하는 마음이 들었다.

항상 꿈꿔 왔던, 그리고 그리워했던 것들이 눈앞에 펼쳐지고 있었기 때문이었다.

잠시 헛기침을 하며 기분을 추스른 후 말했다.

"너희들의 마음은 고맙다만…… 이 중에서 내가 가장 건강할 것 같은데? 너희들이 나눠 먹어라."

천룡의 말에 다들 펄쩍 뛰면서 안 된다고 소리쳤다.

그렇게 한참을 실랑이하다가 결국 팔자는 쪽으로 의견이 모였다.

"서로 안 먹으려고 하니…… 팔자! 팔아서 우리 여비로 쓰자."

최소 금자 천 냥은 받을 수 있는 삼을 팔아서 여비로 쓰겠다고 선포하는 천룡이었다.

"너희들 말대로 정말로 이게 뛰어난 삼이라면 가격도 엄청나겠지? 어떠냐?"

"좋습니다! 사부님 뜻대로 하세요!"

"이야, 울 아버지 통이 크시네! 우리 완전 호화스럽게 여행 다닐 수 있겠다."

"크크크. 그 돈이면 세상 돌아다니면서 하고 싶은 것 먹고 싶은 것 다 먹고 다녀도 남겠는데요? 사부, 일단 큰 도시로 가서 팔아 보죠."

"근데 이걸 어디에다가 팔아야 하나?"

"음, 보통 이 정도 영약이면 큰 문파나 아니면 고관대작쯤 되는 놈들한테 팔면 될 것 같습니다. 그놈들은 영약이라면 환장을 하니까요."

그렇게 어찌 팔지 이야기를 하고 있는데 천명이 갑자가 무언가 떠올랐다는 듯이 말했다.

"생각해 보니, 이게 수련도 되고 돈도 벌고 일거양득 같은데요?"

천명의 말에 무광이 물었다.

"그게 무슨 말이야? 뜬금없이?"

"저희가 이러한 영초의 기운을 느낄 수 있다면, 나중에 이러한 영초를 찾는 것으로 수련도 가능하지 않겠습니까? 이런 미세한 기운을 파악하는 수련이죠. 그리고 발견하는 영초는 팔아서 운가장 운영비로 쓰고요."

"우와! 너 천재야? 어찌 그런 생각을 다 했어? 아버지! 좋은 생각 같은데요? 나중에 장원으로 돌아가면 우리 해 보죠!"

제자들의 말에 천룡이 왠지 재밌을 것 같은 표정을 지으며 고개를 끄덕였다.

"사부와 사형들이랑 있으니 한 시도 지루할 틈이 없네요."

그렇게 다들 뭐가 그리 좋은지 하하하 거리면서 성도 쪽으로 발걸음을 옮겼다.

사천 지방의 수도인 성도(成都)에 도착한 이들은 객잔에 짐을 풀고 거리로 나왔다.

"일단 정보를 먼저 모아야 할 것 같습니다. 누가 이것을 살 재력이 되는지 알아야 하니까요."

"사부! 하오문(下汚門)을 찾아가 보죠. 걔들이라면 모르는 정보가 없어요."

"하오문?"

"네! 개방과 함께 정보를 다루는 집단인데, 이런 자잘한 정보들은 이들이 더 전문적이에요. 아마 저희가 원하는 자들을 알아서 찾아 줄 거예요. 저희는 가만히 앉아서 기다리면 돼요."

"그래? 그래. 그럼 하오문으로 가 보자."

천룡의 허락이 떨어지자 무광이 물었다.

"야, 근데 하오문이 어디 있는지 알아? 걔들은 숨어 있어서 찾기 힘들지 않나?"

"언제 적 이야기를 하시는 겁니까? 요즘은 걔들도 그냥 대놓고 일해요."

"어라? 보통 숨어서 활동하지 않았어? 약한 놈들 집합체라 대놓고 다니기엔 위험할 텐데?"

"아, 예전엔 그랬죠. 하지만 그들에게 구심점이 되어 줄 강한 문주가 나타난 거죠. 일단 뭐 역사가 오래된 문파라 체계는 꽉 잡혀 있었고, 무공만 좀 강해지면 되는 문파였는데 그걸 해결한 거죠."

"그래? 거참…… 내가 세상을 너무 모르고 살았군."

"하하, 사실 저도 최근에 안 사실입니다. 아! 저기 있네요."

태성이 가리킨 곳을 보니, 그리 크지 않은 작은 건물에 현판이 걸려 있었다.

-하오문(下汚門) 성도지부(成都支部)

"허…… 정말……이네?"

"그렇다니까요. 들어가시죠."

건물 안으로 인기척을 내면서 들어가자 염소수염을 한 자가 종종걸음으로 마중을 나왔다.

"하하하, 어서 오십시오! 손님. 자리로 안내해 드리겠습니다!"

염소수염의 안내에 따라가다 보니 촛불에 의지하여 그곳을 밝히는 어두운 복도가 나왔고 그 복도 옆으로 방들이 여러 개 있었다.

"저기 육 호실에 들어가 계시면 저희 담당자가 공자님들을 찾아뵐 것입니다. 소인은 곧 공자님들이 마실 차를 가지고 가겠습니다."

염소수염의 말에 육 호실로 향하면서 일행은 신기함에 여기저기 둘러보기 바빴다.

그러한 천룡 일행을 보며 염소수염은 알 수 없는 미소를 지으며 나갔다.

육 호실에 들어와 앉아 있으니 염소수염이 찻물과 찻잔을 들고 다시 들어왔다.

"여기는 처음입니까?"

"그렇소."

"그럼 이곳 이용에 대해 잠시 설명해 드려도 되겠습니까?"

염소수염의 말에 다들 고개를 끄덕이자 염소수염은 기침을 한 번 하고는 설명을 시작했다.

"일단 기본 상담료가 은자 한 냥이 있습니다. 담당자가 의뢰를 받든 안 받든 무조건 내야 하는 금액입니다. 또한, 담당자가 의뢰를 받을 때 의뢰 내용에 따라 등급이 정해져 있습니다. 등급에 따라 금액은 천차만별이니 이점 참고해 주시길 바랍니다."

그러고는 책자 하나를 태성 앞에 내려놨다.

"이 책자에 상세한 가격이 나와 있으니 후에 담당자가 몇 급이라고 하면 그 서책을 보고 참고하시면 됩니다."

"알았소."

염소수염의 말에 태성이 고개를 끄덕이며 답했다.

"아, 그리고 혹시라도 담당자분에게 음담패설을 하시거나,

담당자분에게 수치스러운 요구를 하실 땐 부득이하게 저희 무사들이 출동하여 공자님들에게 좋지 않은 모습을 보일 것입니다. 그러니 체통을 지키셔서 부디 그러한 불상사는 없도록 해 주시면 감사하겠습니다."

"응? 무슨 소리야 그게. 담당자가…… 여자요?"

"그렇습니다. 하하. 아무래도 남자분들이시니 여자 담당자가 더 이야기하기 편하지 않으시겠습니까? 그럼 전 이만."

그리고 다시 알 수 없는 미소를 지으며 나갔다.

"허허, 이게 뭔……."

그렇게 어이없어하고 있을 때 이번엔 앞쪽 벽이 좌우로 열리며 요염한 자세로 책상에 앉아 있는 여인이 모습을 드러냈다.

그 모습을 보니 왜 염소수염이 그렇게 신신당부를 하고 갔는지 알 것 같은 기분이 들었다.

저렇게 아름다운 미인을 왜 이들은 담당자로 내세웠을까?

"어머! 호호호! 너무 그렇게 넋 놓고 보시면 부끄러운데요?"

간드러진 목소리에 정신을 차리는 네 사람이었다.

넋 놓고 본 것이 아니라 왜 여자일까를 생각하고 있었고, 천룡은 여인이 입은 옷은 절대로 유가연이 입지 못하게 하겠다고 생각하고 있었다.

가슴골이 너무나도 확연하게 보이는 의상인지라 보기 민

망했던 것이었다.

"흠흠, 그렇게 생각했다면 사과하겠소."

"호호호, 아니에요. 항상 당하는 일이라 이제는 무덤덤하답니다. 소녀는 공자님들의 의뢰를 상담해 드릴 송가월이라해요. 호호호."

그렇게 잠시 동안 영양가 없는 대화가 오가다가 진중한 표정으로 자세를 바로 하는 송가월이었다.

"자! 그럼 우리 잘생긴 공자님들이 원하는 것이 무엇인지들어 볼까요?"

"혹시 물건도 대신 팔아 주고 그러오? 우리가 팔 물건이있는데…… 누군가에게 뭘 팔아 본 적이 없어서 말이오."

"아항! 장물아비는 저희 전문이랍니다. 대신 수수료가 조금 나가는데…… 괜찮으시겠어요?"

"장물? 이런…… 무언가 오해를 했나 보군. 그저 편하게물건을 팔려고 여기를 찾아온 것뿐이오."

"장물이 아니면? 개인 물품을 파시는 건가요?"

"아니오. 여기 오다가 캔 삼을 좀 팔려고 왔소."

삼이라는 말에 송가월은 이들이 왜 자기를 찾아왔는지 알았다.

아마도 여기저기 세상 경험을 위해 다니던 중에 산길 같은곳에서 우연히 삼을 발견했나 보다고 생각을 했고, 그것을팔아 여비를 충당하려고 하는 것으로 생각했다.

물론 오래되지 않은 삼이니 저들이 저리 팔려고 하는 것으로 생각했다.

"그렇군요. 그럼 저희를 찾기보다는 약재상을 찾아가시는 것이 더 정확하고 수수료도 안 물고 했을 텐데요?"

"흐음……."

아무래도 계속 서로 의견이 엇갈리고 있는 기분이 들었다.

이럴 때는 확실하게 하는 것이 서로에게 시간 절약도 되고 좋았다.

태성은 품 안에서 돌돌 말린 무명천을 꺼냈다.

그리고 그것을 풀어 송가월에게 보였다.

"헉!"

송가월은 그 정체를 보고는 너무나 놀랐다.

샌님 같은 공자님들이 캐 온 삼이니 고작해야 삼십 년에서 많이 쳐줘야 백 년짜리라 생각했는데, 자신의 눈앞에 있는 삼은 최소 천 년짜리였다.

'이건…… 최소 천 년짜리다. 이래서 여길 찾아왔구나…….'

정보를 주업으로 사는 삶을 살았기에 이것이 무엇인지 대번에 알아챘다.

송가월의 눈에는 순간 욕심이 깃들었다.

이것을 차지하면 자신의 인생이 필 것이라고 생각을 한 것이다.

송가월은 삼과 그것을 가져온 천룡 일행을 계속 번갈아 가며 쳐다보았다.

놀란 송가월과는 달리 천룡 일행은 무덤덤해 보였다.

'저 표정을 보니…… 이 삼의 진정한 가치를 모르는 것이 분명하다……. 그래…… 결심했어.'

"호호호, 이 정도 상품 산삼이면 구매자를 찾기가 쉽지 않아요. 시일이 좀 걸리는데 괜찮으세요?"

"어차피 일찍 구해질 것이라고는 생각하지 않았다. 알아서 팔아 주시오."

"호호호, 네, 알겠습니다. 대신 수수료가 조금 센데 괜찮으시겠어요?"

"얼마요?"

"판매된 금액에서 일 할입니다."

"뭐? 아니, 미쳤소?"

무광이 말도 안 된다고 버럭 대자 송가월이 웃으며 말했다.

"어머! 공자님. 세상 물정을 모르시네. 이 정도 산삼을 쉽게 팔 수 있을 거라 생각하신 거예요? 정 맘에 안 드시면 다른 곳을 알아보시든가요."

"끄응."

고민하는 흔적이 보이자 송가월이 다시 말했다.

"좋아요! 인심 썼다. 오 푼! 더는 안 돼요."

"오 푼? 좋소! 대신 좋은 가격에 팔아 줘야 하오."

"여부가 있나요. 호호. 저만 믿으세요."

"알았소. 우린 저기 건너 객잔에 머물고 있을 테니 사겠다는 사람이 생기면 알려 주시오."

그렇게 말하고 은자 한 냥을 내려놓으며 나가려 했다.

그런데 송가월이 붙잡았다.

"그냥 가시려고요?"

"응? 그럼?"

"산삼을 주고 가셔야지요."

"이걸? 왜?"

"그래야 상품을 보여 드리고 팔지요."

"아니, 그냥 이런 산삼이 있다고 말하고 찾으면 되지 않소?"

"이봐, 이봐. 이렇게 세상을 모르시네. 이런 좋은 상품을 비싼 가격에 팔려면 보여 주어야 가장 효과가 좋다고요."

"그, 그런가?"

전문가가 하는 말이니 그런가 보다 하고 산삼을 넘겼다.

그리고 문밖까지 배웅 나오는 송가월을 뒤로하고 객잔으로 이동했다.

송가월은 곧바로 염소수염에게 보고를 했다.

"세상 물정 모르는 사람들 같아요. 대충 상급 산삼이라고 둘러댔으니 삼백 년 묵은 삼과 바꾸는 게 어때요?"

"그들이 과연 이 삼의 가치를 모를까?"

"전혀 모르는 눈치였어요."

"흠, 위험한 도박인데……."

"아잉, 지부장님 이번에 승급하셔서 본단으로 가셔야죠."

"허허, 그게 이거랑 무슨 관계더냐?"

"문주님께 바치시는 건 어때요?"

"문주께?"

"네! 그리고 잘되면 저랑……."

그러면서 몸을 배배 꼬는 송가월이었다.

그 모습에 흐뭇한 표정을 지으며 결국 해서는 안 될 결정을 내리는 지부장이었다.

며칠 뒤에 물건이 팔렸다는 소리에 지부를 다시 찾은 천룡 일행이다.

그런데 금액이 어째 많이 적었다.

"뭐야? 왜 이리 적어?"

"하하, 고객님, 삼백 년 산삼값으로는 충분한 가격입니다."

지부장의 말에 무광의 눈썹이 역팔자로 휘었다.

"뭐, 몇 년? 장난해? 아니, 천 년짜리가 왜 삼백 년으로 둔갑했는데!"

그 말에 지부장이 움찔했다.

'아뿔싸…… 알고 있었구나. 어쩌지? 일단 우기자. 보아하니 무공도 약해 보이는데 자기들이 어쩌겠어.'

"허허, 공자님들 저희가 받은 것은 삼백 년이 맞습니다만?"

"뭐? 이 새끼들이 지금 사기를 치겠다는 거야?"

"하하하, 지금 억지를 부리시는 건 공자님들입니다. 증거 있습니까? 저희에게 준 삼이 천 년짜리라는 증거 말입니다."

능글거리며 말하는 지부장이었다.

"증거?"

"하하, 네 증거……!"

웃으며 말하는 지부장의 목이 분노한 태성에게 잡혔다.

그와 동시에 지부장의 주변에 있는 모든 무사가 검을 뽑아 들었다.

차차창—!

하지만 태성은 전혀 신경을 쓰지 않았다.

"증거? 지금 증거라 했냐?"

"케켁!"

이미 태성의 눈은 붉어질 대로 붉어져 있었다.

"오냐! 증거! 보여 주지! 그동안은 이런 짓들이 통하였는지 모르겠지만, 오늘은 아니다. 염불이나 외워 두거라……."

털썩—.

지부장을 바닥으로 던져두고 검을 빼 든 하오문의 무사들을 향해 몸을 돌렸다.

그러면서 무사들에게 나가려 하자 천룡이 나지막하게 말

했다.

"죽이진 마라."

그 말에 고개를 끄덕이고 무사들이 있는 곳으로 몸을 날리는 태성이었다.

퍼퍼퍽-!

퍼퍼퍼퍼퍽-!

고속으로 움직이는 동작 탓에 태성의 몸에서 수십 개의 팔이 생겨난 것처럼 보였다.

순식간에 수십 명이 넘는 무사들이 사방으로 날아가며 바닥으로 떨어졌다.

바닥에 떨어진 무사들은 온몸이 기이하게 꺾인 형태로 꿈틀거리고 있었다.

자신의 눈앞에서 벌어진 엄청난 일에 염소수염은 미동도 못 한 채 그 자리에 서 있었다.

'저 많은 무사를 처리하는 데…… 누, 눈에 보이지도 않았다……. 꿀꺽.'

마른침이 저절로 삼켜졌다.

절대로 자신이 상대할 수 있는 수준이 아니었다.

천천히 눈알을 굴리자 자신을 아주 찢어 죽일 기세로 쳐다보는 태성이 보였다.

어찌나 기세가 거센지 온몸이 칼로 난자당하는 기분이 들 정도였다.

"증거 더 필요해?"

염소수염은 자신도 모르게 고개를 끄덕였다.

"뭐? 더 필요하다고?"

태성이 주먹을 말아 쥐었다.

아차 싶었는지 이번엔 격하게 고개를 가로저었다.

온몸에 식은땀이 줄줄 흐르고 바지가 축축해진 것 같았지만 지금은 그런 것을 신경을 쓸 때가 아니었다.

대화할 분위기가 되었다고 생각했는지 태성이 나직하게 물었다.

"그래. 우리 산삼 어디 있어?"

"그, 그게…… 여기에 없습니다."

"뭐? 그럼 어디에 있는데?"

"저희 본단으로 넘어갔습니다."

"본단? 거긴 왜?"

"제, 제가 출세할 욕심으로…… 무, 문주님께 상납했습니다."

염소수염은 문주의 명성을 믿었다.

문주의 악명을 이들이 들었다면 어느 정도 협상의 여지가 있다고 생각했다.

그러나 그것은 잘못된 생각이었다.

"가만 하오문 문주면…… 명왕이잖아? 그 새끼가 시키던? 우리 산삼 훔쳐 오라고?"

지부장은 경악했다.

하오문의 문주가 명왕인지 알면서도 저리 말한단 말인가?

갑자기 오한이 들었다.

자신의 경험상 이건 감당이 안 되는 사건이었다.

"그, 그게 아니고……."

"이 시바 새끼가 시켰구나. 산삼 털어 오라고!"

"그 새끼가 간덩이가 부었네. 우리 산삼을 털어 오라고 시
키고!"

"아, 아니 그게 아니고 제, 제 말 좀……."

무언가 잘못되어 가고 있다는 걸 깨달은 지부장이었다.

태성이 붉어진 두 눈으로 지부장을 노려보며 말했다.

"너 우리가 누군지 알아?"

지부장이 고개를 도리도리 저었다.

왠지 알면 안 될 것 같았다.

"천하에서 나 사황의 물건을 훔치고 무사한 놈은 없다."

"네?"

지부장은 지금 자신이 무엇을 들었는지 헷갈렸다.

분명 들어서는 안 될 말을 들었는데 기억이 나질 않았다.

방금 들었는데.

그런 지부장을 무시하고 일어서는 태성이었다.

"일단 가자."

"어디를?"

"너네 본단."

"그게⋯⋯."

"아! 내가 너무 편하게 얘기했구나? 그치?"

"아, 아니⋯⋯."

퍼억-!

"꿰에에엑!"

"그래. 다른 애들 다 맞았는데 너만 그냥 두면 형평성에 좀
어긋나겠지?"

아니라고 대답하려 했지만, 태성의 주먹이 더 빨랐다.

먼지가 나도록 맞는다는 것을 실제로 경험하는 지부장이
었다.

송가월은 산삼을 들고 곧바로 본단으로 향했다.

그리고 당당하게 문주에게 지부장이 바치는 거라며 산삼
을 올렸다.

이제 지부장이 승진하고 자신과 행복하게 살 거라는 상상
에 즐거운 송가월이었다.

그렇게 회심의 미소를 지으며 문주에게 산삼을 바쳤는데,
뜻밖에 문주가 직접 대면을 요청한 것이었다.

그 덕분에 지금 이렇게 문주 집무실에서 고개를 조아리고

문주의 입이 열리기를 기다리고 있었다.

"백주홍인면(白酒紅人面), 황금흑사심(黃金黑士心)이라 했는데……. 탐이 나지 않더냐?"

"소녀가 어찌 주인이 있는 물건에 욕심을 부리겠사옵니까! 그 물건은 오로지 천하에 한 분 문주님을 위한 물건이옵니다."

"으하하하하하! 정말 말은 잘하는구나."

웃으며 자신의 손에 들려 있는 산삼을 요리조리 돌려 보며 다시 말했다.

"그래……. 이 산삼을 성도지부장이 나에게 바치는 거라고?"

"네! 그러하옵니다! 소녀는 지부장님의 명을 받들어…… 이렇게 목숨을 걸고 왔사옵니다."

그렇게 대답을 마치자마자 송가월의 온몸에 소름이 돋아났다.

문주가 송가월을 기로 압박하기 시작한 것이었다.

"문제가 있는 물건은 아니겠지? 날 속이거나 하는 것도 없고?"

문주가 나지막하게 묻자 송가월은 온몸에 땀을 비 오듯이 흘리며 간신히 답했다.

"……하, 한 치의 거……짓도 없사옵……니다……. 크흑!"

제二장

그 모습에 만족했는지 기운을 거두며 다시 산삼에 시선을
두기 시작했다.

"알았다. 정말 고생이 많았구나. 지부장에게 전하거라. 곧
좋은 소식이 있을 것이라고."

문주가 인자한 미소를 지으며 말하자 송가월이 고개를 숙
였다.

"알겠습니다. 그리 전하도록 하겠습니다."

자신의 계획대로 일이 진행되자 속으로 환호를 지르는 송
가월이었다.

그때 문이 열리며 무사 한 명이 다급하게 들어왔다.

"무, 문주님께 급히…… 보고드릴 일이 있습니다!"

"무슨 일이냐?"

"웬 놈들이 정문에서 행패를 부리고 있는데…… 무공이 강하여 저희 무사들이 곤혹을 치르고 있습니다!"

"아니, 고작 그것 때문에 이렇게 달려온 것이냐? 내가…… 그런 것까지 일일이 신경을 써야 하는 위치더냐?"

좋았던 기분이 가라앉자 기분이 상한 문주가 보고하러 달려온 무사를 보며 낮은 목소리로 말했다.

바닥에 땀이 뚝뚝 떨어질 정도로 긴장한 무사가 계속하여 말했다.

"…… 자, 장로님들 또한 지금 당하고 계십니다!"

"뭐, 뭐라? 장로님들이? 그 정도의 고수들이 왜?"

"그, 그것이 갑자기 나타나서 자기네들 산삼을 내어놓으라며……."

"산삼?"

그 말과 함께 자신의 손에 들려 있는 천년 산삼을 바라보았다.

그리고 무척 당황한 듯이 몸을 부르르 떨고 있는 송가월을 바라보았다.

"나에게…… 속인 것이 있구나……. 그렇지? 일단…… 나를 따라오너라. 뒷일은 이 일을 해결한 후에 이야기하자꾸나."

문주가 앞서 나가자 송가월은 마지못해 그 뒤를 따라나섰다.

한편 하오문의 정문 앞에는 수많은 사람이 쓰러져서 신음을 내고 있었다.

"으윽! 크윽!"

"끄어억!"

"아아아아익!"

털썩 털썩─!

사방에서 고통에 몸부림치며 쓰러지는 사람들이 속출했다.

그리고 그들을 그렇게 만든 주인공들은 세상 느긋하게 산보라도 나온 것처럼 걸어 들어오고 있었다.

그 옆에는 지부장이 질질 끌려오고 있었다.

"자, 어서 말해. 산삼 가지고 오라고. 애꿎은 애들 더 이상 상하게 하지 말고."

지부장은 죽을 맛이었다.

지금 여기서 그것을 가져오라고 말하는 것은 자살행위나 다름이 없었다.

하지만 말을 하지 않을 수도 없었다.

옆에서 무섭게 쳐다보는 태성이 있기 때문이다.

"뭐 해? 안 움직여?"

그때 한 노인이 칼을 지팡이 삼아 간신히 몸을 지탱하며 외쳤다.

"네놈들은 누구냐! 누구길래 우리를 공격하는 것이냐?"

"우리? 너희에게 손해를 입은 선량한 고객."

"뭐? 그런 억지를 나더러 믿으라는 것이냐? 힘이 좀 있다고 와서 행패를 부리는 너희 같은 무리를?"

"뭐라? 행패? 힘만 세? 허 참, 역시 도둑들이 모여 만든 문파라 남의 물건 훔쳐 놓고 아주 당당하구나!"

무광의 말에 노인은 이마에 핏줄이 터질 듯하게 커지면서 분노를 토해 냈다.

"뭐, 뭐라? 네 이놈들! 어느 문파의 버러지들이길래 이리도 무례하단 말이냐!"

하지만 무광은 능글거리는 표정으로 귀를 후비며 말했다.

"역시 정곡을 찔리니까 버럭버럭하는 거 봐."

무광이 다시 빈정거리며 말하자 노인이 더는 참지 못하겠는지 칼을 들어 무광에게 돌진했다.

챙ㅡ!

콰당탕ㅡ!

노인은 온 힘을 모아 일격을 날렸지만, 무광의 손에 허무하게 칼과 함께 날아갔다.

노인이 바닥에 엎드려 피를 토하고 있을 때 누군가가 노인의 등에 손을 가져다 대며 말했다.

"장로…… 고생하시었소. 가부좌를 틀고 어서 내상을 다스리시게."

속이 편해짐을 느낀 장로는 고개를 들어 문주를 바라보다가 가부좌를 틀고 내상을 다스리기 시작했다.

　그 모습을 보던 하오문주는 이글거리는 눈빛으로 천룡 일행을 바라보았다.

　"그대들은 누구인가?"

　하오문주의 말에 태성이 짜증이 나는 얼굴로 말했다.

　"아, 또 말하게 하네. 야! 네가 말해."

　끌려온 지부장은 얼굴이 시퍼렇게 죽은 채로 부들부들 떨고만 있었다.

　그 모습을 본 하오문주가 지부장에게 압박을 가하며 물었다.

　"네놈이 상관이 있는 일이더냐?"

　"저, 저는 그, 그게…… 크윽!"

　"대답하라."

　"커헉!"

　털썩―!

　하오문주의 압박에 버티지 못하고 기절하는 지부장이었다.

　"어? 뭐야? 기절했잖아? 아, 시바! 이러면 누가 우리 변호를 해 줘? 야! 이거 어쩔 거야?"

　하오문주에게 삿대질을 하며 소리치자 기가 막힌 표정으로 말했다.

　"얼마나 대단한 무공을 지니고 있길래 이리도 오만방자하게 행동을 하는 것인가. 하오문이라고 하여 우리가 우스워 보인 것인가? 아니면 당대에 하오문주인 나를 모르는 것인가?"

하오문주가 사방팔방에 진한 살기를 내뿜으며 말했다.

"알지. 하오문주가 누군지 아주 잘 알지. 천하에 수많은 고수 중에 차기에 황(皇)의 별호를 가질 수 있는 절대 고수들이 있는데, 그들을 일컬어 칠왕십제(七王十帝)라 부른다지? 그중에 잔인하기로 유명한 명왕(命王) 장천(張天)이 아니신가?"

"……그것을 알고서도 이렇게 나온다는 것은……. 그대들의 실력 또한 그 못지않다는 뜻인가?"

"정답!"

"…… 칠왕십제에 버금가는 무력을 지닌…… 알려지지 않은 자들이라……. 그 말이 사실인지 본좌가 직접 확인해 주지."

명왕 장천이 기세를 끌어 올리며 나서자, 무광이 그를 상대하기 위해 팔짱을 풀고 맞서서 나가려고 했다.

그때 천명이 무광을 붙잡으며 말했다.

"사형, 저에게 맡겨 주시면 안 되겠습니까?"

"응? 아니, 안 될 것은 없지만…… 왜. 저자와도 무슨 인연이 있느냐?"

"인연은 없습니다. 다만…… 죽이지 않고 제압을 하실 예정 아니십니까?"

"그렇지. 딱히 누굴 죽이는 걸 별로 좋아하지 않아."

"그러니 저에게 맡겨 주세요. 저런 자는 자존심이 강해서 쉽게 승복하지 않습니다."

"아니, 그럼 너는 승복하게 할 수 있다는 것이야?"

"네!"

"……그래 그럼. 네가 잘 타일러서 우리 말 좀 제발 듣게 만들어라."

"네, 사형! 저만 믿으십시오."

무광과 천명의 대화를 다 듣고 있었던 명왕 장천은 너무도 어이가 없어서 순간 기세를 풀어 버렸다.

아무리 생각해도 제정신이 아닌 놈들이었다.

저들의 몸에서 느껴지는 기운 역시 그다지 강하게 와닿지도 않았다.

하지만 나름 강자 측에 속하는 장로들까지 저들에게 당했으니 방심을 버리고 최선을 다하려고 한 것이다.

그런데 저들의 대화는 자신과의 대결에는 일절 관심이 없었다.

아니, 오히려 이미 자신은 저들에게 질 것이라고 확신을 한 상태에서 대화하고 있었다.

심지어 고분고분 말을 잘 듣게 만들라는 말까지 하는 것이 아닌가.

분노가 쌓이고 그 분노는 명왕으로 하여금 엄청난 기세를 폭발시키게 만들었다.

"이 새끼들이! 죽이진…… 않겠다. 사지근맥(四肢根脈)을 모두 자르고 살려서 평생을 노예처럼 살게 해 주지."

죽이는 것은 사치라 생각하고 저들을 모조리 제압해서 평생을 개처럼 끌고 다니겠다는 마음을 먹고 천명을 향해 움직였다.

달려 나가는 명왕의 우수(右手)엔 살기 가득한 시퍼런 기운이 맺히기 시작했다.

바로 지금의 명왕을 만들어 준 그의 진신 무공인 무궁칠성권(無窮七成拳)이었다.

칠 초식으로 이루어진 무공이었고 모든 무공이 그렇듯이 뒤로 갈수록 위력이 강해졌다.

하지만 명왕은 오 초식까지만 사용했고 그것으로도 충분히 세상은 그를 명왕이라고 불렀다.

그러한 명왕을 귀여운 듯이 바라보며 앞으로 나서는 천명이었다.

앞으로 나서면서 사부와 사형제들이 들으라고 말을 했다.

"제가 나선 이유는 제가 제일 잘 때리기 때문입니다."

그렇게 말하면서 자신을 향해 시퍼런 강기를 머금고 날아오던 손을 아무렇지도 않게 잡았다.

"어억! 이게 무, 무슨!"

강기를 맨손으로 잡는 기이한 장면에 명왕의 눈이 커다랗게 변했다.

그것도 다른 이의 강기도 아닌 바로 자신이 만든 강기를 말이다.

명왕의 손을 잡은 천명은 가볍게 복부에 주먹을 꽂아 넣으며 말했다.

퍼어억—!

"세상을 돌아다니다 보니, 이놈 저놈을 많이 만나 봤지요. 그중에는 지치지도 않고 끊임없이 덤비는 놈들도 나오더군요."

천명의 한 방에 몸이 새우처럼 꺾이며 격한 고통의 신음을 내는 명왕이었다.

"커, 커어어어어억!"

그런 명왕을 토닥거리며 숨을 쉬게 만든 뒤, 다시 똑바로 세워 주먹을 복부에 그대로 꽂아 넣는 천명이었다.

퍼어어어억—!

처음보다 더 크게 북 터지는 소리가 들렸다.

"그런데 저도 누구를 죽이는 것은 딱히 좋아하지 않는 터라 적당히 살려서 돌려보내 주었지요. 그런데…… 제가 너무 허허거리면서 돌아다녔나 봅니다. 그런 저를 아주 만만하게 본 것인지…… 정말로 이길 수 있다고 생각을 한 것인지……. 계속 공격을 하더군요."

퍼억—! 퍽— 퍼퍼퍽—!

말을 하면서 명왕의 여기저기를 마구잡이로 패기 시작하

는 천명이었다.

그의 입가엔 즐거운 표정이 올라오고 있었다.

"그래서 생각을 했지요. 오는 놈들마다 다 죽이자니 살업
(殺業)이 너무 쌓일 것 같고, 그렇다고 살려 보내자니 시도 때
도 없이 날파리처럼 달라붙고…….."

"제, 제발…… 그, 그만……."

천명의 구타에 명왕의 입에서 나온 소리였다.

그러한 말을 깔끔하게 무시하며 계속해서 두드려 패는 천
명이었다.

퍼퍼퍼퍼퍼퍽-! 퍽퍽-!

"하루는 인내심이 폭발해서 저도 모르게 정말 이성을 놓고
죽지 않을 만큼 패고, 기절하면 깨어날 때까지 기다렸다가
패고, 죽지 않게 먹여 가며 패고…… 했더니 어느 순간 그놈
이 제 눈만 보면 오줌을 지리는 게 아니겠습니까?"

그 말과 함께 기절했는지 축 늘어지는 명왕을 바닥에 던져
놓고 꿈틀거리는 것을 보면서 계속 말했다.

"그때 깨달았죠. 아! 이거구나. 저놈들이 다시는 덤비지
못하게 교육을 하면 되겠구나! 하하, 정말 커다란 깨달음이
었죠."

-저거…… 천명이 맞냐? 우리 중에 제일 멀쩡한 줄 알았는
데…… 제일 제정신 아닌데?

-사황은 제가 아니라…… 천명 사형이 가져가야 할 별호 같

네요.

질린 얼굴로 천명을 바라보는 무광과 태성이었다.

"그 뒤로 연구를 했습니다. 어디를 어떻게 때려야 극한의 고통이 오는지 말이죠. 뭐, 연구 대상은 시도 때도 없이 나타나서 부족하지 않았죠."

그리고 쓰러져 있는 명왕을 바로 눕혔다.

"가령 이렇게 기절한 놈도 벌떡 일어나게 하는 고통도 있죠."

그렇게 말하며 명왕의 천돌혈(天突穴)을 발로 톡 건드렸다.

"끄아아아아아악!"

폐부가 찢어질 듯한 비명을 지르며 벌떡 일어나는 명왕이었다.

용수철처럼 일어나던 명왕의 안면에 천명의 발차기가 날아왔다.

빠아아아악-!

퍽퍽- 퍽퍽-!

자신의 발차기에 맞아 날아가는 명왕을 쫓아가서 다시 밟는 천명이었다.

"열심히 연구하고 노력한 결과, 이렇게 힘들이지 않고 밟아도 상대방은 지옥의 고통을 느끼게 만들 수 있게 되었죠."

잠시 후, 또다시 기절한 명왕.

축 처진 채로 바닥에서 꿈틀거리며 침을 질질 흘리고 있었다.

그런 명왕을 바라보며 무언가 속이 시원한 표정을 짓는 천명이었다.

"오호, 그거 참 편하구나. 나중에 나에게도 좀 알려 줘."

천룡이 그러한 천명을 보며 자신에게 알려 달라 하자 무광과 태성이 경악을 하며 목이 부러져라 천룡을 향해 고개를 돌렸다.

"하하하! 역시! 사부님은 알아주실 줄 알았습니다! 오늘 기분이 너무 좋네요! 하하하!"

천룡이 천명의 구타 기술을 좋게 본 것은 일단 저렇게 고통을 받아도 몸이 크게 축나지 않았다.

추궁과혈의 원리랄까?

그리고 무엇보다 적당한 힘 조절에 사람을 죽이지 않고도 굴복하게 만들 수 있다는 것이 너무도 맘에 들었다.

한편 칠왕십제 중 한 명인 명왕을 저렇게 어린애 다루듯이 다루는 것도 모자라서 명왕이 너무나도 고통스러운 나머지 빌게 만드는 저 잔인한 손속에 하오문도들은 다들 충격과 공포에 빠져 떨고 있었다.

그 누구도 숨소리 하나 크게 내는 사람이 없었다.

특히나 이들에게 사기를 쳤던 송가월은 정신이 나간 채로 하늘을 바라보고 있었다.

그런 상황을 아는지 모르는지 천명은 태평하게 말을 계속

이어 나갔다.

"보통은 두 번 정도에서 싹싹 빌면서 용서를 비는데……
얘는 명왕이니까…… 한 열 번 정도는 기절할 때까지 밟아야
겠죠?"

그리 말하면서 다시 천돌혈을 밟으려고 하자, 그 소리에
정신이 든 명왕이 눈을 번쩍 뜨고 일어나 천명의 다리를 붙
잡고 울먹거리며 말했다.

"아, 아닙니다! 두 번이면 됩니다! 제발…… 제발…… 그
만…… 때리세요."

"어? 이럴 리가 없는데. 이상하네?"

천명은 고개를 갸웃거리며 그 자리에 몸을 낮춰 명왕과 눈
을 마주쳤다.

그리고 다시 일어나 웃으며 말했다.

"역시! 아니야. 눈이 살아 있어. 넌 좀 더 맞아도 될 것 같
다."

"아, 아닙니다! 제발!"

무엇이 그리 즐거운지 신나는 목소리로, 애절하게 애원하
는 명왕을 다리에서 떼어 놓고 밟기 시작했다.

"보통 이렇게 꼼수를 써서 빠져나가 보려고 하는 애들도
나와요. 하지만 그럴 땐 마음이 약해져도 모진 맘을 먹고 교
육을 해야 해요."

퍼퍼퍼퍼퍽- 퍽퍽-!

어찌나 신명 나게 패는지 소리가 음률적으로 들리기까지 하는 것 같았다.

그 뒤로도 세 번을 더 기절할 때까지 맞은 명왕이었다.

하오문과 명왕에게 절대 지울 수 없는 공포를 깊게 새긴 천룡 일행이었다.

명왕은 바닥을 길 정도로 박박 빌며 용서를 구했다.

거기에 성도지부에서 끌려온 문도들이 모든 사실 여부를 고하며 일단락되었다.

이 일을 진행한 지부장과 송가월은 그날부로 세상에서 자취를 감췄다.

그리고 명왕은 자신의 집무실로 그들을 데리고 간 후, 그들 앞에 공손히 두 손으로 산삼을 바치고 고개를 조아린 채서 있었다.

"야, 이것 때문에 얼마를 돌아온 거야?"

무광이 산삼을 바라보며 말했다.

그리고 명왕을 바라보며 말했다.

"그러니까 진작 군말 없이 줬으면 이런 일이 없잖아."

"죄, 죄송합니다."

"그래도 다행인 줄 알아. 무사히 돌려받았으니."

"억울하지? 누군지도 모른 놈들한테 처맞아서."

무광이 실실거리며 말하자, 명왕이 경기를 일으키며 답했다.

"저, 절대 아닙니다! 썩어 빠져 있던 제정신을 번쩍 들게 해 주신 은혜 평생 잊지 않겠습니다!"

그 모습에 태성이 어이없어하며 말했다.

"이야, 장난 아니네. 사형에게 애들 군기 잡으라고 하면 천하무적의 부대가 탄생하겠는데요?"

"그러게 말이다. 야, 그렇게 억울해하지 마라. 우리도 나름 유명한 사람들이라……."

무광의 말에 태성이 제일 먼저 자신의 정체를 알려 줬다.

"나는 용태성. 사람들이 날 사황이라 부르지."

"헉!"

숨이 턱 막혔다.

"컥! 콜록콜록!"

태성의 말에 혼란스러워하는 얼굴과 놀란 얼굴, 그리고 당황하는 얼굴이 범벅된 명왕이었다.

"정말이야. 반로환동해서 좀 어려졌긴 하지만 사황 맞다."

그리고 자신의 머리를 쓸어 넘겼다.

명왕의 눈에 쓸어 넘겨지는 붉은 머리카락이 들어왔다.

왜 저것을 이제야 알아차렸을까?

실제론 그것을 볼 정신이 없었다는 것이 정확했다.

'사, 사황이라니! 어쩐지! 이런 미친년이 누구 물건을 훔친 거야. 그런데 사황에게 사형이 있었던가? 저렇게 강한 사형이?'

"천명 사형 정체가 제일 궁금한가 봐요. 아주 완벽히 대놓고 뚫어져라 쳐다보네."

태성의 말에 명왕은 황급히 자신의 눈알을 바닥으로 돌렸다.

"내 이름 들었으면 뭐 대충 알겠지."

천명이 시큰둥하게 말했다.

'천명? 어디서 들어 봐…… 거, 거, 검황!'

갑자기 고개를 확 쳐들며 눈이 튀어나올 정도로 커진 눈으로 천명을 바라보는 명왕이었다.

"쟤 놀라는 거 봐라. 내 이름은 담무광이고 무황이라고 하지. 천명이 보고 놀란 거에 비하면 덜 놀랐겠지만."

털썩!

"네? 무, 무무무무무, 무황이시라고요? 저, 절대…… 삼황!"

온몸이 물을 끼얹은 듯 땀을 비 오듯이 흘리며 덜덜 떠는 명왕이었다.

지금까지 살면서 이렇게 놀란 적도, 놀랄 일도 없었을 거라 생각하는 그였다.

절대 삼황이 한자리에 있는 것도 모자라서, 그들이 사형제 간이라니…….

믿지 못하겠다고?

칠왕십제인 자신이 손도 못 써 보고 복날의 개 맞듯이 처맞았다.

무조건 삼황이 확실했다.

'미친! 무림맹 미친놈들! 뭐? 저런 괴물들을…… 누르고 중원 제일이 된다고? 뭐? 칠왕십제가 앞으로 무림의 새로운 질서라고?'

어불성설(語不成說)이었다.

자신은 칠왕십제의 실력을 안다.

실력 차이는 그다지 크지 않았다. 몇몇을 제외하면 그날의 몸 상태에 따라 승패가 결정될 정도로 미비했다.

하지만 검황은 다르다.

죽어라 노력해도 따라잡을 수 없는 거대한 벽이었다.

오늘 일을 봐라.

반격 한 번이라도 했으면 이런 말 안 한다.

반격?

어찌 맞았는지 아직도 모르겠다.

"이제 덜 억울하지?"

무광이 물어 오자 명왕 장천은 고개를 격하게 끄덕였다.

"그래. 그럼 이번 일은 여기까지 하고 마무리하는 것으로 안다?"

"네! 알겠습니다!"

"그리고 너는 당분간 우리 좀 따라다녀라."

천명의 말에 화들짝 놀라며 고개를 번쩍 든 명왕이었다.

"네?"

그런 명왕을 실눈으로 쳐다보며 묻는 천명이었다.

"싫어? 다시 나갈래?"

그 말을 듣자마자 정신이 혼미해지면서 비틀거렸다.

"기절하면 처음부터 다시 하고."

이어지는 말에 초인적인 힘으로 정신을 붙잡고, 자신이 외칠 수 있는 최대한의 소리로 크게 외쳤다.

"아닙니다! 꼭 모시고 싶습니다! 제 일생의 소원이니 제발 모시게 해 주십시오!"

"소원이란다. 들어줘야지."

저리 말하는데도 분노나 다른 생각이 전혀 나지 않았다.

그저 맞지 않아도 된다는 안도감만이 명왕을 감싸고 있었다.

"그리고 이 산삼 비싼 값에 팔 수 있는 곳도 알아 오고."

"네! 지금 저희 애들이 최선을 다해 알아보고 있습니다!"

"귀찮은데 그냥 돈으로 주면 안 되냐?"

"죄, 죄송합니다! 아시다시피 저희 문파는 돈이 그렇게 넉넉하지 않아서……."

그 말에 태성은 어쩔 수 없다는 듯이 고개를 끄덕였다.

"저, 저기 저분은 아직 소개를 안 해 주셔서……."

명왕이 조심스럽게 손을 펼쳐 가리킨 곳엔 천룡이 앉아 있었다.

"아…… 저 말입니까? 저는 뭐 신경 안 쓰셔도 됩니다. 뭐……. 존재감도 없었나 보군요. 소개도 안 해 주고 그렇지 않습니까? 하하, 뭐 전 별호도 없고 이름도 알려진 게 없으니 신경 안 쓰셔도 됩니다."

말 한마디 한마디에 가시가 박혀 있었다.

천룡이 그렇게 말하자, 명왕은 그런가 보다 하고 넘어가려 했다.

근데 분위기가 그렇지 않았다.

일순간에 숨이 막힐 정도로 가라앉은 것이다.

'뭐지? 뭐야? 갑자기 이 분위기는 또 뭔데?'

"왜? 뭐? 자기들끼리 아주 신나서 그냥……. 어휴, 나는 꿔다 놓은 보릿자루지, 뭐."

'헉! 삼황에게…… 저런 말버릇이라니!'

앞으로 다가올 엄청난 폭풍을 어찌 넘겨야 하나 깊은 고민을 하고 있을 찰나에, 이해가 안 되는 말들이 명왕의 귀에 쏙쏙 박히기 시작했다.

"아, 아니 저, 저기 그게……."

"화, 화나셨어요?"

"저도 모르게 신이 나서 그만…… 화 푸세요. 네?"

세상에 무림 삼황이 한 사람에게 쩔쩔매며 용서를 구하고 있었다.

그것도 눈치를 보며 존댓말까지 쓰고 있었다.

천하에 저들이 자신을 낮춰서 대하는 자가 있었단 말인가?

"아버지, 화 푸세요. 저희가 잘못했어요."

무황이 입에서 아버지라는 단어가 나왔다.

입이 살짝 벌어졌다.

"사부님, 불초 제자가 불경을 저질렀습니다."

검황의 입에선 불초 제자라는 단어가 나왔다.

입에서 침이 흘러내렸다.

"사, 사부. 저희가 얼마나 사부 생각을 하는지 아시잖아요. 화 푸세요. 네?"

사황은 애교까지 떨고 있었다.

명왕은 정신을 놓고 싶었지만, 기절하면 처음부터 다시 한다는 천명의 말이 그를 초인적인 정신력으로 버티게 했다.

그리고 앞다투어 명왕에게 온갖 미사여구를 동원하여 천룡의 소개를 하는 그들을 보며 앞으로 자신의 인생이 험난하겠다고 생각하는 명왕 장천이었다.

여러 표행들이 잇달아 성공하면서 천룡표국은 점차 규모를 늘려가고 있었다.

규모가 커지는 만큼 수많은 사람이 새롭게 들어오고 있었다.

"자네들 그 소문 들었는가?"

새로이 들어온 쟁자수들이 점심시간에 옹기종기 모여서 이야기를 나누고 있었다.

"무슨 말?"

"우리 쟁자수들도 일을 열심히 하고, 표국에 공헌도가 있는 자에게 무공을 가르쳐 준다는 소문 말일세."

"에이, 그게 말이 되는가. 우리 같은 사람들에게 무공을 가르쳐 준다고? 저 콧대 높은 강호인들이?"

"아닐세. 자네는 그 소문도 못 들었는가? 오 조에 소속된 쟁자수들 말일세."

"아 오 조(五造)는 다들 무공을 알고 있다는 소문? 그리고 그 무공 수준이 일류 수준이라는 거? 이 사람아, 그게 말이 되는가! 그런 무공을 아는 자들이 뭐가 아쉬워서 쟁자수를 해."

"내 말이…… 내가 알기론 일류 정도 무공이면 중소 문파만 가도 대접받는다고 들었는데, 자네도 참 순진하군. 그런 소문이나 믿고 말이야."

쟁자수들은 그렇게 와자지껄하면서 즐거운 점심시간을 보내고 있었다.

하지만 그러한 대화를 흘려듣지 않고 유심히 듣는 한 명이 있었다.

'흐음, 오 조라…… 이유 없는 소문은 없는 법이지. 오 조 사람들과 만날 좋은 방법이 없을까…….'

무슨 이유인지 남자는 소문에 관심을 가지며 그 소문의 주인공인 오 조 쟁자수와 인연을 만들기 위해 고심하고 있었다.

그때였다.

"이번 표국 보수에 지원할 사람을 모집한다. 현재 오 조가 투입되어 있는데, 인원이 부족해서 추가로 지원자를 받는다. 지원할 자 있는가?"

그 말에 남자는 번쩍하고 손을 들며 외쳤다.

"저요! 제가 지원하겠습니다!"

생각지도 않았던 곳에서 기회가 와서일까? 너무나도 기쁜 나머지 큰 소리로 외치며 일어난 남자였다.

그 덕분에 사방에서 주목을 받았다.

"하하하. 거참, 쟁자수 일이 정말 지겨웠나 보구먼. 저렇게 열성적으로 보수 작업에 지원하다니."

"하하하하, 그러게 말일세."

다들 남자를 보며 웃었다.

'이런 젠장, 나도 모르게 너무 신이 나서……. 세작의 첫 번째 덕목이…… 있는 듯 없는 듯 사람들 속에 녹아드는 것인데.'

이 남자는 무림맹에서 표국의 감시와 정보 수집의 목적으로 보낸 천급세작이었다.

"하하, 그래. 자네 이리 오게. 다른 사람은 없는가?"

몇 명이 추가로 지원을 했고, 그 사람들과 함께 세작은 보수 작업이 한창이 곳으로 투입이 되었다.

'생각지도 못하게 주목을 받았지만, 어차피 금방 잊힐 터……. 자, 이제 소문의 주인공들을 지켜볼까?'

그런 생각을 하며 일을 하는 척하고, 오 조 쟁자수들을 지켜보았다.

그런데 생각보다 평범했다.

도저히 겉으로 봐서는 무공을 익힌 흔적들이 보이지 않았다.

'뭐지? 그냥 헛소문인가? 나보다 경지가 높을 리는 없을 테고…… 아무것도 느껴지지 않는데?'

쟁자수가 무공을 배운다고 그 경지가 얼마나 하겠는가. 기껏해야 이류나 일류 언저리에 걸쳐 있을 것으로 생각했다.

자신은 초일류에 걸쳐 있었다.

원활한 세작 활동을 하기 위해선 무공도 어느 정도 뒷받침이 되어야 했기 때문이었다.

그런 자신이 아무리 살펴보아도 저기 일하는 쟁자수들은 무공을 익힌 것으로 보이지 않았다.

'역시…… 그냥 소문이었나? 하긴 어느 미친 표국이 무공을 아는 자를 쟁자수로 부리겠어. 이번엔 내 감이 틀렸군.'

자신의 감이 틀렸다고 느껴서 입안이 썼는지 침을 한 번 뱉고는 열심히 보수 공사에 필요한 자재들을 옮기기 시작했다.

'그런데 뭐지? 이 찝찝한 기분은?'

알 수 없는 기분이 세작을 계속 찝찝하게 만들고 있었다.

그렇게 한참을 일하고 어느덧 퇴근 시간이 다가왔다.

다들 일을 마무리하고 밖으로 나가고, 세작 역시 나가려고 걸음을 옮기려 했다.

하지만 세작은 퇴근하지 못했다.

그의 주변을 오 조 쟁자수들이 빙 둘러싸고 있었기 때문이었다.

"뭐, 뭡니까? 왜, 왜 이러시는 겁니까?"

갑작스러운 오 조 쟁자수들의 행동에 세작은 당황했다.

아무리 생각해도 저들이 지금 하는 행동은 좋은 목적으로 보이지 않았기 때문이었다.

'제길, 군기 잡기인가? 아니면 단순 괴롭힘? 잘못 걸렸군…… . 최대한 아픈 척 맞아 주는 수밖에…… .'

어차피 무공도 모르는 이들이 때리는 것은 자신에게 그 어떤 충격도 주지 못한다.

생각을 마친 세작은 최대한 두려운 얼굴을 하며 부들부들 떨었다.

"제, 제가 무슨 잘못이라도 했는지?"

자신이 생각해도 완벽하다고 생각하는 찰나에, 상상도 못한 말이 그들의 입에서 나왔다.

"뭐냐고? 그건 우리가 묻고 싶은 말인데? 무공을 아는 놈이 여긴 왜 왔을까? 보아하니 초일류 언저리쯤 되는 거 같네?"

순간 세작은 심장이 튀어나올 정도로 놀랐다.

저들은 자신을 괴롭히기 위해서 둘러싼 것이 아니었다.

정확하게 자신의 정체를 알고 둘러싼 것이었다.

"어찌…… 그것을……."

너무 당황한 나머지 저들의 말이 사실이라는 것을 인정해 버리고만 세작이었다.

"거기다가 기운을 보니…… 이 자식 무림맹에서 온 거네. 세작이네. 세작! 이 정도면 천급이겠네."

뒤이어 나온 말에 너무나도 당황한 나머지 입만 벌리고 아무 말도 하지 못했다.

"봐 봐, 내가 정확하게 예측했다니까. 내놔."

"에이씨. 진짜 세작이었어? 이 자식은 세작이면서 세작 티를 내고 다니고 지랄이야!"

세작은 자신을 두고 내기를 한 것을 보고 어이가 없었다.

일단은 이곳에서 빠져나가는 것이 급선무였다.

기회를 엿보다가 빈틈이 보인 곳을 향해 자신이 가진 모든 기운을 다리에 집중해서 뛰었다.

경공은 초절정급과도 해 볼 만하다고 생각하는 그였기에 자신이 있었다.

"앗싸! 이번에도 이겼다. 봐 봐. 여기로 온다 했지?"

일부러 빈틈을 보인 것이었다.

그리고 자신의 옆쪽에 자신과 똑같은 속도로 따라오는 쟁자수가 보였다.

"미안. 힘들게 뛰는 거 봐서라도 놔주고 싶은데⋯⋯. 너 놓치면 우리가 죽어."

순간 몸에 힘이 빠지면서 바닥에 모양 사납게 넘어졌다.

쿠당탕탕!

점혈(點穴)을 당한 것이다.

"휴우, 그래도 놀랐네. 생각보다 빠르네. 까딱했으면 놓칠 뻔."

바닥에 누워 눈만 깜박이며 지금 상황이 무슨 상황인지 갈피를 못 잡는 세작이었다.

'뭐, 뭐야⋯⋯ 이게 무슨 쟁자수들이야! 표사들이 위장한 것인가? 아니, 내가 무림맹 천급세작인 것은 어찌 알았지? 뭐지? 뭐야? 꿈인가?'

그러한 세작을 똑바로 앉혀 주며 말했다.

"당황스럽지? 우리도 첨엔 그랬어. 여기가 그런 곳이야. 크크크크."

"축하한다. 강호에서 가장 위험한 곳에 몸을 들인 것을 말이야."

무언가 섬뜩하게 웃는 그들을 보며 세작은 처음으로 이곳에 온 것을 후회하기 시작했다.

'나…… 아무래도 엄청 위험한 곳에 들어온 것 같은데?'

그렇게 좌절을 하고 있는데, 갑자기 쟁자수들이 일제히 한 곳을 바라보기 시작했다.

"오늘은 무슨 날인가? 손님들이 많은걸?"

"그러게? 야! 저기 오는 놈들도 너희 애들이냐?"

한 명이 세작을 쳐다보며 물었지만, 세작은 당최 저들이 하는 말이 무슨 뜻인지 이해를 못 했다.

"아니야. 은밀하고 찐득한 기운들인 거 보니…… 살수들이 네."

"뭔 살수들이 저렇게 대놓고 살기를 뿌리면서 오냐?"

"하아, 어찌 됐든 알지? 여기서 한 놈이라도 놓쳐서 표국 안으로 들어가게 하는 순간……."

한 쟁자수가 말하자 다들 몸서리를 쳤다.

그러고 있는데 벽을 뛰어 넘어오는 살수들이 모습을 드러냈다.

그리고 쟁자수들은 엄청난 속도로 넘어오는 살수들을 정리하고 있었다.

그 모습에 세작은 경악한 표정으로 지켜보았다.

'이, 이게 무슨! 저런 움직임을 가진 자들이…… 쟁자수라 고? 그 말을 믿으라고? 저자들이 정말로 쟁자수라면…… 그리고 표사들의 실력은 저보다 훨씬 강하다면…… 여기는 중원 최강의 무력 집단이다!'

한편 살수들을 어려움 없이 처리하고 있던 쟁자수들은 뒤이어 나타난 자들에 의해 큰 피해를 보았다.

퍼퍼퍼엉!

"크허헉!"

"커컥!"

그에 다른 쟁자수들이 상처를 입은 쟁자수들을 잽싸게 위험 지역에서 빼돌리며 방어 진형을 펼쳤다.

"복장을 보아하니, 쟁자수들 같은데…… 잠복인가?"

한쪽 눈에 안대를 한 살수가 쟁자수들을 둘러보며 물었다.

"살수들 주제에 너무 당당한 것 아닌가?"

"응? 푸하하하하, 왜? 살수들은 숨어서만 행동해야 한다는 법이라도 있더냐? 이딴 약한 표국 처리하는 데 그럴 필요까지야. 어차피 단 한 놈도 안 남기고 다 죽일 것인데."

그 말에 쟁자수들은 입술을 깨물며 각오를 다졌다.

잘하면 여기서 자신들의 생이 끝날 수도 있었기 때문이었다.

"그래도 예상외였어. 우리가 오는 경로에 이렇게 잠복을 해서 공격을 할 줄이야. 나름 신선한 공격이었다. 혹시 몰라 최상급 애들도 다 데려오길 잘했군."

자신들이 오는 것을 미리 알고 선공을 취한 것으로 착각하는 살수였다.

"하지만 운이 좋지 않았군. 살막주(殺幕主)인 내가 직접 나섰

천하무적
윤가장

으니 말이지. 너희들은 여길 처리하고 따라와."

자신의 뒤에 있는 살수들에게 명을 전하고 자신은 표국을 향해 다시 걸음을 옮겼다.

'사, 살막주라니! 맙소사! 저 살수들의 정체가…… 살막(殺幕)이었나? 갑자기 저 인간 말종들이 여기에 왜 나타난단 말인가! 미쳤다! 미쳤어! 이곳은 미친 곳이야!'

살면서 이렇게 놀란 적이 있었나 싶을 정도로 계속 이어지는 놀람의 연속이었다.

그리고 그러한 세작의 앞에서 살수들을 최대한 막기 위해 전력을 드러내며 공격을 하는 쟁자수들이었다.

그 모습에 살막주는 가던 걸음을 멈추고 놀란 표정을 지었다.

"오호, 잔챙이들이 아니었구나? 보아하니 표국의 전력을 여기에 투입했나 보구나?"

흥미진진한 얼굴로 잔뜩 기세를 끌어 올린 쟁자수들을 쳐다보았다.

"이것 참. 재밌는 구경거리가 생겼구나. 저놈들에게 지면 내 손에 아주 고통스럽게 죽을 것이다. 최선을 다하거라."

그러고는 팔짱을 끼고 가만히 서서 지켜보기 시작했다.

"그러게. 정말 재밌는 구경거리네. 들었지? 지면 아주 죽는 거야. 그동안의 훈련이 아깝지 않게 최선을 다해라."

팔짱을 끼고 구경을 하려고 하는데 갑자기 옆에서 낯선 목소리가 들려왔다.

"헉! 뭐, 뭐냐!"

살막주는 얼마나 놀랐는지 순식간에 거리를 벌리고 엉거주춤한 자세로 목소리가 들려온 곳을 바라보았다.

그곳에는 가슴팍에 천룡(天龍)이라고 새겨진 무복을 입은 사내들이 서 있었다.

껄렁껄렁한 모습으로 입안에는 육포를 질겅질겅 씹으며 얼굴은 재미난 구경거리를 보는 천진한 소년의 인상으로 서 있었다.

누가 봐도 저들은 천룡표국의 표사들이었다.

'아, 아니……. 이자들이 이렇게 가까이 올 때까지 못 느꼈다고? 내가?'

믿을 수 없는 일이었다.

살수는 항상 주변을 경계하는 것이 습관이 되어 있는 직업이었다.

그렇기에 남들보다 예민한 신경을 가지고 있었고, 작은 움직임에도 바로 반응할 수 있도록 훈련이 되어 있었다.

그것뿐 아니라 자신의 경지에 저들을 못 알아차렸다는 게 더 말이 안 되었다.

"저놈 엄청나게 놀랐나 본데?"

표사 중의 한 명이 육포를 질겅질겅 씹으며 말했다.

"낄낄낄. 놀라지 마. 우리 그렇게 나쁜 사람들 아니야."

딱 봐도 나쁜 사람 같아 보였다.

이것이 무슨 상황인가 잠시 정리를 하며 생각하는 살막주였다.

결론은 쟁자수들의 기세가 너무 놀라워 그쪽에 정신이 가 있어서 이들이 오는 것을 못 느꼈다고 생각하는 살막주였다.

살막주는 놀란 표정을 수습하고 아무런 말 없이 자신을 놀라게 한 표사들을 향해 암기를 던졌다.

촤라라락—!

시중에서 쉽게 살 수 있는 평범한 암기였지만 살막주의 손을 떠난 암기들의 위력은 평범하지 않았다.

쐐애애애액—!

내공까지 실려 있는 암기들은 공기를 가르는 소리를 내며 표사들을 향해 무섭게 날아갔다.

암기를 날리고 살막주는 무심한 표정을 지으며 구경하던 것을 마저 구경하기 위해 몸을 돌렸다.

당연히 그 암기에 절명했을 것이라 믿었기 때문이었다.

하지만 세상사 모든 일이 그렇게 쉽게 된다면 얼마나 좋을까?

파파파팍—!

"뭐여? 선물이여? 먹을 것도 아니고…… 암기를 선물로 주는 놈은 또 처음 보네."

들리지 말아야 할 소리가 자신의 등 뒤에서 또다시 들렸다.

다시 등을 돌린 살막주는 자신이 던진 암기들을 이리저리 살펴보는 표사들을 보고 긴장하기 시작했다.

"네놈들…… 평범한 표사들이 아니었구나."

"평범한 표사들 맞아."

깐죽거리며 답변을 하는 표사였다.

"일단 여길 치러 오는 놈들은 죽이지 말고 살려 두라는 명이라서 죽이진 않을게. 운이 좋네. 다를 때 같았으면 이렇게 대화를 나눌 시간도 없이 죽였을 텐데……."

말이 끝남과 동시에 어마어마한 기세를 내뿜기 시작하는 표사들이었다.

"마, 말도…… 안 돼……. 나보다…… 강하다고……?"

자신보다 강한 기운을 내보이는 표사들을 보며 믿을 수가 없는지 계속 같은 소리를 반복하는 살막주였다.

"모두 다 정리했습니다!"

뒤에서 들려오는 쟁자수들의 말에 살막주는 설마 하는 마음에 뒤를 돌아봤다.

그곳엔 죽지는 않았지만, 곧 죽어도 이상하지 않을 자신의 부하들이 있었다.

쟁자수들마저도 중원 최고의 살수들이라 자부했던 자신의 부하들을 제압했다.

"……이런 곳이…… 표국이라고? 표국?"

그렇게 중얼거리며 다시 표사들을 바라보았다.

"……그리고 저들이 표사라고? 나보다…… 강한 이들이 표사를 한다고?"

"야, 저거 정신 나가려고 하는 거 같은데?"

지꾸 중얼거리는 살막주를 보니 살짝 정신이 나가려 하고 있었다.

"가볍게 가서…… 다 죽이고…… 국주만 멀쩡히…… 살려 오라고? 다…… 죽이고? 가볍게?"

그렇게 한참을 중얼거리더니 갑자기 눈에 살광이 비추기 시작했다.

"배! 금! 령! 감히 나를 함정에 몰아넣어?"

그러고는 방향을 돌려 경공으로 어딘가로 향하려 했다.

"야, 야! 저거 도망가려고 한다! 잡앗!"

표사들이 일제히 달려들어 살막주를 붙잡았다.

"으아아아악! 놔! 놓으란 말이야! 배금령! 이 새끼를 잡아 죽여야 해!"

마구 발버둥을 치다가 점혈 당하여 기절한 살막주였다.

그리고 그것을 지켜보던 세작 역시 정신을 놓아 버렸다.

"에이 씨……. 뭐가 이래? 살막주라고 해서 나름대로 기대 하고 달려왔는데……."

"그만 투덜거리고 이 새끼들이나 들쳐 메고 운가장으로 이 동하자."

발버둥을 치던 살막주는 점혈을 당하고 나서야 조용해졌고, 그러한 살막주와 기절한 세작을 들쳐 메고 운가장으로 향하는 표사들이었다.

천명에게 극한의 고통을 맛보고 나서 굴복한 명왕.

명왕은 천룡 일행의 산삼을 팔아 주기 위해 그래서 그들을 빨리 떠나보내기 위해 발 벗고 나섰다.

그렇게 하오문에서 시간을 보내고 있었는데…….

"제발! 저에게 그 산삼을 팔아 주십시오!"

한 남자가 천룡의 앞에서 무릎을 꿇으며 울부짖었다.

"지금 당장 가격을 전부 드릴 수는 없지만, 제가 공자님의 견마(犬馬)가 돼서라도 갚겠습니다! 제발 인정을 베푸셔서 저에게 팔아 주십시오!"

"자 자! 그만하시고 일어나세요. 알겠습니다. 팔 테니까 이제 그만하시고 이유를 좀 설명해 주세요."

"정말입니까? 가, 감사합니다! 정말 감사합니다!"

눈물을 흘리며 감사하다는 말과 함께 천룡에게 절을 계속하는 남자였다.

그리고 잠시 숨을 고르고 진정을 하고 이유를 말하기 시작했다.

"제, 제 여식이 절맥에 걸려 있습니다. 늦게 얻은 딸이라 소중하게 키웠는데……. 지금 음기가 너무나 강해서 그것을 다스리기 위해선 강한 양기가 담겨 있는 약이 필요합니다. 지금까지는 시중에 있는 것들로 잘 버텨 왔으나 최근에 증상이 심해져서…… 그러던 찰나에 천년 산삼을 파신다고 해서 이렇게 달려온 것입니다."

"설마? 에이 구음절맥(九陰絕脈)은 아니겠지?"

"마, 맞습니다! 구음절맥! 혹시…… 치료할 방법을 알고 계시는지……."

"헉, 진짜?"

무광의 말에 남자는 지푸라기라도 잡는 심정으로 물었다.

천룡이 물었다.

"구음절맥이 뭐야?"

"아…… 저도 자세히는 모르고요. 보통 사람은 음양의 조화라 해서 음기와 양기가 서로 조화를 이루잖아요."

"그렇지."

"그 조화가 깨지는 거죠. 양기를 만들어 내지 못해서 음기만 몸에 자꾸 축적되는 병이 바로 구음절맥입니다. 나중에 그 음기로 인해 맥이 막히고, 기가 순환되지 않아 죽게 되는 병이지요."

"양기를 만들지 못하는 이유가 뭔데?"

"그건 저도 잘…… 암튼 그 병을 치료하려면 엄청난 영약으로 온몸의 맥을 다시 재구성해 주어야 하는데, 그 정도 영약은 구하기 힘들죠. 아니면 강제로 환골탈태를 시키거나…….”

무광의 설명에 남자의 표정은 점차 어두워졌다.

다 알고 있는 내용이었지만, 이렇게 다시 들으니 딸을 금방이라도 잃을 것 같은 절망에 빠진 것이다.

천룡은 무광의 말을 듣고는 생각에 빠졌다.

‘엄청난 양기를 머금은 영약이라…….’

“일단 가 보죠. 따님의 상태를 좀 봐야겠습니다.”

천룡의 말에 다들 어리둥절한 표정으로 천룡을 바라봤다.

“네? 아버지. 혹시 의술도 아세요?”

“내가 의술을 어찌 알아? 그래도 기운을 느끼는 것은 여기서 내가 제일 잘하니까 가서 보고 해결책을 찾아보려는 거지.”

“아니…… 오늘 처음 본 저를 위해서 그렇게까지…….”

남자가 감동했는지 울먹거리며 말했다.

천룡은 남자의 애절한 모습에 자신이 해결할 수 있다면 해결하고 와야겠다는 마음을 먹었다.

남자의 안내를 받아 도착한 곳은 의외로 명망이 있는 집안이었다.

문 앞의 현판에는 조가장이라는 글씨가 고풍스럽게 쓰여 있었다.

집은 오랜 세월의 흔적이 남아 있어서 이 가문의 긴 역사를 느낄 수 있게 해 주었다.

"가주님! 오셨습니까?"

남자를 발견한 하인이 달려 나오면서 말했다.

"엥? 가주? 였……어요?"

한 가문의 가주가 젊은 사람들에게 무릎까지 꿇으며 사정을 한다는 것은 정말 쉬운 일이 아니었다.

아니, 거의 그런 일은 볼 수 없다고 봐야 했다.

그런데 이 남자는 그것을 아무렇지도 않게 한 것도 모자라 지금도 여전히 천룡 일행에게 자세를 낮추며 공경(恭敬)을 다하고 있었다.

"아, 네. 미력하게도 이 가문을 이끄는 조천생이라고 합니다."

"가주님! 그게 무슨 말씀입니까? 미력하시다니요! 시랑(侍郎)까지 하신 분께서 그런 말씀을 하시면 어찌합니까!"

"시랑……이 뭐야?"

천룡이 제자들을 바라보며 묻자, 제자들도 관직에 대해선 잘 모르기에 고개를 가로저으며 모른다는 표현을 했다.

그리고 다들 정보를 다루는 하오문의 수장 장천을 바라보았다.

천룡이 그 옆에 있는 명왕 장천을 쳐다보자 장천이 기침을 한 번 하고는 답했다.

"시랑은 제국의 정삼품(正三品) 관직으로 상당히 높은 관직입니다. 제가 알기론 황제의 총애를 받아야만 받을 수 있는 관직으로 알고 있습니다."

"아항! 그렇구나. 대단하신 분이었네."

초롱초롱한 눈으로 존경의 눈빛을 보내자, 조천생이 손을 내저으며 말했다.

"아닙니다. 저를 좋게 봐주셔서 그저 분에 넘치는 관직을 황상께서 잠시 앉혀 주신게지요. 저…… 일단 제 자식부터 좀 봐 주시면 안 되겠습니까?"

하인은 자신의 주인을 몰라보는 저들에게 화가 났지만, 주인이 몸을 낮추고 공경을 표하자 그냥 분을 삼키고 지켜만 보았다.

"아! 그러죠. 어서 가시죠."

"네네! 어서 이쪽으로……."

자신의 딸에 대한 걱정이 앞섰는지 서둘러서 천룡 일행을 안내하는 조천생이었다.

"하아…… 또 어디서 사기꾼 같은 놈들을 데리고 오신 것은 아닌지……. 걱정이구나."

하인의 표정을 보아하니 이미 여러 번 사기를 당한 모양이었다.

걱정스러운 모습을 뒤로하고 서둘러 그들을 따라가는 하인이었다.

잠시 후, 천룡 일행은 구음절맥에 걸려 가쁜 숨을 몰아쉬고 있는 어린 여자아이를 만날 수 있었다.

얼굴은 창백했으며 방 안에 한기가 가득했다.

"구음절맥에 걸린 환자 주변은 한기가 가득하다더니 정말이었군요."

무광이 주변을 둘러보며 말했다.

한기가 넘치는 딸을 조금이라도 따뜻하게 하기 위해 방 안 곳곳에 뜨거운 숯이 담긴 그릇들이 놓여 있었다.

하지만 아이의 몸에서 나오는 한기가 너무도 강해서 따뜻해지질 않았다.

천룡은 가만히 서서 아이를 바라보았다.

정확히는 여자아이의 몸 안을 보고 있었다.

'사람 몸에 양기가 하나도 없을 수가 있다니…… . 저 차가운 기운이 몸 전체를 장악하고 있다. 위험하다! 지금 당장 손을 써야 해!'

"가주님! 지금 아이의 상태가 매우 위험합니다. 저 아이의 몸에 손을 대도 되겠습니까?"

천룡의 말에 조천생이 사색이 되어 고개를 끄덕였다.

천룡은 지체 없이 아이를 향해 다가가서 이불을 걷고 아이의 배꼽 아래에 손을 올렸다.

자신이 봤을 때 이것저것 따질 때가 아니었다.

그만큼 아이의 몸에서 생기가 급격하게 빠져나가고 있었

다.

조천생이 걱정 가득한 얼굴로 발을 동동거리며 어쩔 줄 몰라 하자 무광이 그의 어깨에 손을 올리며 달랬다.

－저분을 믿고 기다리시오. 모든 것이 다 잘될 것입니다.

무광의 말에 조천생은 눈을 질끈 감으며 간절히 빌었다.

원래 그의 성격이었다면 이렇게 쉽게 허락하지 않았을 것이다.

하지만 지금 그의 심정은 지푸라기라도 잡고 싶을 만큼 간절했다.

그랬기에 무광의 말에 작은 희망을 걸어 본 것이다.

'제발…… 제발…….'

한편 천룡은 아이의 몸 안에 있는 한기를 자신의 몸으로 흡수하고 있었다.

그러는 동시에 자신의 양기를 아이에게 보내고 있었다.

'이렇게 하는 건 임시방편이다. 내가 주입한 양기는 얼마 못 가서 다시 한기에 먹힐 것이야.'

천룡의 입에서 차갑고 하얀 서리 같은 입김이 나오기 시작했고, 얼굴이 창백해졌다.

그와 대조적으로 아이의 얼굴에는 화색이 돌기 시작했고, 가쁜 숨소리는 차츰 안정을 찾아가기 시작했다.

천룡이 손을 떼었고, 침상에 누워 있는 여자아이는 매우 평온한 표정으로 눈을 뜨고 있었다.

항상 고통스러운 모습만 보다가 저렇게 편안한 표정을 하는 자신의 딸을 보니 지금껏 참아 왔던 감정이 복받쳐 올라왔다.

"소향아…… 아비다……. 몸은 좀 괜찮은 게냐?"

조천생의 말에 소향은 가볍게 미소를 지으며 고개를 끄덕였다.

무언가 말을 하고 싶어라 했지만, 아직 그럴 기운까지는 없었는지 고개를 끄덕이는 것도 힘들어했다.

"그래그래. 그럼 되었다. 내가 이번에 정말 귀한 분들을 모시고 온 것 같구나. 정말…… 귀하신 분들을…… 크흐흐흑!"

말을 하다가 딸의 손을 잡고 눈물을 흘리는 조천생이었다.

저 미소를 보기 위해 얼마나 많은 날을 가슴 졸이며 기다렸던가.

조천생이 그동안 얼마나 힘이 들었을까 하는 마음에 잠시 그렇게 내버려 두었다.

울고 나니 속이 좀 시원해졌는지 조천생이 일어나서 허리를 깊숙이 숙이며 감사의 표시를 했다.

"평생 다시 볼 수 없을 것으로 생각했던…… 제 딸의 미소를 잠시나마 볼 수 있게 해 주셔서 정말로…… 진심으로 소생 감사 인사를 올립니다."

조천생은 지금 이게 최선일 것이라 생각을 했다.

솔직히 천년산삼을 먹인다고 하여도 딸의 병에 차도가 있을 거라고 기대하지 않았다.

그저 고통만이라도 줄여 주길 바랄 뿐이었다.

그래도 마지막에 딸의 편안한 모습과 미소를 보았으니 다행이라고 생각했다.

"음, 저 죄송한데 제가 제조한 단환이 있는데 그걸 먹여 보려 합니다. 괜찮으시겠습니까?"

천룡이 정중하게 물었다.

조천생은 다시 고개를 숙이며 답했다.

이제 천룡의 말이라면 무엇이든 믿을 준비가 된 조천생이었다.

"은인의 뜻대로 하시지요."

그 말에 고개를 끄덕이며 자신의 품속에 있는 특수 주머니에서 천령신단을 꺼내는 천룡이었다.

그 주머니의 특수한 기능이 천령신단의 약효를 보존해 주었기에 항시 이것에 보관해 왔다.

이 신단은 천화원에서 깨달음을 얻은 천룡이 자연기를 천령신단과 섞으면서 더욱더 약효가 강화된 최상급 천령신단이었다.

자연기까지 머금은 천령신단은 모습을 드러내자마자 온 방 안에 엄청난 영기와 상쾌한 기운을 퍼트렸다.

그것을 본 명왕은 눈이 찢어질 듯이 커졌다.

"뭐, 뭐야! 이 엄청난 기운은? 저, 저런 걸 만드셨다고?"

무공을 모르는 조천생도 느낄 정도의 엄청난 기운이었다.

"헉! 이게 무엇입니까?"

"천령신단이라고 이름 지었습니다. 제가 직접 제조를 한 것이지요."

그렇게 말하며 신단을 아이의 입으로 가져가는 천룡이었다.

그것을 본 조천생을 경악했다.

오늘 처음 본 자신의 여식을 위해 누가 봐도 엄청난 영약을 주려 하는 것이 아닌가.

그는 찰나의 시간 동안 고민했다.

모른 척할까? 말려야 할까?

동공이 흔들리며 고민하는 조천생이었다.

평생을 청렴결백하고 강직한 성품으로 살아 온 그였기에 이리도 고민하는 것이었다.

다른 이였다면 넙죽 받았을 것이다.

그러한 조천생을 보며 천룡이 해맑은 미소를 지으며 말했다.

"가주님의 마음 잘 알겠습니다. 이것으로 가주님의 여식이 살아난다면, 그것이 곧 제게 가장 귀한 선물이죠. 솔직히 이걸로 낫는다는 보장은 없지만……."

"으, 은인……."

조천생은 차마 말릴 수 없었다.

자신의 딸을 살릴 수도 있었기에.

천룡은 주저 없이 단약을 입안으로 집어넣었다.

"이제부터 약효를 모두 흡수하게 할 테니, 무슨 일이 있어
도 놀라지 마세요."

그 말이 끝남과 동시에 누워 있는 소향의 몸에 기운을 불
어넣은 천룡이었다.

기운이 들어가자마자 소향의 몸에서 엄청난 기운이 뿜어
나왔다.

그리고 곧 소향의 몸은 허공으로 떠올랐고, 여기저기서 뼈
가 으스러지는 소리가 들렸다.

뼈가 으스러지는 소리와 함께 몸이 무언가 큰 충격을 받은
것처럼 출렁거렸다.

그 모습에 조천생은 이러지도 저러지도 못하고 안절부절
못하며 떨고 있었다.

이윽고 소향의 입에서 검은 피가 토해져 나왔다.

그 피에는 엄청난 한기가 올라오는 얼음덩어리들이 같이
섞여 있었다.

"맙소사! 이런 게 사람 몸속에 있었다니…… 그런데도 살
아 있을 수가 있었단 말인가?"

무광이 깜짝 놀라서 저렇게 말을 할 정도로 엄청난 냉기가
얼음에서 뿜어 나왔다.

조천생은 자신의 딸에게서 저런 얼음덩어리가 나오자 기

겁을 하며 바닥에 주저앉았다.

한참을 공중에서 으스러지는 소리가 들리더니 이번엔 온 몸에서 검은 액체가 주르륵주르륵 흘러나오기 시작했다.

엄청난 악취와 함께 소향의 몸은 곧 시커멓게 변했다.

침상은 검은색 물로 이미 지저분하게 변해 있었다.

그리고 또다시 각혈하였고, 역시나 냉기가 풀풀 나는 얼음 덩어리들이 섞여 있었다.

그때 하인 중 한 명이 무의식적으로 그 얼음을 만지려 했다.

"만지지 마시오. 저기에 닿으면 순식간에 동사(凍死)할 것이 오."

일반인들이 저것을 만졌다간 큰일이 일어날 것을 알기에 무광이 무형 지기를 이용해 그 얼음들을 한곳에 모았다.

무광과 천명, 태성 역시 지금 장면은 처음 보는 모습이었다.

구음절맥이 치료되었다는 소리를 들은 적이 없기에 안쓰러운 마음으로 천룡을 따라왔었다.

하지만 지금 천룡이 여자아이를 치료하는 모습을 보면서 감동하고 있는 그들이었다.

'역시! 아버지가 최고다!'

'우리 사부님!'

'사부!'

그리고 전혀 다른 의미로 놀라고 있는 한 사람이 있었다.

'분, 분명 저 단환의 기운은…… 소림의 대환단도 저 단환에 비하면 쓰레기다. 그런데…… 저, 저런 엄청난 영약을…… 아무렇지도 않게…… 베푼다고? 그리고 뭐야! 저 엄청난 장면은! 저분의 정체는 무엇이란 말인가.'

장천은 태어나서 처음 보는 장면에 정신을 못 차리고 있었다.

그리고 저런 엄청난 것을 그 어떤 고민도 없이 아이에게 먹인 것을 보고 감탄했다.

자신이라면 저럴 수 있을까?

절대 아니다.

장천의 속에서 천룡을 향한 무언가가 싹트고 있었다.

아직은 그것을 잘 느끼지 못했지만.

그때 천룡이 다급하게 외쳤다.

"다들 눈 감아!"

"네?"

"눈 감으라고! 그리고 가주님은 어서 따님의 몸을 가릴 것을 준비하세요."

그 말이 끝남과 동시에 강렬한 빛이 아이의 몸에서 뿜어나왔다.

조천생은 그 모습에 얼른 바닥에 떨어져 있던 이불을 집어들고 대기를 했다.

쩌적-! 쩌저저적-! 파사사악-!

엄청난 기운이 그녀의 온몸을 재구성하기 시작했고, 그와 동시에 그녀를 가리고 있던 옷들이 모두 재로 변해 버렸다.

빛이 사라지며 알몸인 상태로 기절한 소향이 허공에 둥둥 떠 있었다.

조천생이 재빨리 이불로 덮자, 그녀의 몸이 천천히 하강했다.

천룡은 침상이 더러운 것을 보고 아이를 조용히 그 옆의 바닥에 내려 눕혔다.

혈색이 가득한 얼굴, 잡티 하나 없이 백옥같이 빛나는 피부.

정말 조금 전까지 다 죽어 가던 사람이었는지 믿을 수 없을 정도로 건강해 보였다.

자신의 딸과 천룡을 번갈아 쳐다보던 조천생이었다.

아무리 보고 또 봐도 자신의 딸이 살아난 것이 확실했다.

너무도 기뻤지만, 자신의 딸을 살려 준 천룡에게 해야 할 일이 있었다.

이윽고 세상에서 가장 경건한 자세로 절을 하며 감사 인사를 올렸다.

"소인! 조천생! 은인께 입은 이 큰 은혜를 어찌 다 갚아야 할지 모르겠습니다. 소인이 은인께 해 드릴 것이 없습니다. 다만 말했듯이 은인의 견마가 되어 은혜를 갚겠습니다. 이

자리에서 맹세하건대, 소인 조천생의 남은 생은 은인을 위해 살겠습니다! 부디 소인을 받아 주시길 바랍니다!"

그 모습에 천룡은 조천생을 부축해서 일으키며 말했다.

"은혜라니요! 사람을 살리는 일은 당연합니다. 제가 못 하는 일이면 어쩔 수 없지만, 제가 살릴 수 있는 것을 살리는 건 당연한 일입니다. 그러니 그런 말씀 마시지요. 저는 아이가 다시 건강해진 것으로도 충분히 보답을 받았습니다."

'아아~! 이분은! 신(神)이시다!'

그런 천룡의 말에 더욱 감격한 조천생은 더욱더 조아리며 말했다.

"허락하지 않으신다면 소인은 평생 이 자리에서 이렇게 있겠습니다! 부디 모실 수 있도록 허락해 주십시오!"

조천생의 말에 천룡이 난감해하고 있을 때 소향이 깨어났다.

그리고 현재 자신의 상태가 어떤지 알게 되었다.

너무나도 상쾌한 기운이 온몸을 휘감고 있었고 몸이 날아갈 듯이 가볍게 느껴졌다.

지금까지 살면서 처음 느껴 보는 기분이었다.

비로소 깨달았다.

자신이 살아났다는 것을…….

그리고 자신의 병이 나았다는 것을 말이다.

그리고 그 주역은 바로 저기 서 있는 천룡이라는 것을 말이다.

"아버님 말씀이 맞습니다."

갑작스레 들려오는 소리에 천룡과 조천생 그리고 모두가 소향이 있는 쪽을 바라보았다.

"저, 정신이 들었느냐? 이제…… 괜찮은 게냐? 정말?"

딱 보아도 건강해 보이는 딸의 모습을 보니 다시 감정이 복받쳐 오르는 조천생이었다.

"네! 아버님."

짧게 대답을 하고 천룡을 바라보며 말했다.

"은공! 소녀, 지금 아무것도 걸친 것이 없는 상태라…… 이렇게 인사를 드리는 불경을 용서하세요."

그리고 이불을 잡은 상태로 고개를 숙였다.

"아, 아니다! 괜찮다! 어서 옷부터 입거라. 조 가주, 우리는 이만 나가 보겠소! 애들아, 어서 나가자!"

"일단 제대로 차려입은 뒤에 다시 인사 올리겠습니다."

소향의 말에 대충 고개를 끄덕이고는 서둘러 나가는 천룡 일행이었다.

딸과 단둘이 남은 조천생은 완전히 건강해진 딸을 보며 감격해 하고 있었다.

"아버지…… 그동안 소녀의 불효 때문에 고생시켜 드려 정말 죄송해요."

"아, 아니다! 부, 불효라니! 네, 네가 이렇게 건강해진 것은 나에게 엄청난 효도다. 그러니 그런 말 말아라!"

항상 정신을 잃은 상태로 누워 있던 딸이었다.

그런 딸과 이렇게 아무렇지 않게, 오랫동안 대화를 할 수 있다는 사실에 너무도 행복했다.

"저분을 모시기로 하신 것은 정말 잘하신 결정이에요. 전 아버님의 결정에 찬성입니다."

"아비의 뜻을 알아줘서 고맙다. 그리고 다시 이렇게 일어나 줘서 정말 고마워. 넌 이제 너의 삶을 살아라. 이 아비가 모든 것은 다 짊어지고 갈 테니 너는 그동안 못다 한 너의 삶을 살 거라."

"그럴 순 없습니다! 항상 누워 있던 저에게 은혜를 입으면 갚아야 한다며 가르쳐 주신 분이 아버님 아닙니까! 언젠가 반드시 저분께 은혜를 갚을 것입니다."

그러고는 작은 손을 꽉 쥐며 입술을 앙다물었다.

일어나서 대견한 소리를 하며 귀여운 얼굴을 하는 딸을 흐뭇하게 바라보고 있을 때 하녀가 옷을 가지고 들어왔다.

하녀가 입혀 주는 옷을 다 입은 아이의 모습이 너무도 귀엽고 사랑스러워 함박웃음을 보이는 조천생이었다.

지금까지 살면서 가장 행복한 순간이었다.

딸아이가 건강하게 옷을 입은 모습에 조천생은 생각했다.

'내 딸이 저렇게 귀엽고 이뻤던가? 월궁항아(月宮姮娥)가 따로 없구나. 나이가 차면 세상 모든 남자들이 줄을 서겠어. 허

허허.'

문득 그런 생각을 하니 다시 기분이 가라앉는 조천생이었
다.

이리도 이쁜 딸을 먼 훗날 누군지는 모를 시커먼 놈에게
보내야 한다니.

마음 같아선 평생을 옆에 끼고 살고 싶었다.

"아버님, 왜 그러시나요?"

심각한 표정으로 서 있자 소향이 물었다.

"응? 아, 아니다. 이제 은인을 모시기로 마음을 먹었으니
아비는 저분을 위해 일을 할 것이다. 이 기회에 저분이 사시
는 곳 근처에 별채를 마련해야겠구나."

"좋은 생각이십니다. 저도 그 별채로 따라갈래요."

"뭐? 그러지 않아도 된다."

"매일 침상에만 누워 있어서 그런지 다른 곳이 궁금해요.
네?"

초롱초롱하게 뜬 눈을 보니 차마 거절할 수 없는 조천생이
었다.

어차피 별채도 집이니 크게 상관이 없을 거 같고, 무엇보
다 건강한 딸을 매일 볼 수 있다는 것이 그의 마음을 정하게
했다.

"그래……. 그렇게 하자꾸나. 그것이 너의 소원이라니 내
가 들어주어야겠지. 그곳에서 못다 한 부녀의 정을 나누자꾸

나. 허허허."

"그런데 가문은 어찌하시려고요. 오라버니에게 넘기실 예정입니까?"

소향의 물음에 조천생은 고개를 끄덕였다.

귀신도 자신을 찾으면 온다던가?

자신의 이야기가 나오자마자 방문을 벌컥 열며 들어오는 조가장의 소가주였다.

동생이 건강해졌다는 소리에 모든 것을 내팽개쳐 두고 달려온 것이다.

자신보다 한참 어린 동생이었다.

그래서 동생이라기보단 딸처럼 애지중지했었다.

어린 나이에 몹쓸 병에 걸려 고생을 하는 것을 보고 얼마나 마음이 아팠던가.

그랬던 동생이 엄청 건강한 모습으로 자신을 바라보며 웃고 있었다.

세상에서 가장 기쁜 순간이었다.

"소향아! 내 동생! 이, 이제 정말로 다 나은 것이냐? 네가 나았다는 소식을 듣고 이렇게 한걸음에 달려왔다! 크흐흐흑! 정말…… 다행이다!"

"오라버니……."

그렇게 한참을 울다가 동생을 바라본 조가장의 소가주는 동생의 건강하고 귀엽고 깜찍하고 이쁜 모습에 깜짝 놀랐다.

"정녕 이게 너의 본모습이란 말이냐? 하하, 중원제일미가 바로 우리 집에 있었구나! 하하하!"

"아이…… 오라버니도 참! 별말씀을 다 하시네요……."

언제였던가?

이 집안에 이렇게 웃음꽃이 피었던 날이…….

오늘이 바로 조가장이 새로 태어난 날이었다.

다음 날.

조가장의 응접실에선 천룡이 난감한 표정을 지으며 앉아 있었다.

"평생을 저의 주군으로 모실 수 있게 해 주십시오!"

조가장의 가주 조천생이 천룡의 앞에 엎드린 채로 소리치고 있었다.

"왜 이러십니까? 이러지 마시지요."

"명령이시라면 듣겠습니다!"

"명이라니요? 제가 가주님께 무슨 명령을 내립니까? 제가 이런 것을 바라고 치료를 한 것이 아니라니까요!"

아까부터 계속 똑같은 말이 오가고 있었다.

거기다가 자신이 치료한 소향까지 자신을 따라오겠다고 고집을 피우니 미치기 일보 직전이었다.

"애들아! 니들이 좀 말려 봐!"

결국, 천룡은 제자들에게 도움을 구했다.

하지만 제자들은 헛기침만 할 뿐 천룡과 시선을 마주치려 하지 않았다.

사실 여기 오기 전에 조천생에 대해 장천에게 매우 자세히 듣고 온 세 제자였다.

조천생은 전 황제의 신임을 아주 많이 받았고, 현 황제 역시 그를 다시금 황궁으로 부를 날만 손꼽아 기다리고 있다고 했다.

딸의 치료 때문에 잠시 보내 준 것이지 딸이 치료되었다는 것을 알게 된다면 다시 부르리라는 것도 들었다.

상황을 보아하니 조천생이 자신의 식구가 되는 것이 득이 되면 되었지 실이 되지는 않는 상황이었다.

그래서 이렇게 입을 꾹 다물고 남 일 보듯 보고 있는 것이었다.

"야! 정말 모른 척하고 있을래?"

결국, 폭발한 천룡이 제자들에게 화를 내자, 제자들이 말했다.

"아버지, 그냥 받아들이세요. 아니, 장천은 인연이라면서 받아들이시고는 왜 조 가주는 안 된다는 겁니까?"

"맞아요. 사람 차별하는 것도 아니고……."

"사부가 여기 오고 저 여식을 치료하고 하는 것들이 더 인연 아니에요? 이걸 우연이라고 하기도 뭐하잖아요. 그냥 맘 편하게 받아들이세요."

천룡은 오히려 편을 들며 자신을 나무라는 제자들을 보며
머리가 아픈지 이마를 손으로 짚으며 한숨을 쉬었다.

"하아~."

바로 하루 전날 장천이 이랬었다.

자신을 받아 달라고. 아니, 하오문 전체가 운가장 하위 세
력으로 들어가겠다고.

천룡은 어찌 하오문의 문주를 받아 주냐며 펄쩍 뛰었다.

그랬더니 자신은 무늬만 문주고 실제 직급은 하오대형으
로 하오문을 지키는 수호신 같은 지위란다.

실제 하오문을 총지휘하는 자는 자신의 아내란다.

오기 전에 아내와 모든 이야기가 다 되었고, 하오문의 장
로들도 만장일치로 찬성하였단다.

사실 장천은 하오문을 위해 천룡에게 투신을 한 것이다.

현재 무림 정세로 보았을 때 하오문의 위치는 위태로웠다.

정사 어디에도 속하지 않았기에 항상 살얼음판을 걷는 나
날이였다.

그나마 명왕의 명성으로 버티고 있었다.

그러던 중 천룡을 만났고, 천룡의 품 안이라면 안심할 수
있다는 확신이 생긴 것이다.

간신히 양지로 나왔는데, 다시 음지로 들어갈 수는 없었기
에 하오문의 모든 이들도 찬성한 것이다.

그들도 보지 않았는가.

천룡을 따르는 자들이 누구인지를.

하지만 마지막까지 장천은 고민했다.

정말로 이것이 맞는 것인지.

그러나 천룡이 조천생의 딸에게 아낌없이 베푸는 것을 보고 마음을 굳혔다.

저분이라면 자신들을 포용해 줄 것이라는 확신을 하고 말이다.

천룡은 결국 장천을 받아 주었다.

그리고 지금은 조천생이 엎드려 똑같이 외치고 있었다.

자신을 향해서 엎드린 채로 미동도 하지 않는 조천생을 보며 입을 열었다.

"이 또한 인연이라면…… 그래요. 받아들이겠습니다. 이제 그만 일어나세요."

"하대하여 주십시오!"

여전히 엎드린 채로 있는 조천생이었다.

"하아, 일어나시게."

그제야 몸을 일으키는 조천생이었다.

그의 얼굴에 기쁨이 가득 서려 있었다.

하대했다는 것은 자신을 정식으로 인정했다는 소리다.

"소신 각골난망(刻骨難忘)하여 분골쇄신(粉骨碎身)하겠습니다! 주군!"

조천생을 받아들인 후에 조가장에서 여러 날을 보내게 된 천룡 일행이었다.

그렇게 수십 일이 지나고…….

조가장주의 자리를 자기 아들에게 넘기는 작업을 모두 끝내고 홀가분하게 천룡 일행을 따라나설 준비를 하고 있던 조천생이었다.

그때 하인이 다급하게 뛰어오면서 외쳤다.

"주, 주인님! 크, 큰일이옵니다!"

"무슨 일이냐! 소향이에게 또 무슨 일이 생긴 것이냐?"

"그게 아니옵고, 저…… 화, 황제께서 사람을 보내셨다고 합니다."

"뭐? 화, 황제 폐하께서?"

"네! 지금 문 앞에 황제 폐하께서 보내신 칙사가 와 있사옵니다!"

"아니…… 낙향한 지가 언젠데……. 갑자기 무슨 일로?"

갑작스러운 칙사의 등장에 깜짝 놀라며 다급하게 문밖으로 뛰어나가는 조천생이었다.

문 앞에 도착하니 하인의 말대로 황제의 칙사가 어명을 내리기 위해 서 있었다.

"조가장주 조천생이 맞으시오?"

맨 앞에 서 있는 무사가 근엄한 표정을 지으며 물었다.

"그렇소! 내가 조천생이오!"

"조천생은 황명을 받으라!"

조천생임을 확인하자마자 무사는 크게 외쳤다.

그에 조천생이 다급하게 황궁이 있는 방향으로 절을 하며 외쳤다.

"만세! 만세! 만만세!"

황제를 향해 만세 삼창과 함께 절을 올리고, 자세를 바로 잡고 무릎을 꿇었다.

그러자 제일 앞에 관인이 황금빛 두루마리를 펼치고 읽었다.

"너의 여식의 병이 다 나았다는 소식을 들었다. 축하하노라. 이제 그대를 힘들게 하는 것은 모두 사라졌으리라 생각한다. 하여 그대를 정이품(正二品) 상서(尙書)에 봉하노니 속히 상경하여 만백성을 위해 그대의 능력을 쓰도록 하여라."

한마디로 이제 여식이 나았으니 빨리 올라와서 일하라는 소리였다.

낙향한 지도 오래되었고 해서 이제 황제의 관심이 사라진 줄 알았는데, 그게 아니었나 보다.

황제의 총애를 듬뿍 받았었다더니 그게 사실이었다.

조천생을 얽매이고 있던 것이 사라지자 바로 황명이 날아왔다.

항상 지켜보고 있었다는 뜻이다.

여기서 저 명령에 거부한다면 자신의 가문과 자신이 따르기로 한 천룡에까지 화가 미친다는 것을 잘 알고 있는 조천생이었다.

"명! 받드옵니다! 만세! 만세! 만만세!"

이제 황명을 받았으니 조천생은 어쩔 수 없이 황제가 있는 북경으로 가야만 했다.

이제야 자신의 모든 것을 바칠 분을 만났다고 생각했는데, 이런 일이 벌어지자 한없이 힘이 빠졌다.

"축하드립니다! 하하! 북경에서 뵙겠습니다. 애들아! 가자!"

자신의 할 일을 다 했다고 생각한 무사는 자신이 데리고 온 사람들을 이끌고 사라졌다.

"하아…… 결국 관직이 내 운명이란 말인가?"

힘겹게 천룡 일행이 있는 곳으로 발걸음을 옮기는 조천생이었다.

잠시 후 조천생에게서 내용을 모두 들은 천룡은 고개를 끄덕이며 속으로 쾌재를 외쳤다.

'휴, 정말 다행이다!'

그리고 겉으로는 무척이나 아쉬운 표정을 지으며 말했다.

"정말 아쉽구려……. 그러나 어쩌겠소. 황제가 부르신다면 가 봐야지. 가서 열심히 보필하시오. 그것이 곧 나를 위한 일이라고 생각을 하면서. 건강도 꼭 챙기시고. 이걸 먹으면 웬만한 잔병은 걱정이 없고, 체력도 좋아지니 꼭 가기 전에 복용하고 가시오."

저런 신분의 조 가주에게 말을 놓는 것이 매우 불편했던 천룡은 은근슬쩍 반 존대로 말하고 있었다.

그러면서 품속에서 하얀 단약을 꺼내어 조천생에게 내밀었다.

천룡의 말에 조천생은 눈물을 흘리며 말했다.

"주, 주군을 끝까지 모시지 못하는 소인을…… 오히려 걱정까지 해 주시고 이런 크나큰 은혜까지 베푸시다니……."

그 모습이 어찌나 절절한지 보는 사람의 콧등이 시큰해질 정도였다.

"하하하, 어찌 이러시오. 영영 헤어지는 것도 아니고. 볼 수 없는 것도 아니고."

"주, 주군!"

조천생의 어깨를 토닥이며 그를 달래는 천룡이었다.

그러자 옆에 있던 소향이 큰절을 올리며 말했다.

"은공께 은혜를 갚은 길이 뒤로 미뤄졌으니, 소녀 이렇게나마 용서를 구합니다."

쟤는 또 왜 저런단 말인가.

"아, 아니다. 괜찮다. 누누이 말했지만 네가 건강해진 것이 내게 가장 큰 선물이란다."

그런 천룡을 똘망똘망한 눈으로 바라보는 소향이었다.

부담스러운 표정.

"네, 알겠습니다. 몇년만 기다려 주시겠습니까? 그때 소녀가 은공께 은혜를 갚겠습니다."

"그, 그래. 알았다."

"감사합니다."

안 된다고 했다간 따라올 기세였기에 대답을 한 천룡이었다.

그래도 마음 한구석이 왠지 불안했다.

그리고 훗날 알게 된다.

불안했던 이유를…….

이런저런 일들을 겪은 여행을 마치고 집으로 돌아온 천룡 일행이다.

천룡 일행이 운가장에 도착을 하자 여월이 눈물을 글썽이며 달려 나왔다.

"주군! 잘 다녀오셨습니까?"

여월이 어찌나 반가워하는지 천룡이 당황하며 답했다.

"으, 응. 그럼. 여월이도 잘 있었지?"

"신! 주군이 안 계시니 한 시도 마음 편히 지낼 날이 없었습니다! 이 여월이 있어야 할 곳은 주군의 곁이라는 것을 깨닫게 되는 나날이었습니다!"

갈수록 천룡에 대한 충성심이 강해지는 여월이었다.

이제는 거의 광신도 수준이 되어 가고 있었다.

─야…… 우리 밑에도 저 정도로 충성심이 높은 놈은 없겠는데?

─그러게요…….

문 앞에서의 작은 소동이 지나가고, 방 안으로 들어온 천룡에게 그동안 있었던 일들의 보고가 이어졌다.

수많은 보고 중에 당연히 천룡의 관심을 가장 끈 것은 바로 천룡표국의 일이었다.

"뭐? 살수들의 습격이 있었다고?"

깜짝 놀라 자리에서 벌떡 일어나는 천룡이었다.

"네! 일단 그놈들 수장으로 보이는 놈과, 침입하던 놈들 모두 잡아서 가둬 두었습니다."

"……."

자꾸 이런 일이 일어나자 점점 화가 나는 천룡이었다.

왜 그녀를 못 잡아먹어서 안달이란 말인가?

천룡의 기세가 사납게 변하기 시작하자 무광이 다급하게 말했다.

"아버지! 이, 일단 그놈들 보면서 원인을 파악하는 것이 먼저 아닐까요?"

"맞습니다! 사부님! 원인을 찾아서 제거하면 앞으로 이런 일이 일어나지 않을 겁니다. 그러니 일단 화를 가라앉히시고……."

제자들이 그러한 천룡을 달래기 위해 앞다투어 나섰다.

"그래. 일단 그놈들 면상 좀 보자……."

"네!"

여월이 앞장서자 그 뒤를 따라가는 천룡이었다.

그것을 바라보며 서둘러 뒤따라가는 세 제자는 심어로 대화를 나눴다.

―야야, 아버지 엄청 화난 거 같은데?

―와…… 순간적으로 오금이 저려서 지릴 뻔했습니다.

―일단 최대한 원인을 제거해야 합니다. 사부님 진짜 화나면…… 큰일이에요.

―그놈들…… 자기네들이 얼마나 큰 실수를 저질렀는지 알게 해 줘야겠어.

점점 스산한 눈빛으로 바뀌면서 이를 가는 세 명이었다.

운가장 한쪽에 있는 창고에 수많은 사람이 점혈을 당한 채로 묶여 있었다.

다들 자신들이 어찌 될까 하는 불안에 심신이 지쳐 있는 상태였다.

그때 창고 문이 열리면서 환한 빛이 그들의 동공을 때렸다.

그 환한 빛무리 사이에 천룡과 제자들의 그림자가 기둥처럼 서 있었다.

"이놈들이야?"

"네!"

"누가 수장이야?"

천룡의 말에 제일 구석에 피투성이가 된 채로 누워 있던 살막주를 끌고 나오는 여월이었다.

"정신이 나갔는지 아무리 때리고 해도 저 상태입니다."

여월의 말에 바닥에서 꿈틀대고 있는 살막주를 가만히 바라보는 천룡이었다.

"배……금령. 배……금……령. 죽……인다."

"계속 저 말만 반복하고 있습니다."

"배금령?"

그 말에 무광이 이를 갈며 말했다.

"그 새끼네요! 천금상단주 새끼!"

"이번에는 확실하게 잡아서 죽이죠! 쥐새끼를 귀찮다고 자꾸 놔뒀더니 이런 사달이 일어나네요."

그 말에 여월이 말했다.

"신이 애들을 데리고 가서 조용히 정리하고 오겠습니다."

"아니야…… 기다려 봐. 이놈 정신부터 좀 차리게 하자."

"네? 방법이 있으십니까?"

"자고로 예부터 미친놈은…… 매가 약이랬어."

"네? 하지만 이놈은 아무리 때려도……."

"아냐, 아냐. 저번에 천명이를 보면서 내가 느낀 게 있어. 이번에 이놈을 상대로 실험해 봐야겠어."

그러더니 살막주를 포박하고 있는 줄을 끊고, 그에게 기운을 불어넣었다.

순간적으로 살막주의 몸에서 하얀 빛이 나오는 것 같았다.

"온몸의 기운을 먼저 활성화하고……."

퍼어억-!

"이렇게 때리면……."

그러자 살막주의 동공이 미친 듯이 커졌다.

누가 봐도 엄청난 고통이 느껴지는 눈빛이었다.

어찌나 아픈지 살막주의 입에선 그 어떤 소리도 나오지 않았다.

"엄청 아프겠지? 나간 정신이 돌아오게 하려면 이 정도는 아파야 돌아오지."

퍼퍽-!

퍼억퍼퍼퍼퍼퍽-!

살막주의 옷에서 먼지가 뭉게뭉게 피어올랐다.

손이 보이지 않을 정도로 두들겨 패는 천룡, 그 입가에 알 수 없는 미소가 보였다.

전에 천명이 장천을 팰 때의 모습과 겹쳐 보였다.

-뭐야…… 저거 무서워.

무광의 심어에 다들 경직된 채로 고개를 끄덕였다.

천명이 말했다.

-제가 저랬습니까?

그 소리에 다들 고개를 끄덕였다.

－세, 세상에…….

그렇게 한참을 소리도 못 낼 정도의 고통을 받다가 어느 순간 축 처지는 살막주였다.

그러자 천룡의 손에서 새하얀 빛이 나오기 시작했다.

"소향이를 치료하면서 깨달은 기술이지."

그러면서 살막주의 몸에 그 빛을 가져갔다.

살막주의 온몸이 그 빛에 휩싸이더니, 상처들이 치유되기 시작했다.

지금까지 들도 보도 못한 장면에 다들 경악하며 입을 벌렸다.

저 기술이 세상에 나가면 중원에 있는 모든 의원은 문을 닫아야 할 판이었다.

그리고 몸이 치유되면서 정신도 돌아온 살막주였다.

"어라? 그냥 이 기술을 쓰면 정신이 돌아오는 거였네?"

그렇게 말하는 천룡을 보며, 제자들이 부르르 떨며 생각했다.

'저거…… 분명 알고 하신 거다…….'

정신이 든 살막주가 상황 파악을 하기 위해 두리번거리고 있었다.

'나는 분명히 천룡표국을 치러…… 그래, 말도 안 되는 무력을 지닌 표사들과 만났지.'

"정신이 돌아왔어?"

갑자기 자신의 눈앞에 얼굴을 들이미는 천룡을 보며 깜짝
놀라는 살막주였다.

순식간에 뒤로 물러선 살막주는 그때야 깨달았다.

그 어떤 것도 자신을 속박하지 않고 있었고, 심지어 알 수
없는 기운에 온몸에 힘이 넘쳐흐르고 있다는 것을 말이다.

제三장

자신의 상태를 확인한 살막주는 이어 앞을 바라보았다.

그곳에는 처음 보는 다섯 명의 남자가 자신을 주시하고 있었다.

"누구……?"

퍼어억-!

"꺼어어어억!"

누군지 물어보려는 찰나에 복부에 느껴지는 엄청난 충격.

그리고 귀에 들려오는 목소리와, 이어지는 엄청난 고통에 다시 정신을 잃는 살막주였다.

"일단 맞고 대화하자. 내가 아직 쌓인 게 안 풀려서 말이야."

제三장 145

천룡은 정말 자비 없이 살막주를 두들겨 팼다.

자비 없이 때렸기에 죽기 일보직전까지 상태가 안 좋아진 살막주.

다시 천룡의 손에서 하얀 빛이 피어나며 살막주의 몸속으로 흡수되었다.

그러자 놀랍게도 상태가 호전되면서 다시 눈을 뜬 살막주였다.

'뭐, 뭐야? 나 방금 죽어 가는 거 아니었어?'

꿈이었나 하는 생각에 고개를 들어 보니 자신을 죽도록 팬 천룡이 웃으며 바라보고 있었다.

온몸에 소름이 돋았다.

이자는 사람을 죽이고 살릴 수 있는 자였다.

거기에 때리는 건 또 얼마나 아픈지 말도 못 할 정도였다.

그때 천룡이 손가락 하나를 펴며 말했다.

"자, 이제 한 번."

이게 무슨 소리란 말인가?

뒤이어 한 말에 무슨 뜻인지 알아차렸다.

"앞으로 열 번만 기절하자."

"헉! 안 ㄷ……."

퍼어억—!

"커허억!"

다시 시작된 구타.

어찌나 고통스러운지 안 된다고 말을 해야 하는데 말이 나오지 않았다.

말이 문제가 아니고 한 방 한 방 맞을 때마다 혼이 날아갈 것 같았다.

살 수업을 하면서 수많은 고문과 고통을 겪었지만 이건 그 모든 것을 아득히 초월했다.

퍼퍼퍽-!

퍽퍽-!

살막주는 정말 원 없이 두들겨 맞았다.

살막주의 숨이 간당간당해지면 다시 치유하고, 정상으로 만들어 놓고 다시 패고, 치유하고를 수십 번을 반복했다.

물론 그렇게 맞으면 고통이 어느 정도 적응이 될 것 같지만, 전혀 아니었다.

그 모습을 지켜보던 사람들은 모두 사색이 되었다.

-……아버지 화나시니까 장난 아니구나.

-그러게요. 우리한테 화내시는 건…… 그냥 장난치신 거였네요.

어느덧 해가 뉘엿뉘엿 지평선을 넘어가고 있었다.

살막주는 다시 말끔해진 모습으로 천룡의 앞에 무릎 꿇고 앉아 있었다.

"천금상단주 배금령, 맞지?"

"넵! 맞습니다!"

"잡아 와."

"네?"

살막주가 반문을 하자 다시 구타가 시작되었다.

"아직…… 덜 맞았네. 확실히 처음 하는 거라 천명이처럼 안 되네. 조금만 더 맞자."

"자, 잘못…… 꾸에에에엑!"

그렇게 다시 시작된 구타는 완전히 밤이 되어서야 끝이 났다.

"잡아 올 거지?"

"네에에엡! 반항하면 사지를 부러뜨려서라도 꼭 잡아 오겠습니다!"

천룡의 폭행에 완전히 영혼까지 굴복한 살막주였다.

반문 따위는 없었다.

"그래. 그럼 출발해. 일주일 준다. 대신 금제를 걸었어. 일주일이 지나면 나한테 맞았던 그 고통이 찾아올 거야. 그것도 내가 풀어 주지 않으면 평생을 말이지. 알았지?"

천룡의 말에 온몸에 소름이 돋은 살막주였다.

"무, 무슨 일이 있어도 그 전에 잡아 오겠습니다!"

그리고 조금이라도 지체하지 않기 위해 자신이 움직일 수 있는 최대한의 경공을 발휘해 달려가기 시작했다.

순식간에 시야에서 사라지는 살막주를 보다가 천룡이 제자들을 바라보며 말했다.

"이러면 편하잖아. 그놈이 어디 있는지 일일이 안 찾아다녀도 되고. 그치?"

그러면서 해맑게 웃는 천룡이었다.

그 모습에 제자들은 어색한 미소를 지으며 천명에게 심어를 보냈다.

-넌 왜 쓸데없는 것을 아버지한테 보여 드려서!

-그러니까요! 천명 사형이 책임져요!

-······.

"왜 말들이 없어?"

천룡이 삐딱하게 말을 하자 그제야 화들짝 놀라며 대답하는 제자들이었다.

"마, 맞습니다! 그 말씀이 백번 옳으신 말씀이시죠!"

"휴, 이제 좀 속이 풀리네. 사실 아까 엄청 화가 나더라고. 아직 좀 덜 풀렸는데······ 그건 배금령이 잡아 오면 마저 풀기로 하지, 뭐."

그러면서 무언가 개운한 얼굴로 나가는 천룡이었다.

"야, 절대로 아버지를 화나게 해선 안 돼. 알겠지?"

"네! 사형!"

"그래. 가자."

그렇게 서로에게 다짐하고 천룡을 따라나서는 사람들이었다.

무언가가 자신을 쳐다보는 기분이 자꾸 들었다.

기분이 찝찝해서 잠시 눈을 떴는데, 두 개의 무언가가 자신을 향해 반짝이고 있었다.

놀라서 소리를 지르려고 하는데 입에서 그 어떤 소리도 나오지 않았다.

악몽이라 생각했다.

그래서 온몸을 발버둥 치며 이 악몽에서 어서 깨야 한다는 생각밖에 없었다.

그때 반짝이던 물체가 가까이 다가왔다.

가까이 와서 자세히 보니 사람이었다.

"잘 자네? 우리는 지옥으로 몰아넣고?"

복면인은 침상의 남자를 바라보며 말했다.

'지옥? 무슨 지옥?'

말이 나오지 않으니 반문도 못 하는 남자였다.

"천금상단주 배금령. 널 보고자 하시는 분이 계시다. 같이 가 줘야겠다."

"읍읍읍우우우부붑!"

입을 움직일 수 없으니 신음로라도 내서 의사 표현을 시도해 보지만 무용지물이었다.

"그분께서 그러셨다. 볼일이 끝나면…… 네놈을 나에게 선물로 주시기로…… 흐흐흐흐. 그래서 널 최대한 빨리 그분에게 데려갈 것이다.”

쇳소리가 섞인 남자의 목소리는 매우 음산했다.

그렇게 말한 남자는 배금령을 들쳐 메고 창문 밖으로 몸을 날렸다.

한밤중에 그렇게 배금령은 누군가에 의해 납치를 당했다.

그리고 한참을 달리는데 무언가 남자를 향해 날아오는 것이 느껴졌다.

슈아아아아아ー!

“헉!”

잽싸게 방향을 틀어 피한 뒤, 배금령을 옆에 내려 두고 경계를 하기 시작했다.

‘뭐지? 최대한 은밀하게 온다고 왔는데?’

그렇게 사방을 경계하고 있을 때, 어둠 속에서 누군가가 뒷짐을 지며 걸어 나왔다.

평범한 자가 그 모습을 보았다면 도력이 매우 높은 도인으로 볼 정도로 하얀 옷에 하얀 수염과 머리가 인상적인 노인이었다.

순간 남자 역시 무림맹에 속해 있는 고수 중의 한 명일 것으로 생각하며 기습을 준비하고 있었다.

“허허허, 그것참 살기(殺氣)가 참으로 좋구나? 정석대로 아주 제대로 뿌리고 있어. 허허허허. 이렇게 만나지 않았다면 내 밑에 두고 싶을 정도로구나."

그렇게 말을 하며 자신의 수염을 길게 쓰다듬는 노인이었다.

"그대는 누구요? 무림맹인가?"

"그것은 알 것 없겠지. 일단 그 옆에 누워 있는 그 아이는 우리에게 필요한 아이다. 그러니 그대로 두고…… 흐음, 너는 어쩐다?"

남자를 어찌할 것인지 고민하는 노인이었다.

"그냥 죽이기는 아까운데…… 어떠냐? 내 밑으로 오지 않겠느냐? 살기를 보아하니 착한 놈은 아닐 것이고 하니, 내 제안이 어떠냐?"

그 말에 남자는 잠시 고민을 하였다.

하지만 이미 자신의 몸에는 금제가 있었다.

더욱이 자신을 마구 패던 그 악마에 비하면 저자는 그다지 강해 보이지 않았다.

그랬다.

남자는 바로 살막주였다.

"그럴 일은 없다! 어차피 내 얼굴을 본 것도 아니니, 지금이라도 길을 비킨다며 고이 보내 주겠다!"

"하하하하하하! 고얀 놈이로구나! 하하하!"

노인이 웃자 살막주는 귀를 틀어막으며 고통스러워했다.

'크윽! 무지막지한 내공이다! 나에겐 승산이 없다……. 그

렇다면…….'

남자가 품속에서 시커먼 공 하나를 꺼내서 노인에게 던졌
다.

엄청난 속도로 날아간 공은 곧 노인의 손에 잡혔다.

"이것이 무엇이냐? 난 또 벽력탄이라도 날린 줄 알고 긴장
했더니…… 그것은 아닌 것 같고?"

그때 공에서 하얀 연기가 피어올랐다.

퍼엉-!

그리고 터지면서 순식간에 온 세상을 하얀 연기 세상으로
만들었다.

"호오, 독연무(毒煙霧)로구나! 하하하! 재롱까지 부리다니
정말 갈수록 맘에 드는 아이 아닌가? 크하하하, 어디 재주껏
도망가 보거라!"

노인이 손을 휘젓자 순식간에 연기가 동그란 원 모양으로
퍼져 나갔다.

그리고 확보된 시야엔 저 멀리 도망가는 살막주가 보였다.

"혁혁! 세상이 미친 건가? 어디서 저런 괴물들이 사방에서
나오는 거야!"

한때 자신의 무공에 자부심을 가진 적이 있었다.

비록 살수지만 그래도 나름 무공으로도 중원에서 꿀리지
않을 것으로 생각했다.

하지만 그 생각은 천룡표국의 표사들을 보고 깨졌다.

자신의 무공은 겨우 표사들도 이기지 못하는 형편없는 무공이었다.

그렇게 한탄하며 도망가는데 무언가 둔탁한 충격이 목 뒤를 강타했다.

퍼억-!

그리고 그대로 바닥으로 떨어졌다.

충격에 정신이 오락가락했지만 그래도 정신을 차려 이 상황을 빠져나가려 했다.

퍼억-!

우두둑-!

이번엔 다리 쪽에서 충격이 왔다.

부러진 것 같았다.

그리고 사방팔방에서 충격이 왔다.

온몸의 뼈가 부러진 것이었다.

너무나도 큰 고통에 소리도 못 지르고 있었다.

그런 한편에는 천룡에게 맞을 때보단 덜 아프다는 생각에 자신도 모르게 헛웃음이 나왔다.

"큿!"

그 모습에 노인이 살막주 앞에 쪼그려 앉으며 말했다.

"오호라! 이것 참…… 그 와중에도 웃는다? 너는 나로 하여금 정말 안타까운 마음을 자꾸 들게 하는구나. 내 다시 한 번 묻겠다. 내 밑으로 올 생각 없느냐?"

살막주는 고통에 대답을 못 했다.

"내 너를 제대로 키워 우리 교를 위해 크게 쓸 것이다. 어떠냐? 다시 생각해 보지 않겠느냐?"

"닥쳐! 어서…… 죽여라……."

"허…… 안타깝구나……. 부디 내세엔 우리와 인연이 있길 빌겠다."

퍼억-!

그리고 살막주의 몸에 장력(掌力)을 날려 마지막 숨을 끊었다.

"쯥! 정말 괜찮은 인재였는데…… 오늘은 어서 가서 술이나 한잔해야겠군."

그러면서 돌아서 자신이 왔던 그곳으로 다시 날아가는 노인이었다.

노인이 사라지고 한참이 지나고 까마귀들이 시체를 먹기 위해 살막주의 몸 쪽으로 날아왔다.

그리고 살점을 뜯어먹기 위해 몸을 쪼는 그 순간, 살막주의 몸에서 희미한 빛이 뿜어 나왔다.

그리고 그 빛은 살막주의 몸 구석구석을 치유하기 시작했다.

그 빛의 정체는 바로 천룡이 살막주를 치유할 때 사용했던 활인기(活人氣)였다.

천하 만물의 모든 생물을 소생시키는 힘.

그것이 바로 이것이었다.

천룡이 살막주를 패고 치료하는 과정에서 치유가 끝나고 남아 있던 활인기가 이렇게 활동을 시작한 것이었다.

처음 사용해 보는 거라 과하게 들어간 활인기로 인해 의도하진 않았지만, 사람을 살리게 되었다.

우두득–!

우드드득–!

활인기의 치료와 함께 부서졌던 뼈들이 붙고, 심장에 활기가 들어서며 다시 뛰기 시작했다.

"컥! 쿨럭!"

격한 기침과 함께 검은 피를 쏟아 낸 살막주는 정신을 차리고 주변을 둘러보았다.

"뭐지? 나…… 죽었었는데? 어라? 뼈들도 원상복구가 되었네? 활력이 샘솟는 이 기분은…… 그래. 그분의 기운이구나……."

진짜로 죽었다 살아나자 천룡에 대한 마음이 변한 살막주였다.

이제는 맞기 싫어서가 아니고 진심으로 모시고 싶어졌다.

아무도 없는 것을 확인하고, 일어나 자신의 입 주변의 피를 닦으며 운가장을 향해 발길을 옮기고 있었다.

"그분께 어서 이 사실을 보고해야 한다."

어느새 천룡에게 복종하는 마음이 새겨진 살막주였다.

한편 배금령을 구한 노인은 그를 다시 천금상단에 데려다 주었다.

"쯧쯧…… 앞으로 몸조심하거라. 주군께서 너를 지키라 하셨으니 내 당분간은 네 곁에 있겠지만, 솜씨 좋은 놈으로 경호 좀 다시 꾸려라."

그 노인이 누군지 아주 잘 알고 있는 배금령은 그저 고개만을 조아리며 성심성의껏 대답을 할 뿐이었다.

"앞으로 얼마 남지 않았다. 조금의 실수도 있어서는 안 되니라. 네놈의 사사로운 욕심 또한 대업을 이루기 전까지는 버려라. 알겠느냐?"

"네! 명심 또 명심하겠습니다!"

"꼭 명심하거라. 네놈을 대체할 수 있는 아이들은 많으니……."

그리고 연기처럼 눈앞에서 사라지는 노인이었다.

"휴, 오늘은 일진이 정말 사납구나……. 거기에 교에서 나를 감시하고 있었다니…… 당분간은 몸을 사려야겠어."

그러고는 술을 꺼내어 벌컥벌컥 마시는 배금령이었다.

옷이 누더기가 된 채로 돌아온 살막주가 천룡 앞에 무릎을 꿇고 앉아 있었다.

"그러니까…… 너의 힘으로는 감당조차 안 되는 자가 배금령을 지키고 있었다?"

"네! 그러합니다!"

"너는 그놈에게 죽었었고?"

"네!"

"그런데 어떻게 살아왔어? 죽었다며?"

"공자께서 저에게 남겨 주신 그 신비로운 기운 덕에 다시 이렇게 살아남았습니다. 앞으로 제 목숨은 공자의 것입니다. 이제부터 주군으로 모시겠습니다."

살막주는 정체 모를 노인과 싸우면서 깨달았다.

천룡이 얼마나 엄청난 인물인지를.

어차피 한세상 살아가는 거, 천룡 같은 강자 아래서 살아 보고 싶었다.

그리고 자신의 마음속에서 자꾸 샘솟는 이 마음을 주체할 수가 없었다.

나중에 알게 되는 사실이지만 살막주가 겪는 지금 현상은 활인기의 부작용이었다.

활인기를 전개한 사람을 따르게 되는 부작용.

아직은 그걸 모르지만 말이다.

반면 천룡은 의심의 눈초리로 살막주를 쳐다보았다.

"널 받아 달라고? 뭘 믿고? 나한테 그렇게 맞아 놓고 받아 달라고? 그걸 믿으라고?"

"믿지 못하시는 거 저도 잘 압니다. 저의 내공을 금제하셔도 좋고, 뭘 하셔도 좋습니다! 그저 곁에서 모실 수 있게만 해 주십시오!"

그러고는 엎드린 채로 미동도 하지 않았다.

표정과 기세를 보아하니 거짓이 아니었다.

천룡이 이마를 짚었다.

어찌 된 게 하나같이 만나는 놈들마다 다 자신을 모시지 못해 안달이 난단 말인가.

아무리 생각해도 이해가 되지 않았다.

눈빛을 보니 배신을 할 것 같진 않아 보였고, 그냥 흘러가는 대로 받아들이기로 한 천룡.

"아니, 뭐…… 그래. 그건 그렇고……. 그 정체를 아는 바가 없고?"

"저…… 주군…… 무의식중에 얼핏 들은 단어가 있기는 한데……."

"그래? 그게 뭔데?"

"그자가 저에게 자신의 밑으로 오면 교(敎)를 위해 큰일을 할 수 있게 해 주겠다고 했습니다."

"교(敎)?"

"네!"

살막주의 대답에 천룡이 무광을 쳐다보았다.

무광의 표정은 매우 심각해져 있었다.

"광아, 표정을 보니 너는 무언가 걸리는 게 있구나?"

천룡의 말에 무광이 생각을 접고 고개를 끄덕이며 말했다.

"아니기를 바랄 뿐이죠……."

"뭔데?"

"휴우, 현재 무림에 교라는 명칭을 쓰는 곳은 두 곳입니다. 마교(魔敎), 그리고 혈천교(血天敎)……."

무광의 말에 다들 침을 꿀꺽 삼키며 집중했다.

"그중에 마교는 활동을 안 한 지 워낙 오래되어서, 사실 있는지 없는지조차 모를 지경이고……. 그러면 가장 확률이 높은 곳이 바로 혈천교입니다."

그 말에 방 안에 있던 사람들은 침음성을 내고, 살막주는 눈이 찢어져라 커진 상대로 경악을 하고 있었다.

"그, 너를 죽음의 문턱까지 몰아넣었다던 그놈들?"

"네! 그놈들입니다. 그때 저는 그들을 모두 물리칠 힘이 없었고, 심지어 그들의 교주는 만나 보지도 못했습니다. 저 역시 여기저기 도움을 받아 간신히 목숨만 건졌을 정도로…… 그들은 정말 강합니다."

그러자 천룡이 웃으며 말했다.

"오라고 해."

그 말에 다들 이게 지금 무슨 소린지 몰라 눈만 끔벅거리고 있었다.

"감히…… 내 새끼 몸에 생채기를 낸 것도 모자라…… 죽

천하무적
윤가장

이려고 했다고? 내가…… 그놈들은 가만 놔둘 것 같아? 내 앞에 보이기만 하라 그래."

천룡이 분노를 토해 내자 엄청난 기압이 사방팔방으로 퍼져 나가기 시작했다.

"아, 아버지. 기, 기운을 좀……."

"사, 사부님!"

"커억! 사……부."

무광이 다급하게 외치자 천룡이 화들짝 놀라며 기운을 거두어들였다.

"아, 미안미안. 나도 모르게 화가 나서…… 괜찮니?"

"네…… 괜찮습니다."

"사부! 요새 감정 기복이 심해지신 거 같아요!"

"미안. 미안하다, 애들아."

다들 천룡의 힘에 놀라고 있을 때, 살막주는 전혀 다른 곳에서 놀라고 있었다.

'내 새끼? 아버지? 그리고…… 저 공자는 왠지 혈천교를 직접 상대한 것처럼 말을 하잖아? 이게 뭐지? 뭔 일이야?'

살막주가 이리저리 동공을 굴리자 태성이 전음으로 설명을 해 주었다.

"커헉!"

전음을 듣자마자 너무 놀라서 사레가 걸린 살막주였다.

"쟤는 갑자기 왜 저래?"

"그러게요?"

"야야! 지금 상황 심각한 거 안 보여?"

마지막에 태성이 뭐라 하자 살막주가 조용히 입을 다물며 속으로 생각했다.

'네놈 때문에 놀란 거잖아! 우와, 삼황이라니…… 심장 터질 뻔했네. 그리고 주군은 삼황의 사부라니……. 크크크크. 아까 그 노인네가 아닌 우리 주군을 선택한 것은 내 인생 최고의 선택이었다!'

그러면서 실실 웃는 살막주였다.

그런 살막주에게 신경을 쓰지 않고 계속 대화를 이어 나갔다.

"가만 그 교와 관련된 놈이 거기에 있고, 무림맹의 주력 상단 중 한 곳인 천금상단이 교와 연결이 되어 있다? 이거 뭔가 냄새가 나는데?"

"그 천금상단이 무림맹의 주력 상단이 된 것도 뭔가 수상합니다. 애초에 무림맹이라는 집단 자체가…… 그들에 의해 세워진 것일 수도 있지 않을까요?"

"천명 사형의 말이 맞는 것 같습니다. 특히나 무황성에 대해선 엄청나게 경계를 하는 것 보면, 말이 되는 거 같은데요? 무림맹에 가 봐야 하나?"

"무광 사형, 막내 말대로 아무래도 무림맹을 한번 가 봐야겠는데요? 도대체 무슨 일이 벌어지고 있는지 알아봐야 할 것 같아요."

"흐음……."

"저기……."

다들 무림맹 문제로 고민을 하고 있을 때, 여월이 조심스럽게 입을 열었다.

"왜?"

"주군, 실은 안 계실 때 무림맹에서 첩지가 왔었습니다. 무림맹에 초대를 한다고요."

그리고 품 안에서 붉은색으로 무림맹 첩지라 적혀 있는 종이를 탁자에 올려놨다.

"우리를? 아니, 우린 일개 장원인데? 거기에 세상에 알려지지도 않았고."

"초청장 같은 거라고 보시면 됩니다. 무림맹 개파식(開派式)과 무림대회를 연다고 적혀 있었습니다. 그냥 전 중원에 규모 좀 있다 하는 곳에는 다 뿌린 모양입니다."

"뭐야, 아직 개파식 안 했었어? 그리고 무림대회?"

"네. 이제 하는 것을 보니 어느 정도 내실이 잡혔다고 생각하는 모양입니다. 어찌할까요?"

"사부! 가시죠? 가서 무림맹 구경하고 오시죠? 잡아야 할 새끼도 있고요."

태성이 이를 갈며 말했다.

다들 잡아 와야 할 새끼라는 단어에 집중했다.

순식간에 방 안의 공기가 무거워졌다.

그때 밖에서 유가연의 목소리가 들렸다.

"여기에 운 가가가 계신다는 거죠?"

"네! 그렇습니다!"

"고마워요."

그리고 문이 활짝 열렸다.

그곳엔 환하게 웃고 있는 유가연이 있었다.

"가가, 저 왔어요. 히히."

그 모습에 천룡의 표정이 빠르게 펴지면서 광대가 승천하기 시작했다.

무거웠던 방의 분위기가 순식간에 변했다.

"다들 여기서 뭐 하세요? 분위기가 무거워 보여요."

"아, 아니야. 그냥 제자들이랑 세상 돌아가는 얘기하고 있었어. 그런데 무슨 일 있어?"

"칫! 제가 무슨 일이 있어야 오는 사람이에요?"

"아, 아니지. 누가 그래? 우리 가연이가 무슨 일이 있어야만 온다고?"

"방금 가가 말뜻이 그랬어요."

"오해야. 내가 그럴 리가 있겠어? 가연이가 오기만을 항시 기다리는데. 내 맘 알지?"

"흥! 모르겠는데요?"

자꾸 자신 앞에서 쩔쩔매는 모습을 보니 왠지 자꾸 더 놀려 주고 싶은 마음이 든 유가연이었다.

천룡의 표정이 울상이 되자, 이제 그만 놀려야겠다고 생각하며 말했다.

"히히, 알죠! 운 가가 보고 싶어서 왔어요. 괜찮죠?"

"저, 정말? 당연히 괜찮지!"

"앞으로도 평생 이렇게 변함없이 반겨 주셔야 해요. 아셨죠?"

"응? 앞으로도 평생?"

천룡이 놀란 눈을 하며 유가연에게 묻자, 아차 싶은 유가연이 빨개진 얼굴을 숙이며 작게 말했다.

"그, 그러니까 그게…… 앞으로…… 가가랑 혼인도…… 해야 하고…… 몰라요! 이런 말까지 하게 만들고 못됐어! 진짜!"

순간 천룡의 머릿속에는 온통 혼인이라는 단어로 꽉 차 버렸다.

'호, 혼인? 혼인이라고? 가연이가 지금 나랑 혼인? 하하하, 혼인?'

헤벌쭉한 표정으로 웃고 있는 천룡을 보자 유가연이 가까이 다가가서 꼬집었다.

"아앗!"

아프진 않았지만 그래도 아픈 척은 해 줘야 한다는 것을 알고 있었다.

"표정 관리! 표정이 그게 뭐예요. 사람들 앞에서……."

그 모습을 지켜보던 살막주는 이곳의 진짜 최강자가 누구인지 아주 정확하게 보고 느낄 수 있었다.

'절대…… 주모님의 심기는 건드리면 안 되겠다…….'

"그런데 무림맹 이야기하고 계셨어요?"

"어? 어떻게 알았어?"

"여기 이거 무림맹 첩지 아니에요? 저한테도 왔는데……."

"뭐? 가연이한테도 갔다고?"

"네! 이번에 초대한다고…… 그 제갈현? 그분께서 직접 초대한다며 보내셨더라고요."

"무림맹 군사가?"

"아, 이분이 무림맹 군사예요? 대단하신 분이었네."

유가연의 말에 천룡이 다급하게 제자들을 보며 전음을 날렸다.

-아! 맞다. 가연이는 그때 그놈들이 무림맹에서 온 거 모르지?

-네! 알 수가 없죠. 그냥 습격이라고만 했으니…….

-무림맹 놈들이 실패하니까 직접 불러서 처리하려는 것 같지?

-누가 봐도 그런 상황이죠. 국주님 표정을 보아하니…… 가실 것 같은데요?

그 말에 유가연을 보니, 무림맹 첩지를 보며 표정이 상기

되어 있었다.

잔뜩 기대하는 표정이었다.

ㅡ그, 그러네. 안 된다고 했다간 그간 있었던 일 다 설명해야
겠지?

ㅡ네……. 그럼 가뜩이나 심약하신데…… 큰 충격을 받으시
겠죠.

ㅡ……애들 준비시켜라. 여월이는 가연이 경호 준비 철저하
게 하고…….

ㅡ충!

ㅡ네!

그리고 천룡이 가장 중요한 사실을 강조했다.

ㅡ그리고 무림맹에 가면 배금령이란 새끼부터 잡아 와. 으드
득!

ㅡ네!

모든 사항을 전달하고 자신을 초롱초롱한 눈빛으로 바라
보는 살막주를 보았다.

"너는…… 이름이 뭐냐?"

"충! 소신의 이름은 고순이라고 합니다! 주군!"

"어머? 가가, 또 수하가 생기신 거예요? 축하드려요."

"주모님을 이렇게 뵙게 되어 영광이옵니다."

주모라는 말에 얼굴이 빨갛게 상기된 유가연이 고개를 도
리도리 저으며 말했다.

"아이, 참. 아직은 아닌데…… 앞으로 잘 부탁드려요."

그 모습에 천룡과 제자들이 또 열심히 전음을 날렸다.

-저놈 진짜 믿어도 됩니까?

-지가 죽고 싶지 않으면 알아서 잘하겠지…….

-그나저나 국주님은…… 지금 자기 앞에서 아양을 떠는 저놈이 자신을 죽이러 왔던 살수라는 걸 알면 어찌 될까요?

-……다들 입조심해라.

-네…….

그렇게 천룡 일행의 무림맹 여행이 결정되었다.

무림맹이 자리한 하남성 신양은 사방에서 몰려드는 사람들로 인산인해였다.

며칠 뒤에 열리는 무림맹 개파대전에 참석하기 위해 이렇게 많은 사람이 모인 것이었다.

여기저기에 화려한 볼거리가 가득하고, 사방에는 가지각색의 무기를 지니고 돌아다니는 무인들이 바글거렸다.

천룡 일행은 하오문이 소유한 장원에 짐을 풀고 이곳에 머물기 시작했다.

그리고 천룡과 유가연은 거리를 구경하기 위해 밖으로 나섰다.

"가가! 너무 재밌어요! 히히."

"그래? 우리 저것도 먹어 보자!"

"네!"

천룡과 유가연은 신양 거리를 둘이 돌아다니며 신나게 구경하고 있었다.

처음 보는 신기한 것들과 먹을 것들이 사방에 널려 있었기에 구경하며 먹는 즐거움이 넘쳐났다.

유가연이 환하게 웃으며 좋아하니, 천룡은 역시 오길 잘했다는 생각이 들었다.

"어때? 맛있어?"

"네! 가가도 드셔 보세요! 정말 맛있어요."

그러면서 자신이 먹던 탕후루(糖葫芦)를 천룡의 입에 물려 주었다.

입안에 들어온 탕후루는 정말로 달콤했다.

특히 유가연의 입에 닿았던 것이어서 더욱더 달콤하게 느껴진다고 생각하는 천룡이었다.

얼굴에 행복함이 넘쳐흐르는 천룡을 보며 유가연 역시 환하게 웃었다.

"어머! 가가, 저것 보세요. 신기한 공연을 해요!"

유가연이 가리킨 곳에선 약장수들이 사람들을 모아 놓고 공연을 하고 있었다.

유가연이 즐거워하며 천룡의 팔짱을 꼭 끼고 구경을 하고,

천룡은 유가연의 체온을 느끼며 행복해하고 있었다.

그 모습을 매우 못마땅하게 지켜보는 사람들이 있었다.

꽃

"어후, 저거 진짜 닭살이다."

거리에 있는 고급 객잔 삼 층에서 술을 마시며 거리를 보고 있던 한 청년이 안주로 나온 최상급 육포를 질겅질겅 씹으며 말했다.

"응? 뭐가? 넌 아까부터 뭘 그렇게 보면서 투덜거리냐? 술 안 마시고."

"저기, 저 연인 보고 있었지."

"남 연애하는 걸 왜 보고 있어. 미친놈아."

"야, 저거 훼방 놓고 싶어지지 않냐? 재밌을 것 같은데?"

"야 야, 큰일 날 소리 하고 있어. 지금 여기서 저 사람들을 건들자고? 미쳤어? 무림맹 개파대전이 얼마 안 남았다. 사고 치지 말자."

일행으로 보이는 남자들이 화들짝 놀라며 방금 말한 자를 말렸다.

"아니, 내가 뭐 저들을 죽인다는 것도 아니고, 그냥 가볍게 장난이나 쳐 보자는 거지."

"……무슨 장난?"

마침 심심하기도 했고 개파대전까지 지루하게 기다리는 것도 슬슬 짜증이 나던 참이었다.

그래서 가볍게 장난이나 쳐 보자는 남자의 말에 다른 이들도 살짝 혹하기 시작했다.

"딱 보아하니 무공을 익힌 것 같진 않고…… 어디 졸부 집 도련님이 멋모르고 연인이랑 구경 나온 것 같은데……. 우리가 가서 겁을 주면 저놈이 과연 여자를 지킬까? 아니면 도망갈까? 어때? 내기하자!"

"에이, 도망가겠지. 옷을 보아하니 남자는 좀 사는 집 같은데, 굳이 위험을 무릅쓰고 여자를 지키겠어?"

"그래도 남자답게 생겼네. 지키려고 할 것 같은데?"

'지킨다와 도망간다'가 반반씩 나뉘었다.

어느새 말리던 사람은 사라지고 다들 내기에 집중하고 있었다.

"그럼 누가 갈래?"

남자의 말에 다들 다른 곳만 바라보면서 딴청을 피웠다.

그래도 나름 이름을 대면 알아주는 명문 가문의 자제들인데, 자신들이 이런 일에 나서는 것도 조금 그랬다.

그때 내기를 주도한 남자가 구석에 조용히 앉아 있는 한 청년에게 명령하듯이 말했다.

"조방! 이리 와!"

남자의 부름에 구석에 앉아 있던 남자는 화들짝 놀라며 서

둘러 남자의 앞으로 달려왔다.

품 안에 낡은 창을 소중히 안고서.

"야, 저기 저 연인들 보이지?"

"으응."

"이 새끼가? 대답 똑바로 안 해? 보여, 안 보여?"

"보, 보여!"

"가서 적당히 겁 좀 주고 와."

"뭐?"

퍼억-!

쿠타타탕-!

둔탁한 소리와 함께 조방이라는 남자는 객잔 구석으로 날아갔다.

"크윽!"

위에서 나는 소리에 놀란 점소이가 후다닥 계단으로 올라와서 놀란 눈으로 상황을 파악하려고 애쓰고 있었다.

"아아, 사소한 다툼이야. 이걸로 수리해."

그러면서 금자 한 개를 점소이에게 던져 주었다.

점소이는 감사 인사를 하고, 무슨 소리가 들리든 신경을 쓰지 않겠다는 말과 함께 밑으로 내려갔다.

"조방…… 조방아, 기어서 이리 온."

남자의 말에 조방은 고통을 참으며 기어갔다.

자신의 앞으로 조방이 기어 오자, 남자가 부드러운 목소리로 말했다.

"그렇지. 그렇지. 이렇게 한 번 말하면 좀 듣자. 응? 이러면 나도 편하고 너도 안 맞고, 얼마나 좋니. 안 그래?"

"으, 응. 네 말이 맞아. 내가 잘못했어."

"그래그래. 자, 아까 내가 뭐라고 했지?"

"저 연인들에게 가서 위협을 하라고……."

"그럼 가 봐. 일단 사람들 눈에 안 보이는 곳으로 유인해서 위협해야 한다. 알았지?"

"으응, 알았어……."

그리고 맞은 부위를 부여잡고, 자신의 자리에 있는 창을 들고 객잔 밖으로 나가는 조방이었다.

"병신. 곧 죽어도 저 낡은 창은 놓질 않네. 일운(一雲) 나와 봐."

남자의 말에 허공에서 흰 도복을 입은 자가 멋들어지게 착지를 하며 부복했다.

"쫓아가서 저놈이 하는 행동과 저놈이 위협을 가한 연인들의 표정 상황 모두 다 세세히 보고 와서 말해 줘."

"네! 알겠습니다."

그리고 다시 연기처럼 사라지는 일운이었다.

그리고 조방이 나간 곳을 바라보고 비웃으며 술을 마시는 남자였다.

한편 거리로 나온 조방은 자신의 비참한 현실을 저주하며 천룡과 유가연이 있는 곳으로 걸어갔다.

천룡과 유가연의 행복한 모습을 보니, 조방은 점점 화가 나기 시작했다.

자신은 지옥 같은 삶을 살고 있는데, 저들이 행복해하는 모습을 보자 화가 치밀어 오른 것이었다.

그래도 조방은 화를 꾹꾹 눌러 가라앉혔다.

아무 죄 없는 저들에게 화풀이한다면, 자신이 그렇게 지키고자 했던 가문의 명예마저도 버리는 것으로 생각했기 때문이었다.

'그래. 저들이 무슨 죄가 있을까…… 내 운명이 이런 것을…… 미안하오. 그저 철없는 도련님들 장난에 잠시 응해 주시오…….'

그리 생각하며 천룡과 유가연이 그곳을 떠나 한적한 곳으로 이동하기만을 기다렸다.

그렇게 한참을 기다리니 약장수의 공연이 끝이 났다.

"가가, 저기에 아주 멋진 호수가 있대요! 어서 가 봐요!"

"하하, 그럴까? 우리 가연이 하고 싶은 거 다 해!"

"아이 참! 운 가가도……."

여전히 닭살 돋는 행동을 아무렇지도 않게 하면서 호수를 향해 발걸음을 옮겼다.

도심을 벗어나 한참을 호수를 향해 가는데, 한적한 오솔길이 나왔다.

"와! 여기 풀내음이 너무 좋아요. 후음~!"

"나는 가연이 내음이 너무 좋은데……."

"뭐예요, 정말. 갈수록 능구렁이가 되어 가시는 것 같아요."

말은 그렇게 하면서 얼굴에는 행복한 표정이 맺혀 있는 가연이었다.

천룡과 자연스럽게 마주치기 위해 미리 앞으로 뛰어와서 천천히 걸어가던 조방은 둘의 행동을 보고 헛웃음이 나왔다.

'정말 철없는 연인이군.'

그리고 자신의 할 일을 하기 위해 심호흡을 하고 소리를 치려는 찰나에, 귓가에 스산한 전음이 들려왔다.

-멈춰라. 거기서 더 움직이면 사지를 찢겠다.

엄청난 살기와 함께 날아온 전음에 조방은 잔뜩 겁을 먹은 채로 움직이지도 못하고 굳어 버렸다.

'어, 엄청난 고수!'

온몸에 식은땀이 주룩주룩 흐르기 시작했다.

안색이 창백하게 변하고, 온몸이 공포에 부들부들 떨리기 시작했다.

그리고 찾아온 고통.

"크으윽!"

몸 전체가 갈기갈기 찢기는 듯한 고통이 온몸을 덮쳤다.

그렇게 고통스러워하는데, 따스한 기운이 그의 몸속으로

들어왔다.

그리고 점점 사라지는 고통.

어느 정도 고통이 사라지자 조방은 고개를 들어 자신의 고통을 줄여 준 귀인을 보았다.

"괜찮소?"

"괜찮으세요? 가가, 이분 괜찮으신 거죠?"

천룡과 유가연이 조방의 눈앞에 있었다.

조방의 두 눈은 크게 흔들렸다.

그저 철없는 부잣집 도련님이라 생각했던 사람이 엄청난 고수였던 것이었다.

"쯧쯧, 여월! 사람을 이렇게 만들면 어쩌냐!"

천룡의 말과 함께 허공에서 나타난 여월이 부복을 하며 말했다.

"주군! 소신은 그저 불손한 마음을 먹고 접근하기에 접근하지 않게 살기를 아주 살짝 뿌렸을 뿐, 다른 어떠한 것도 하지 않았습니다."

"그래? 흐음."

천룡이 다시 조방을 쳐다보자, 조방은 고통을 참으며 자리에서 일어나 포권을 하며 말했다.

"저분의 말씀이 맞습니다. 제가 고통스러워한 것은 제 오랜 지병 때문이지 저분이 해를 끼치거나 그러진 않았습니다. 오히려 제가 불손한 마음을 품고 은인께 접근했습니다."

"불손한 마음?"

천룡이 묻자, 조방이 엎드려 용서를 빌며 말했다.

"요, 용서해 주십시오! 그저…… 어느 철없는 도련님들의 내기를 위해 접근했을 뿐, 절대로 큰 해를 가할 뜻은 없었습니다! 믿어 주십시오!"

조방의 말에, 여월이 말을 보탰다.

"저자의 말은 사실인 것 같습니다. 저기 풀숲 뒤에 누워 있는 놈에게 물어보면 더 정확한 답이 나올 것도 같습니다."

그리고 풀숲 뒤에서 기절한 사람 하나가 허공에 둥둥 뜬 채로 여월의 앞으로 날아오고 있었다.

그 모습에 조방의 눈은 찢어질 듯이 커졌다.

'마, 맙소사! 허공섭물(虛空攝物)이라니! 그것도…… 사람을…… 저리 먼 거리에서……. 내공이 얼마나 강해야 저런 것을 아무렇지 않게 한단 말인가!'

그리고 그런 신기를 부리는 여월을 바라보며 경외의 시선을 보냈다.

그런 한편, 의문이 들었다.

'아니, 이런 절세고수가 어찌하여…… 절대로 남의 밑에 있을 실력이 아닌데. 이런 고수를 수하로 둔 이분은 어떠한 분이란 말인가.'

궁금증이 점점 커지는 조방이었다.

그러한 조방에게 기절한 남자를 보여 주며 묻는 여월이었다.

"이자를 아는가?"

여월의 물음에 기절한 남자를 자세히 보았다.

"……저를 이곳에 보낸 남자의 수하입니다. 일운……이라
고 불리는 것 같았습니다."

"그렇다고 합니다."

조방의 말이 끝나자, 세상에서 가장 공손한 자세로 천룡에
게 보고를 하는 여월이었다.

그 모습을 본 조방은 여월이 천룡에게 진심으로 충성하고
있다는 사실을 깨달았다.

'나도…… 저런 분의 밑에 있고 싶다…….'

왠지 여월이 부러운 조방이었다.

하지만 자신의 현실은 명문세가 자식들의 놀잇감일 뿐이
었다.

한편 조방을 유심히 살피던 천룡은 고개를 갸웃거렸다.

"지병이라…… 어디서 많이 본 현상인데?"

조방이 자신에게 불손한 짓을 하려 했다는 사실은 까맣게
잊고, 오히려 조방의 지병에 관심을 더 가지는 천룡이었다.

"제 지병에 관심이 있으신 모양이군요……. 은인께서 궁금
해하시니 답해 드리겠습니다. ……절맥(切脈)이라고 합니다."

"절맥? 구음절맥?"

"하하, 그건 전설에서나 나오는 병이고…… 저는 그냥 이

름을 알 수 없는 절맥이지요. 문제는 이 절맥이…… 무인에게는 치명적이라는 것이죠."

조방은 천룡의 대답에 헛웃음이 나왔다.

구음절맥이었다면 자신은 이렇게 돌아다니지도 못했을 것이다. 구음절맥이었다면 그래도 이렇게 멍청하게 살지는 않았을 것이다.

비록 병상에 누워 죽을 날만 기다렸겠지만.

그 어느 의원도 자신의 병명을 정확하게 말해 주지 않았다.

자신이 이렇게 움직이고 활동할 수 있는 이유는 당가의 치료제가 그의 병이 더는 진행되지 않도록 도와주고 있기 때문이었다.

무슨 이유인지 모르겠지만 당가는 자신에게 그 비싼 치료제를 대가 없이 주고 있었다.

그 대가로 개처럼 당가의 소공자에게 끌려다니고 있지만, 그는 상관하지 않았다.

살아야 했기에…….

"그러네…… 음기(陰氣)가 전혀 없어. 구음은 아닌데…… 오히려 반대야. 양기(陽氣)가 엄청나네?"

조방은 깜짝 놀랐다.

당가의 의원이 유일하게 한 이야기가 바로 저거였다.

자신의 몸 안에 있는 양기가 너무 강해서 생긴 병이라고 그랬다.

천룡은 그 의원이 몇 날 며칠을 진찰하고 연구해서 얻은 결론을 단 한 번에 알아낸 것이다.

"그, 그것을 어찌?"

"맞지? 흠, 치료가 가능할 것 같은데……."

뒤이어 천룡의 입에서 나온 말은 조방의 눈을 완전히 찢어지게 했다.

평생을 듣지 못할 단어라고 생각했는데, 지금 그 단어가 천룡의 입에서 나온 것이었다.

'치료? 치료할 수 있다고? 정말로?'

"가가, 치료해 줄 수 있으면 치료해 주세요. 지금까지 알지도 못하는 병 때문에 아까처럼 고통스러워하면서 살았다니 너무 안쓰러워요."

유가연까지 가세해서 치료해 주자고 하자 조방은 고개를 떨구며 눈물을 흘렸다.

'크흐흐흑. 조방아, 조방아! 이런 분들에게 너는 무슨 짓을 하려 했던 것이냐! 이런 미련한 것아! 크흐흑!'

조방이 고개를 떨어뜨린 채 눈물을 흘리자, 천룡이 그의 등을 토닥이며 말했다.

"그동안 맘고생이 많았나 보네. 뭐 치료는 그렇게 어려운 게 아니니까 일단 내 처소로 가자."

"이, 이 은혜를 어찌…… 소인…… 치료만 된다면 공자님의 견마(犬馬)가 되겠습니다!"

평생의 소원이 성취될 수도 있는 순간이었다.

"아냐! 아냐! 그런 거 안 해도 돼. 다들 왜 이러는 거야?"

자신의 견마가 되겠다고 조방이 말하자 천룡이 다급하게 손을 내저으며 괜찮다고 말했다.

그 모습을 옆에서 보던 여월은 미소를 지었다.

역시 주군은 자신의 매력을 너무 모르시는 것 같았다.

그래서 더욱더 주군이 좋은 여월이었다.

한편 천룡의 그러한 행동은 오히려 조방으로 하여금 더욱 더 감격하게 했다.

'겸손하기까지 하시다! 이분이시다! 지금까지 내가 겪은 고통의 나날은…… 이분을 만나기 위해서였다!'

그런 조방의 눈빛을 본 천룡이 찝찝한 표정을 지으며 고개를 돌렸다.

'어째 표정이…… 좀 위험한데…… 에이, 치료가 가능하다고 하니 기뻐서 그런 거겠지.'

그렇게 생각하는 천룡과 일행은 발걸음을 돌려 처소로 돌아갔다.

⁂

"이놈들은 또 뭡니까?"

무광이 천룡과 함께 온 조방과 기절해 있는 일운을 바라보며 물었다.

"응. 여기는 내가 치료해 주려고 데려온 사람, 그리고 저기 저놈은…… 몰라. 여월이 알아서 정체 밝혀 오겠지."

그 말에 여월은 고개를 꾸벅이고선 일운을 들쳐 메고 어디론가 사라졌다.

"야! 너 정체가 뭐냐? 일단 자기소개부터 해라."

딱 봐도 어려 보이는 놈이 반말을 찍찍해 대자 기분이 상했지만 참았다.

지금까지 이것보다 더한 것도 참고 살아온 그였다.

"네. 저는 상산조가(常山趙家)의 조방(趙龐)이라고 합니다. 현재 당가에 잠시 몸을 의탁하고 있습니다."

"신창조가(神槍趙家)! 아직 명맥을 이어 가고 있었구나!"

신창조가(神槍趙家).

한때 자신의 가문을 지칭하던 문구였다.

이렇게 다시 들으니 감정이 복받쳐 올라왔다.

"아는 가문이야?"

천룡이 묻자 무광이 진지한 표정을 지으며 말했다.

"네! 창으로 일가를 이룬 가문이죠. 제가 세상에 나올 때만 해도 그 명성이 사해를 진동하던 가문입니다."

무광의 설명에 조방은 고개를 갸우뚱했다.

'응? 우리 가문이 사해를 진동했다고? 그게 언제 적 이야

기인데…… 저 사람도 말투만 조금 그렇지…… 좋은 사람이
구나.'

처음 무광에 대한 인상을 다시 수정하는 조방이었다.

"하지만…… 혈천교에 끝까지 대항하던 가문이기도 했죠.
아마 그때 멸문한 것으로 알고 있었는데……. 그 후손이 남
아서 명맥을 이어 가고 있다니…… 정말 다행입니다."

"와! 정말 대단한 가문이었네요!"

제자들의 말에 천룡은 왠지 조방이 남 같지 않게 느껴졌
다.

평생을 홀로 아는 이도 없이 살아왔다니, 그것만큼 슬픈
일이 또 어디 있는가.

거기에 언제 발작할지 모르는 병까지 달고 살아야 했다.

"그동안…… 정말 고생이 많았네. 내가 병 고쳐 줄 테니 앞
으로는 잘살아 봐."

천룡의 말에 조방의 마음 깊은 곳에 있던 응어리가 풀리기
시작했다.

그 누구도 자신에게 이런 따뜻함, 그리고 정을 보여 준 사
람은 없었다.

그의 인생은 지금까지 천대와 멸시만 있었을 뿐이었다.

천룡의 손이 조방의 머리 위로 다가왔다.

그리고 조방은 조용히 쓰러져서 잠이 들었다.

잠이 든 조방의 입가엔 미소가 가득했다.

"무언가 좋은 꿈을 꾸나 보네요."

"그래…… 일단 치료부터 하고 보자."

그리고 천령신단을 꺼내 조방의 입에 넣었다.

입으로 들어간 천령신단은 순식간에 녹아들면서 식도를 타고 넘어갔다.

그와 동시에 천룡은 단전에 손을 올리고 자신의 기를 그의 몸 구석구석에 퍼트리기 시작했다.

잠시 후 조방의 몸은 새빨갛게 달아오르기 시작했고, 그의 몸에선 엄청난 열기가 뿜어 나왔다.

천룡이 열기가 밖으로 새어 나가지 않게 조절을 하고 있었음에도 밖에서 그 열기를 느낄 수 있을 정도였다.

"이런 말도 안 되는 열양지기가 사람 몸에 있다니!"

엄청난 열기에 조방의 옷은 타 버린 지 오래였다.

"대사형! 저거 아무래도 태양절맥(太陽絕脈) 같은데요?"

"뭐? 아니, 무슨 전설 속의 절맥이 시도 때도 없이 나와? 저번엔 구음절맥이더니 이번엔 태양절맥이야?"

"그러지 않고서는 이 열기를 어떻게 설명합니까? 솔직히 사부가 안 막았으면 이 동네 다 날아갔어요!"

"그렇긴 한데……."

"만약 사실이라면…… 지금까지 사는 것 자체가 고통이었을 텐데……."

그렇게 집중해서 보고 있는데, 갑자기 조방의 몸에서 열기가 형상화하기 시작했다.

"화룡지체(火龍之體)? 미친!"

그랬다.

조방의 몸에선 엄청난 기운을 내포한 화룡이 나온 것이었
다.

"아니! 태양절맥에 화룡지체라니? 그게 같은 몸에 있을 수
있는 거야?"

"사부의 치료가 무언가를 바꾼 것 같은데요? 지금도 끊임
없이 신체가 변화하고 있어요."

화룡은 다시 조방의 몸으로 흡수되었다.

그리고 열기가 점차 사그라지기 시작했다.

잠시 후, 모든 열기가 사라지고 알몸인 조방을 침상에 눕
힌 천룡이 땀을 닦으며 밖으로 나왔다.

"사부! 괜찮으세요? 땀까지 흘리시고……."

"아니……. 더워서 그래. 휴, 대단한 열기다. 나에게 더위
를 느끼게 하다니."

"그런데 아까 막 엄청 화려한 게 튀어나오고 그러던데요?"

"아…… 그거? 치료하다 보니 몸 안에 있는 그 기운이 너
무 아깝더라고. 그래서 내가 임의로 변환시켜 몸 안에 주입
했지. 막상 주입하려고 하니 체질이 안 받더라고. 그래서 밖
으로 튀어나오길래 잘 안착할 수 있게 체질도 좀 손보
고……. 그래도 어우야…… 용 모양으로 튀어나올 땐 깜짝

놀랐어. 하하."

"……."

지금 천룡은 자신이 얼마나 엄청난 소리를 했는지 모르고 있을 것이다.

천룡은 지금 자기 손으로 전설의 화룡지체를 임의로 만들었다는 소리를 아무렇지도 않게 하는 것이었다.

"……그러니까…… 화룡지체로 태어난 것이 아니고, 아버지가 화룡지체로 만드셨다는 거지? 애들아? 내 말이 맞는 거니?"

무광은 지금 상황이 이해가 안 되는 듯이 계속 중얼거렸다. 다들 너무 놀라서 무광의 중얼거림에 대답도 못 하고 있었다.

그 모습에 천룡이 멀뚱멀뚱 쳐다보며 말했다.

"다들 왜 그래? 정신이 나가서?"

"사부…… 솔직히 말해 봐요. 인간 아니죠?"

빠악-!

"아후후후후후!"

간만에 이마를 헌납한 태성이었다.

"이게 지 사부를 귀신으로 만들고 있네?"

"아니! 말이 되는 것을 해야 사람이라고 믿죠! 아니, 사람 신체를 개조하는 것도 전대미문인데! 그 개조한 게 전설의 신체라니 이게 말이 되냐고요!"

"응? 저게 그렇게 대단한 건가? 그냥 마음이 가는 대로 만진 건데?"

"……."

그들은 깨달았다.

천룡의 진정한 무서움을 말이다.

"암튼 치료는 다 했으니까 나는 가연이 보러 간다. 지켜보고 있다가 깨면 너희들이 알아서 잘 챙겨 줘라."

그러고는 문밖으로 휑하고 나가 버리는 천룡이었다.

남아 있는 제자들은 멍한 얼굴로 편하게 잠들어 있는 조방을 바라볼 뿐이었다.

조방은 다음 날 아침이 돼서야 눈을 떴다.

눈을 뜨고도 조방은 한참을 가만히 있었다.

항상 아침마다 고통에 몸부림치면서 일어났는데, 오늘은 엄청 개운하게 일어난 것이었다.

"이제…… 아프지가 않아. 온몸에 활력이 넘친다! 정말로…… 정말로 나았어……."

다시 태어난 기분이었다.

눈물이 하염없이 흘러나왔다.

자신에게는 절대 오지 않을 행운이라고, 그저 부질없는 희망이라고 생각하며 살아왔다.

이제 자신도 남들처럼 고통의 두려움에서 벗어나 마음껏 무공을 연마할 수 있다는 생각에 행복했다.

조심스럽게 운기를 해 보았다.

그런데 단전 깊은 곳에서 엄청난 화기가 느껴졌다.

그렇다고 전처럼 고통스럽거나 하진 않았고, 오히려 상쾌한 기분을 느끼고 있었다.

"뭐, 뭐지? 이 기운은? 내 몸에 왜 이런 기운이?"

자신도 모르는 기운이 몸 안에 있자 깜짝 놀라서 벌떡 일어나는 조방이었다.

그렇게 어리둥절하며 상황을 파악하고 있을 때, 옆에서 목소리가 들려왔다.

"뭘 그렇게 놀라? 넌 인마, 진짜 복 받은 거야. 남들은 평생 가도 얻지 못하는 기연을 두 번이나 얻었으니까."

갑자기 들려온 목소리에 다시 한번 화들짝 놀라며 침상으로 몸이 넘어가는 조방이었다.

"거 새끼 더럽게 담이 약하네. 이런 걸 무슨 화룡지체라고……."

태성이 투덜거리며 말했다.

"네?"

"뭘 못 들은 척하고 있어?"

태성의 말에 조방은 다시 주변을 둘러봤다.

방금 태성의 입에서 나온 엄청난 단어의 주인공을 찾기 위해서였다.

"어딜 자꾸 그렇게 두리번거리는 거야?"

"저기…… 방금 그거 저한테 하신 말씀입니까?"

"뭘?"

"그…… 화룡머시기요……."

"아, 화룡지체? 응, 너 맞아."

"……전 아닌데요?"

"너 맞아. 아까 그 뜨거운 기운 그거 네 거 맞고, 너의 몸은 그 기운을 버티기 위해 화룡지체로 바뀌었다? 뭐 이 정도?"

"……그러니까…… 제가 화룡지체라는…… 말씀이시죠? 그 전설 속에 존재한다는 오행체(五行體) 중 하나인?"

조방의 말에 태성이 고개를 끄덕였다.

"하하하, 농담도 심하시네요. 절맥 때문에 고통스러워하던 게 어제였는데 갑자기 그런 말씀을 하시면 제가 믿겠습니까? 하하하."

"아! 그 절맥…… 그거 태양절맥이더라. 그래서 장난 아니었지. 그 기운이 네 단전으로 들어갔고, 올 사부가 그거 네 단전에 고이 넣는다고 강제로 네 신체를 화룡지체로 변화시킨 거고. 이해됐지?"

'아, 그 절맥' 이후로 나온 단어들은 전혀 이해가 안 됐다.

화룡지체도 너무 심한 농인데, 자신이 태양절맥이었단다.

"야야! 그렇게 말하면 쟤가 알아듣냐? 나도 못 알아듣겠구먼."

"아, 그럼 대사형이 설명해 보시든가요!"

태성이 투덜거리며 자리를 비켜 주자 무광은 아무 말 없이 주먹을 말아 쥐었다.

그리고 다짜고짜 조방을 공격하였다.

갑작스러운 공격에 조방은 크게 당황하며 공격을 피하고
자 몸을 비틀었다.

그런데 자신의 몸 안에서 엄청난 기운이 사지 백해로 퍼져
나가더니 거대한 화룡이 밖으로 튀어나왔다.

화르르르륵!

엄청난 열기를 내뿜으며 오만한 표정으로 방 안을 내려다
보는 화룡이었다.

-너는 아직 나의 주인이 될 자격이 되지 않았다.

화룡의 심상이 조방의 머리에 강타했다.

그리고 순식간에 사그라지는 불길과 화룡이었다.

엄청난 광경과 자신의 뇌리에 들려온 화룡의 목소리가 조
방을 충격 속에 빠지게 하였다.

"저, 정말로…… 지금까지 말씀하신 게…… 사실……이었
습니까?"

"방금 네 눈으로 봤잖아. 이제 이해됐지?"

"와! 사형! 와! 어떻게 이런 참신한 설명 방법을 생각하셨
어요? 우와!"

태성이 감탄을 하며 무광을 칭찬하자 우쭐해진 모습으로
거만한 표정을 짓는 무광이었다.

그때 조방이 울먹거리며 말을 하기 시작했다.

"평생을 쓰레기라고…… 병신이라고 불리며 살았습니다. 개처럼…… 짖으라면 짖고, 기으라면 기어가고……. 끄으으 흐흐흑흑흑!"

자신에게 찾아온 엄청난 기연, 그리고 그동안 받아 왔던 설움이 조방의 감정을 건드리며 한 번에 몰아서 찾아왔다.

그렇게 울고 있을 때 천룡이 방문을 열며 들어왔다.

"아니, 잘 지켜보라니까 왜 아침부터 난리를 치고 쟤는 또 왜 울렸어?"

화룡의 기운에 놀라서 허겁지겁 달려온 것이었다.

다행히 별일이 없어 보여서 안심을 하며 제자들을 타박하는 천룡이었다.

조방은 천룡이 모습을 드러내자 눈물을 거두고 일어섰다.

"……항상…… 간절하게 빌었습니다. 신(神)이 되었든…… 사람이 되었든…… 이 고통에서 해방을 시켜 달라고 말입니다. 하지만 그 어떤 신도…… 어떤 사람도……들어주지 않았죠. 오로지 저의 가문의 무공만을 원하면서 접근하는 자들만 있었죠."

그리고 천룡을 정면으로 바라보며 다시 말을 이어 갔다.

"그런데 이곳에서…… 저를 구해 주신 분을 만났습니다. 그것도…… 불손한 마음을 먹고 접근한 저를…… 아무런 대가도 바라지 않으시고…….."

그리고 주먹을 불끈 쥐며 불타오를 듯한 안광을 내뿜으며 천룡을 똑바로 바라보았다.

"오늘부터 저 조방에게 신(神)은 단 한 분이십니다!"

그리고 천천히 무릎을 꿇고 고개를 바닥으로 경건하게 내리며 천룡에게 절을 올렸다.

"또한! 저 조방이 목숨을 걸고 섬길 주군을 오늘 만났습니다! 신(臣)! 조방! 주군을 위해서 남은 생과 저의 모든 것을 바치겠습니다!"

훗날에 화룡신창(火龍神槍)이라 불릴 남자가 일생을 바칠 주군을 만난 날이었다.

한편 무슨 일이 있나 싶어 방에 들어온 천룡은 난감해하고 있었다.

자신은 그냥 마음이 가는 대로 행동했을 뿐인데, 자꾸 이렇게 자신을 주군이라고 부르며 엎드리는 사람들이 늘어나는 게 당황스러웠다.

"아니⋯⋯. 저기 난 그냥 내 능력이 그대를 치료할 수 있으니까 한 건데? 꼭 그렇게 인생을 나에게 허비하지 않아도 돼. 이제 새 삶을 살게 됐으니까 그동안 하고 싶었던 것도 마음껏 해 보고, 자유로운 삶을 살아야지."

천룡은 진심으로 이자가 자기 자신을 위한 삶을 살기 원해서 한 말이었다.

하지만 오히려 그 말이 조방의 마음에 더욱 강한 폭발을 일으켰다.

'크흐흑! 그렇게 큰 은혜를 베푸시고도…… 아무것도 바라지 않으시고, 오히려 이 못난 나를 걱정해 주신다!'

당장 자신이 천룡을 위해 할 수 있는 것이 없는 것이 원통할 뿐이었다.

"소신! 아직 아무런 능력이 없습니다! 크나큰 은혜를 입은 입장에 염치가 없는 부탁을 올려도 되겠습니까?"

보아하니 뭘 해도 천룡 곁을 떠나진 않을 듯싶었다.

지금까지 자신을 주군으로 모시겠다는 자들은 다 이랬기에 천룡은 이제 포기하고 물었다.

"하아…… 그래. 말해 봐."

"소신에게 어울리는 무공을 주십시오! 소신 죽을 각오로 익혀 주군을 보필하겠습니다!"

그리고 다시 머리를 박았다.

"알았다. 알았어. 그러니까 머리 박거나 그런 행동은 내 앞에서 하지 마. 이건 첫 번째 명령이다. 자신의 몸을 소중히 할 것!"

천룡의 말에 조방은 감격했다.

자신을 먼저 걱정해 주지 않으시던가.

'아아! 나의 주군!'

"충!"

이렇게 천룡의 절대적 추종자가 한 명 더 늘어났다.

"너의 무공은 내가 찾아보고 줄게. 그 전에 나에 대해 알고 가야겠지? 그에 대한 설명은 저기 저 애들이 해 줄 거야."

그렇게 말을 하고는 고개를 흔들며 밖으로 나가는 천룡이었다.

"주군! 살펴 들어가시옵소서!"

천룡이 사라질 때까지 엎드려서 머리를 떼지 않는 조방이었다.

"야! 가셨어. 일어나."

그 후에 무광은 조방에게 천룡을 비롯해 자신과 사제들의 정체를 말해 주었다. 당연히 경악했고, 이게 무슨 일인가 싶어서 볼까지 꼬집었다.

평생 놀랄 일을 단 하루에 다 놀라고 있었다.

모두가 나가고 방 안에 혼자 남은 조방은 오전에 있었던 일들을 돌이켜 보고 있었다.

"맙소사…… 지금 내가 겪고 있는 것이 정말로 현실이라는 말인가?"

하지만 이내 입가에 미소가 가득했다.

그토록 바라던 삶을 살게 된 첫날이었다.

"그러니까 너는 당가 사람이다?"

"네, 네! 그렇습니다."

"조방은 당가에 왜 있었던 거야?"

"조, 조방의 절맥이 조금 특이한 절맥이라는 말을 들었습니다……. 그것의 연구를 도와주는 대가로 고통을 줄여 주는 약을 제공하고 있습니다."

일운이라 불린 남자가 여기저기 멍투성이가 된 채로 무광의 질문에 재깍재깍 대답하고 있었다.

"한마디로 지들 입맛에 맞는 실험체 취급이었네. 이런 것들이 정파라고 나대니……."

그 후로도 묻는 말에 계속 성실히 답변하는 일운이었다.

무광이 혀를 차며 투덜거리자 옆에 있던 태성이 일운에게 다가가며 말했다.

"그러니까 당가 소공자란 놈이 재미로 연인을 훼방 놓으려 했다는 거지? 한마디로 지들 재밌자고 애꿎은 사람 괴롭히려고 한 거네. 하필 그게 우리 장주님인 거고. 그치?"

태성의 말에 일운은 고개를 사정없이 끄덕였다.

"말로 해야 알지. 말로 해라."

그런 일운의 뒤에서 천명이 웃으며 그의 머리를 쓰다듬으며 말했다.

그러자 일운은 경기를 일으키며 크게 대답했다.

"네! 마, 맞습니다!"

천명과 첫 만남은 일운에게 정말 악몽 같은 시간이었다.

조방을 미행하던 도중에 충격을 받고 정신을 잃었는데, 깨어나 보니 이곳이었다.

그의 눈앞에 바로 여월이 해맑게 웃으며 앉아 있었다.

처음에는 그들의 질문에 완강하게 거부하며 반항했었다.

그러자 여월의 고문이 시작되었다.

하지만 일운은 이러한 고문에 훈련이 되어 있는지 끝까지 버텼다.

결국, 여월이 천명에게 도움을 요청했고, 천명은 저들이 천룡에게 하려고 했던 행동에 대한 소리를 듣고 분노했다.

곧바로 달려와 일운을 구타하기 시작했다.

천룡에게 더욱 발전된 구타 기술을 배운 뒤에 일취월장한 천명이었다.

정확하게 하루하고도 반나절을 말도 못 하고 맞았다.

그렇게 맞다 보니 소리가 나오지 못하게 하는 아혈이 풀렸다.

일운은 정말 자신의 모든 것을 동원해서 소리를 질렀다.

"그, 그만! 그만! 무엇이든 물어만 봐 주십시오! 제발! 흑흑흑!"

그리고 뒤이어 나온 천명의 말은 일운으로 하여금 최선을 다해 대답하게 했다.

"허허, 이보게, 여월. 점혈 제대로 안 했느냐? 이러면 내가 마음이 약해져서 때리겠는가."

점잖게 웃으며 말하는 게 더 무서웠다.

그 말에 무광이 옆에서 거들었다.

"바른 대답이 안 나오길 바라야지 뭐……. 그땐 내가 두 번 세 번 확인해서 점혈하지."

그 후로 이들이 묻는 말에는 무조건 바로 답했다.

"그나저나 당가 놈들은 자기 것으로 생각하는 걸 절대 빼앗기지 않는 놈들로 유명한데……. 보니까 조방을 자기네들 거로 생각하는 거 같아."

"맞아요. 문제는 그놈들 생떼가 장난 아니라는 거죠. 미친 놈들이 지들 거 뺏겼다고 생각하면 물불 안 가리고 미친놈들처럼 덤비는 게 귀찮죠."

"괜히 '당가는 은혜를 그대로, 복수는 열 배로 갚는다'라는 미친 말이 생겼겠어요? 그놈들 완전 또라이들인데 어쩌죠?"

이들의 대화를 자세히 듣고 있던 일운은 희망이 생기는 것을 보았다.

대화 내용 자체가 당가와 엮이기 싫어하는 눈치였다.

그 가려운 곳을 자신이 긁어 준다면 여기서 살아나갈 수 있을 것 같았다.

"그, 그 부분은 제가 해결할 수 있습니다!"

일운이 입을 열자, 일제히 호기심 가득한 눈빛으로 쳐다봤다.

"어떻게?"

"저, 저를 풀어 주신다면 제가 돌아가서 모든 것을 무마하겠습니다!"

"그러니까…… 어떻게 무마를 할 거냐고……."

"그, 그러니까…… 아! 조방이 시비를 걸다가 수행 무사에게 잡혀서 끌려갔다고 말하겠습니다. 저는 조방이 어디로 끌려가는지 쫓다가 놓치고, 그를 찾아 헤매다가 다시 복귀하는 것으로 하면 어떻겠습니까?"

살겠다는 의지가 그의 두뇌를 극한으로 활성화했다.

"와! 이놈, 이놈. 두뇌가 비상한데? 그거 좋은 생각이다."

'살았다. 크흐흑.'

살았다는 안도감에 자신도 모르게 깊은숨을 내쉬었다.

"찾다가 돌아간 것은 조금 억지 같으니까, 그래, 습격당해서 맞서 싸우다가 기절했다고 해. 그게 가장 자연스럽다."

"아! 정말 그런 것 같습니다! 감사합니다!"

그렇게 감사 인사를 하며 속으로는 이를 갈고 있었다.

'내가 돌아가면 이 수모를 갚아 주겠다! 으드득! 지금 실컷 웃어 둬라!'

"어라? 이놈 봐라? 인상 찡그리네? 너 풀어 주면 우리 가만 안 두겠다고 생각했지?"

무광의 말에 일운은 심장이 떨어질 정도로 놀랐지만, 온 신경을 초집중해서 최대한 침착한 표정을 지었다.

"무, 무슨 말씀이십니까? 저, 저는 그런 적 없습니다."

"아냐, 아냐. 가서 말해도 돼. 복수하자고 막 없는 말 지어서 우리를 완전 나쁜 놈들로 말해도 돼. 대신 그 나쁜 놈들이 누군지는 알고 가야 자세한 정보를 전달하겠지?"

일운은 무광의 말에 이게 무슨 참신한 개소리이냐는 표정으로 쳐다보았다.

천하에서 가장 악랄하고 뒤끝이 더러운 세력이 바로 당가다.

그러한 당가와 적이 되는 것을 즐거워하는 것 같은 저 표정들은 뭐란 말인가?

혼란함이 온몸을 덮쳐 왔다.

얼마나 대단한 자들이길래 저런단 말인가?

"내가 좀 많이 어려졌지만, 세상 사람들이 나를 무황이라고 부르지. 그리고 여기 너를 무지막지하게 팬 놈이 검황이라고 불리고, 저기 실실거리면서 웃고 있는 놈은 사황이라고 하지."

무광의 소개에 따라 고개를 돌리며 그 사람들 얼굴을 보는 일운이었다.

"아, 믿기지 않겠지? 네가 우리를 뭐 본 적도 없고 그치? 야! 장천, 들어와 봐."

무광이 소리치자 바로 문이 열리며 한 사람이 들어왔다.

"저기 저 늙은 놈이 바로 명왕이라고 불리는 놈인데, 저놈은 알려나?"

무광이 하는 소리가 귀에 하나도 들어오지 않는 일운이었다.

말이 되는 소리를 해야 뇌에서 받아들일 것이 아닌가.

저자의 말이 사실이라면 지금 여기 장원이 천하에서 가장 무서운 장원이 되는 것이다.

"야! 너도 모르나 본데? 그럼 네가 아는 유명인이 누가 있냐? 저놈 시켜서 잡아 오게."

무광의 말에 일운은 피식 웃으며 말했다.

이제 무섭지도 않았다.

"그렇게까지 하지 않으셔도 말하지 않을 테니 걱정하지 마시길 바랍니다."

어지간히도 당가와 적이 되는 것이 싫었나 보다 하고 생각하는 일운이었다.

"아니, 그런 게 아니고…… 하아, 그래 그냥 네 맘대로 알아서 해라. 가서 꼰지르든 네 말대로 지어서 얘기하든……."

그러자 명왕 장천이 나서서 말했다.

"고독이라도 먹일까요?"

"고독은 무슨…… 저딴 거 보내는데 그렇게 비싼 걸 왜 멕여. 그냥 보내."

그러면서 일운을 풀어 주며 말했다.

"가 봐."

무광의 말에 장천이 문을 활짝 열어 주었다.

일운은 지금 이 상황이 어리둥절할 뿐이었다.

천하무적
윤가장

'진짜? 진짜로 이렇게 보내 준다고? 진짜로?'

"혹시라도 찜찜하면 가는 길에 하오문 들러서 명왕 초상화라도 보고 가라. 저기 문 앞에 있는 놈 얼굴 잘 기억하고."

"아! 빨리 나가! 너 보내고 밥 먹으러 가게."

"진짜요? 진짜로 갑니까?"

"이 새끼가 가기 싫어? 어제 했던 거 처음부터 다시 할래?"

세상천지에 이런 협박을 받는 사람이 자기 말고 또 누가 있을까.

엄청 찜찜한 표정으로 나가는 일운이었다.

심지어 문 앞까지 배웅해 주는 그들이었다.

"잘 가고 다신 보지 말자. 다시 보면 그땐 오늘 있었던 일처음부터 다시 시작하는 거다?"

엉겁결에 고개를 끄덕이는 일운을 뒤로하고 장원의 문이닫혔다.

계속 찜찜함이 남아 있던 일운은 마지막에 무광이 한 말을 생각하며 하오문을 들렀고, 다시 나왔을 때는 비장한 얼굴이되어 자신이 모시는 소공자가 있는 객잔으로 떠났다.

짜악—!

"이런 멍청한 자식이! 지금 그걸 말이라고 하는 것이냐!"

분노한 당가주가 자기 아들인 소가주의 뺨을 후려쳤다.

"커억! 아버지……."

"아버지? 아버지? 지금 그딴 말이 나오느냐? 네가 지금 무슨 짓을 한 것인지 알고 있느냔 말이다!"

가주의 불같은 호통에 소가주는 그저 그 자리에 무릎 꿇고 앉아 고개만 숙이고 있을 뿐이었다.

지금 상황에서 변명은 오히려 가주의 화를 더욱더 부추기는 일이기 때문이다.

한참을 고성을 지르며 화를 내던 가주가 잠시 숨을 고르더니, 무릎 꿇고 앉아서 고개를 숙이고 있는 소가주에게 말했다.

"조방…… 그 녀석이 얼마나 가문에 중요한 놈인지 아느냐? 그냥 데리고만 다니랬더니…… 이런 사고를 쳐?"

"죄송합니다…… 그저 소자에게 식객이라며 나이도 같으니 친구처럼 지내라는 말만 하시고 소개를 해 주셔서……."

"하아, 당명(唐明)아. 너는 가문을 이어 나갈 차대 가주다. 언제까지 그렇게 철없이 행동하고 다닐 것이냐? 이 아비가 그놈을 너에게 소개해 준 뜻을 몰랐단 말이냐?"

"……죄송합니다."

"그놈의 죄송! 죄송! 그 말 좀 그만하거라! 소가주로서 위엄을 보이라고 내 몇 번을 얘기해야 하느냐!"

"……."

"쯧쯧! 에잉! 되었다! 그만 물러가 보거라!"

"네…… 소자 물러가겠습니다."

당명이 침울한 표정으로 밖으로 나가자, 가주는 탁자에 있던 찻주전자를 들어 통째로 들이켰다.

"하아, 미치겠군! 그놈이 어떤 놈인데! 일운 그놈에게서 더 나온 정보는 없는 것이냐?"

가주의 말에 옆에 있던 여인이 고개를 숙이며 답했다.

"네. 소가주의 명에 의해 조방의 뒤를 쫓았고, 그가 남자의 수행 무사들에게 끌려갔으며 자신은 그 뒤로 누군가의 공격에 대항했고, 싸우다가 맞아서 기절했다가 다음 날 눈을 떴다는 내용이 전부입니다."

"그놈이 거짓을 고할 확률은?"

"딱히 없습니다. 거짓이라고 해 봐야…… 온몸에 멍이 든 흔적을 보아 격렬하게 싸웠다기보단 일방적으로 맞은 듯합니다만, 그것 외엔 딱히 거짓을 고할 이유가 없습니다."

"그자들을 찾을 수 있겠느냐?"

"하아…… 사실 그 부분이 가장 큰 문제인데, 소가주도 남녀의 모습을 제대로 보지 않았다 하고 일운도 역시 낯선 이와 싸우느라 제대로 못 봤다고 합니다. 용모파기를 전혀 예측할 수 없으니 찾을 확률은 극히 적다고 봐야 합니다. 거기다…… 이곳은 저희 영역이 아닙니다. 여기저기 들쑤시고 다닐 수도 없습니다."

당가주는 그녀의 말에 머리를 짚으며 말했다.

"미치겠군…… 일부러 조방을 노리고 접근했을 확률은?"

"지금까지 진술들을 토대로 했을 때 전혀 없습니다. 오히려 저쪽에서 저희에게 손해 배상을 청구할 판입니다. 조방의 입에서 저희 얘기가 나온다면 찾아올 확률도 있긴 한데……. 저들이 당가를 두려워하지 않는다면 말이죠."

"당가를 두려워한다면 반드시 연락이 올 것이다. 두려워하지 않는다면 그 녀석을 대동해서 피해 보상을 요구하러 오겠지. 그것을 기다리는 수밖에 다른 방법이 없겠군……. 하긴 조방 그 녀석도 약이 없으면 견딜 수 없으니 어떻게든 우리에게 다시 오려 하겠지."

"그렇습니다. 저희에겐 조방의 고통을 줄여 줄 약이 있죠."

"불행 중 다행이야. 너의 말을 들으니 조금 안심이 되는구나. 소가주에겐 좀 심했나? 때릴 필요까진 없었는데……."

"……."

"소가주 얘기만 나오면 말이 없어지는구나. 아직도 저 녀석이 소가주 자격이 없다고 생각하는 것이냐?"

"……저는 그저 가주님의 말씀만을 따를 뿐입니다."

"쯧쯧, 이놈이나 저놈이나…… 사석에선 아버지라고 부르라니까 무슨 내 말을 따르긴 따라! 이렇게 듣지도 않으면서……."

"……네, 아버지."

"엎드려 절 받기군. 당명 그 녀석이 부족하긴 하지. 그래서 너 같은 아이들이 옆에서 잘 도와줘야 한다. 가주가 아닌 아비로서 부탁하마. 부디 잘 좀 봐다오."

"하아, 네. 알겠어요. 그러니 일부러 그렇게 약한 말투로 말하지 마세요."

"허허, 이 녀석. 자 자, 아까 너무 열을 냈더니 허기가 지는구나. 밥이나 먹으러 가자꾸나."

그렇게 말하며 앞장서는 당가주의 뒤를, 여인은 싸늘한 눈빛과 함께 따라갔다.

무황성(武皇城), 천검문(天劍門), 구룡방(九龍房)은 천하삼세(天下三勢)라 불리는 곳이다.

하지만 이제 무림맹(武林盟)이 나타남으로써 중원의 세력은 네 개로 나뉘었다.

사람들은 천하사세라고도 부르고, 여전히 천하삼세라고도 부른다.

천검문은 다른 세력과는 달리 영역을 넓히지도 않았고 다른 세력처럼 연합체 성격을 가지지도 않았기 때문에 빼는 경우가 많았다.

아무튼, 천하를 다스리는 세력 중 하나가 된 무림맹.

그 무림맹의 초대 맹주는 바로 하북팽가(河北彭家)의 전대 가주인 벽력도제(霹靂刀帝) 팽강(彭强)이었다.

원래 계획은 모든 군웅이 모였을 때 선출을 하려 했지만, 그러면 맹을 집결할 구심점이 없어서 어수선해 보일 수 있다는 것이 중론이었다.

그리하여 맹주를 선출하기로 결정을 하고 후보자들을 골라 그중 한 명을 택하여 이렇게 맹주직에 선출을 한 것이었다.

거대 세가를 오랫동안 경영한 점과 가주직을 물려준 지 이년밖에 되지 않아 아직 경영에 대한 감이 그대로라는 점, 그리고 무엇보다 후보군에서 가장 젊고 가장 강했다.

공과 사가 확실한 그의 성격 역시 큰 점수를 얻었다.

그런 그가 군사인 제갈현과 마주 앉아 이야기를 나누고 있었다.

"허허허, 정말로 이런 날이 오는구먼. 다 그대 덕분일세."

"무슨 말씀이십니까? 맹주님의 도움이 없었다면 이렇게 이른 시일에 자리를 잡는 것은 불가능했을 것입니다."

"하하하하! 이 사람아 겸손도 적당히 해야 하는 게야. 나야 힘쓰는 것밖에 할 줄 아는 게 없는데, 무슨 도움을 주었다고 그러는 건가. 이제 그 정도만 하세. 이러다가 서로 공치사만 하다가 밤새우겠네."

"하하, 알겠습니다."

"오늘이 지나면 우리는 명실상부한 무림의 한 축이 되는 거겠지?"

"한 축일뿐이겠습니까? 중원을 진두지휘하는 중심이 되는 것이지요."

"나는 아직도 정말 이게 맞는 길인가 싶을 때가 있네. 정녕 무황성을 배척해야 하는가 하는 생각 말이야."

"무황성을 배척하는 것이 아닙니다. 무황성은 과거의 영광이죠. 이제 그 실체조차 보이지 않는 혈천교를 막기 위한 구실. 솔직히 말씀드리면 그 구실을 핑계 삼아 사람들의 공포를 자극해서 지금까지 군림해 왔는지도 모릅니다. 저 역시 어렸을 적부터 혈천교와 무황성에 대해 들으면서 자랐으니까요."

"그래도 무황성이 무림에 평화를 가져다준 건 사실이지 않은가?"

"맹주님 말씀이 맞습니다. 하지만 언제까지 그들을 믿을 수 있겠습니까? 그리고 우리는 그전에 우리가 누렸었던 권리를 되찾기 위해 무림맹을 창설한 것이지요. 언제나 무황성에 짓눌려서 자기 목소리도 제대로 내지 못하고 지내지 않았습니까?"

말을 하던 제갈현은 목이 말랐는지 차를 한 모금 마셔서 입술을 적시고 계속 이어 말했다.

"무황성은 평화의 상징. 하지만 그것이 계속 평화의 상징일까요? 지금은 그의 아들인 권왕이 물려받아 이대 성주가 되었죠. 권왕 역시 평화를 원하는 인물이니 크게 걱정할 것이 없습니다. 하지만 다음 대 무황성주가 지금처럼 평화를 원하는 자가 그 자리를 차지하리라 확신하십니까?"

"끄응!"

"변수에 대한 대비는 여러 가지로 준비하는 것이 위험 부담을 줄이는 것이죠. 그냥 편하게 생각하십시오. 저희가 물론 각 문파의 영광을 되찾기 위해 무림맹을 창설한 목적도 있지만, 그보다 더 큰 장점은 바로 무림의 평화를 지킬 패가 하나 더 생긴 것이니 좋게 생각하시지요."

"하하하, 알겠네. 내 근심을 자네가 날려 주는군."

"과찬의 말씀이십니다. 그저 사실을 말해 드렸을 뿐인데요."

"그나저나 맹에 가입하지 않은 문파에게 불이익을 주고 있다면서?"

"불이익이라기보단 약간의 경고 같은 것을 보내는 중입니다."

"그거 여론에 안 좋은 거 아닌가?"

"물론 안 좋아지는 부분도 있지만, 저희가 가진 힘을 보여 주어야 그들도 안심하고 맹에 충성을 하지 않겠습니까? 그래서 약간의 힘을 보이는 중이지요."

"자네가 그렇다면 그런 거겠지. 어련히 알아서 하겠는가. 그냥 궁금해서 물은 것이니 너무 마음 쓰지는 말게."

"하하, 아닙니다. 맹주님이시라면 당연히 궁금해하시는 것이 맞는 것이죠."

군사의 말에 고개를 끄덕이다가 무언가 또 생각이 났는지 고개를 들어 물었다.

"내일 열리는 개파식에 삼세에도 초청장을 보냈다지? 그들이 과연 올까?"

"무황성과 천검문은 자신들의 명예 때문에라도 참석할 것이고, 구룡방은 그냥 구실이죠. 그들이 올 것이라고는 생각지 않습니다. 다른 곳도 아니고…… 적지 한복판에 올 리가 없죠."

"그렇군. 무황성과 천검문의 참석이라…… 별일 없이 넘어가야 할 텐데……."

"너무 걱정하지 마십시오. 그들도 정파 중의 정파입니다. 단지 새로운 문파 개파식에 초대를 받아 오는 손님일 뿐입니다. 너무 크게 생각하지 마십시오."

"나이를 먹으니 자꾸 잔걱정만 느네. 그보다 바쁠 텐데 내가 너무 붙잡았군. 어서 가 보게."

"하하하, 알겠습니다. 또 궁금하신 점이 있다면 언제든지 불러 주십시오!"

"알겠네. 수고하게."

제갈현은 팽강에게 포권을 하고는 밖으로 나갔다.

제갈현이 나간 후에도 한참을 찻잔을 쓰다듬으며 생각에

빠진 팽강이었다.

"부디…… 우리의 선택이 틀린 것이 아니기를 바랄 수밖에 없겠군."

그러고는 푹신한 의자에 몸을 깊숙이 파묻으며 눈을 감았다.

제四장

태원에 있는 하오문 소유 장원에 반가운 손님들로 시끌벅
적하고 있었다.

"소손 담선우! 조부님께 인사 올립니다!"

"소손 무유성! 태사부님께 인사 올립니다."

무황성의 성주 권왕(拳王) 담선우(潭宣優)와, 천검문의 문주
일섬검제(一閃劍帝) 무유성(武有惺)이 천룡에게 인사를 올리고
있었다.

"그래. 그래. 먼 길 오느라고 고생이 많았지? 자 자! 됐으
니까 일어나서 자리에 앉아."

"감사합니다!"

그렇게 인사를 나누고 있을 때 누군가가 또 들어왔다.

그에 태성이 반가워하며 맞이했다.

"어? 네가 여기 웬일이야? 이야! 우리 아들 배짱이 아주 많이 커졌는데? 여길 다 올 생각을 하고? 하하하하하!"

그랬다.

모습을 드러낸 것은 태성의 아들인 구룡방의 소방주 용적풍(龍赤風)이었다.

"소손 용적풍! 조부님께 인사드립니다!"

용적풍 역시 제일 먼저 천룡에게 인사를 하고 방 안에 있는 사람들에게도 정중하게 인사를 올린 뒤 태성이 있는 쪽으로 갔다.

"어찌해서 여기에 올 생각을 했어?"

다들 일제히 용적풍을 쳐다보며 궁금한 표정을 지었다.

"그게, 군사님이 제가 직접 가서 차기 후계자의 모습을 보이고 오라 하셔서…….."

그러면서 머리를 긁적이는 용적풍이었다.

"하하하하하, 그렇지. 그렇지. 대구룡방의 차기 후계자가 나다! 라고 세상에 보일 수 있는 최고의 무대긴 하지."

"사실 걱정이 되긴 해요. 아무래도…… 적지 한복판이다 보니……."

"뭐가 걱정이냐? 여기에 있는 사람들 다 너의 편이다. 걱정하지 마라."

걱정하는 용적풍에게 무광이 웃으며 말했다.

그 말에 용적풍이 주위를 둘러보았다.

'아…… 세상에 여기만큼 무섭고 안심이 되는 구성도 없구나…….'

너무도 안심되는 구성이었다.

그제야 표정이 풀리며 환하게 웃는 용적풍이었다.

환하게 웃는 용적풍에게 무유성이 의미심장한 미소를 지으며 말했다.

"우리는 한 가족이나 다름이 없으니, 그래 자네는 내 동생이 되는군. 이보게. 적풍아우."

갑작스러운 무유성의 말에 용적풍이 화들짝 놀라며 대답했다.

"네? 네…… 혀, 형님!"

용적풍에게 있어서 이 자리에서 가장 껄끄럽고 무서운 사람이 바로 무유성이었다.

자신의 아버지와의 대결은 아직도 회자되고 있지 않은가.

언제나 아버지를 향한 적개심이 넘쳐 나는 자라고 들었다.

"하하하, 그렇게 경계할 것 없네. 사숙과 앙금은 이미 오래전에 털었으니까."

"겨, 경계라니요. 소제는 그런 적 없습니다. 오해이십니다."

"그래? 오해였어? 그럼 우리 친목도 도모할 겸 비무 한번 할까?"

무유성의 제안에 용적풍은 소스라치게 놀라며 벌떡 일어났다.

"네에? 그, 그게 무, 무슨 말씀이십니까?"

"오오, 그거 재밌겠네. 해 봐 해 봐!"

자기 아들은 놀라서 자빠질 지경인데, 태성은 신이 나서 부추기고 있었다.

"그래! 해 봐라! 하하하, 아버지 이거 다 모이니까 시끌벅적하고 좋은데요? 앞으로 자주 이렇게 모여야겠어요."

무광이 신이 난 목소리로 천룡에게 말하자, 천룡도 행복한 표정을 지으며 답했다.

"그래! 하하하. 정말 즐겁다!"

"조, 조부님! 아버지! 말리셔야죠!"

용적풍의 울부짖음은 웃음소리에 묻혀서 가라앉고 있었다.

그러한 용적풍을 구원해 준 것은 다름 아닌 큰어머니자 무광의 아내인 유화린이었다.

"애 놀리는 게 그렇게들 재밌으십니까? 그만하시고 술상 차려 놓았으니 와서 드시어요."

"오오, 형수님의 음식 솜씨를 여기서도 맛보는 겁니까? 행복합니다. 정말로!"

"호호호! 여기 분들 집밥 먹이는 게 제가 따라온 목적인데요. 당연하죠. 그래도 태성 도련님이 역시 뭘 아시네요! 역시

제 식구들 밥은 다른 사람 손에 맡기는 게 아닌 것 같아요. 어서 오셔서 맛있게 드세요."

태성의 말에 유화린이 행복한 미소를 지으며 나갔고, 그런 유화린을 따라 술상이 있는 방으로 이동하는 사람들이었다.

그곳에서 사람들은 음식과 술을 마시면서 왁자지껄 떠들 었다.

하지만 용적풍은 마음 편히 먹지를 못했다.

"그런데 정말 다들 괜찮으신 건가요? 저만 불안한 건지?"

"응? 뭐가 불안한데? 또?"

"무림맹은 저희들…… 아니, 정확히는 무황성을 겨냥해서 만든 단체잖아요. 그런데 이렇게 당당하게 오셔도 되는 지……."

"아! 난 또 뭐라고. 그게 뭐 별건가? 그냥 애들 소꿉장난 치는 거지. 일종의 재롱잔치라고 보면 되나? 하하하하."

무광이 웃으며 답하자, 담선우가 쓴웃음을 지으며 말했다.

"아버지는 여전하시군요. 그래도 뭐 틀린 말은 안 하셨네 요."

"일단 내일 우리랑 아는 척은 하지 말고, 그냥 니들 할 거 해. 알았지? 우리는 모르는 사이다."

"정말로 정체를 안 밝히실 생각입니까?"

"미쳤어? 야, 우리가 여기 다 모여 있다고 생각해 봐. 당장 모든 관심이 우리한테 집중될걸? 남의 집 잔칫상 엎을 일 있냐? 그냥 조용히 넘어가야지. 그리고 우리 경쟁 상대라니까 얼마나 클지 보는 재미도 쏠쏠할 것이고. 클클클."

"하아, 예. 알겠습니다."

"항상 당당하게 행동해. 우리 아들 기 죽이는 놈은 내가 적어 뒀다가 나중에 혼내 줄 테니. 걱정하지 말고!"

무광의 말에 천명과 태성 역시 고개를 끄덕이며 눈을 부라렸다.

"그리고 니들 막내 잘 챙겨라. 첫 사회생활 하는 자리니까 너희들이 옆에서 좀 도와주고."

"네? 저기…… 저는 사파인데요?"

도와주라는 소리에 화들짝 놀라 말하는 용적풍이었다.

"에이, 우리 사이에 정파 사파가 어딨냐? 그냥 도와줘."

무광의 말에 담선우와 무유성이 웃으며 말했다.

"하하하, 알겠습니다. 이보게, 아우. 내일 이 형만 꽉 믿으시게. 하하하하. 안 그런가? 유성 아우?"

"맞습니다, 형님. 이보게! 아우, 나도 옆에서 도울 테니 가슴 펴고 당당하게 행동해. 누가 괴롭히면 이 형님이 혼내 줄 테니까. 하하하하."

"가, 감사합니다."

평생을 정파와 사파는 적이라는 생각으로 살아왔기에, 지금 이 상황이 아직도 적응이 잘 안 되는 용적풍이었다.

아침 해가 밝게 떠오르고 드디어 세상에 무림맹이 창단했다는 것을 선포하는 날이 되었다.

무림맹 정문에는 이미 수많은 사람이 입장을 위해 길게 줄을 늘어선 상태였다.

"자 자! 줄을 서시오! 거기! 새치기하지 마시오!"

"질서를 지켜 주시오! 그래야 우리가 빨리 처리를 해 줄 수 있소!"

너무 많은 사람이 한꺼번에 몰리다 보니 성문에선 무사들과 방문객들 사이에 언성이 오가기도 했다.

하지만 모든 이가 이렇게 복잡한 문을 지나서 입장하는 것은 아니었다.

초청장을 받은 자들은 입장하는 입구가 따로 있었다.

그곳에도 많은 사람이 모여 있었다.

하지만 여기에 모여 있는 사람들은 입장하기 위해 모여 있는 것이 아니었다.

바로 무림 명숙들을 보기 위해 이곳에 모여 있는 것이었다.

중원에서 명성을 날리는 자들의 얼굴을 이 기회가 아니면 볼 확률이 매우 적기 때문이었다.

문 앞에서는 유명 인사의 별호와 이름을 크게 부르며 사람들의 이목을 집중시키고 있었다.

별호와 이름이 불릴 때마다 환호성이 들렸고, 그 환호성을 들은 명숙들은 그것을 즐기며 입장하고 있었다.

명성을 위해선 무엇이든 하는 강호인들의 생리를 정확하게 보여 주는 행사였다.

그때 중원에 이름을 진동시키는 칠왕십제 중의 한 명이 입장했다.

"파천도제(破天刀帝) 장백광(張伯光) 대협 입장하십니다!"

"우와와와와와! 파천도제다!"

"맙소사! 칠왕십제의 일인을 직접 보다니!"

"역시 풍기는 기세부터가 남다르시다!"

엄청난 환호성이 퍼지며 사방이 진동했다.

장백광은 그런 사람들의 반응을 매우 즐기며 천천히 입장하고 있었다.

그때 뒤에서 누군가가 말을 했다.

"거, 빨리 좀 들어가지?"

갑자기 훅 들어오는 말에 장백광은 어리둥절한 표정을 지으며 방금 말을 한 자를 쳐다보았다.

심상치 않은 기운이 흐르자 환호성이 잦아들면서 순식간에 사방이 조용해졌다.

다들 뒤에 일어날 일을 기대하며 침을 삼키고 있었다.

자신이 받아야 할 환호성이 사라지자 기분이 가라앉은 파천도제는 자신에게 시비를 건 자를 유심히 살폈다.

처음 보는 얼굴이었다.

심지어 자신보다 젊었다.

"나이도 어린놈이 말이 짧구나? 어디서 온 아해냐?"

"언제부터 강호에서 나이를 찾았지? 나이 찾을 거면 경로 당이나 가든가."

"하하하하하! 말본새가 아주 예술이구나? 나는 그다지 착한 인물이 아니다. 죽고 싶으냐?"

"딱 봐도 안 착해 보여. 그리고 죽고 싶은 게 아니고 빨리 빨리 가라고. 뒤에 줄 서 있는 거 안 보여?"

이성의 끈이 끊어지는 소리가 장백광의 머릿속에서 들리는 듯했다.

파천도제는 그의 애병을 꺼내어 들어 자신의 앞에 있는 사내에게 겨누며 말했다.

"애송이. 이름이나 알고 죽이자. 이름이 뭐냐?"

"담선우."

담선우는 기다리는 것을 무엇보다 싫어했다.

기껏 초대해 놓고 이런 짓이라니…… 사람들의 시선을 받는 것도 좋아하지 않았다.

특히나 무림맹의 행사라는 자체가 시작부터 담선우의 심기를 꼬아 놓았다.

그 심기가 지금 파천도제 앞에서 터진 것이었다.

한편 담선우라는 이름이 튀어나오자 군중은 또다시 환호성을 질렀다.

"오오오오오오오! 맙소사! 권왕이다! 권왕!"

"세상에! 무황성주! 무황성주를 내 살아생전에 실물로 보다니!"

"파천도제에 이어서 칠왕십제의 일인이 또 나오다니! 역시 오길 잘했다!"

"무림맹에 무황성주가 오다니! 세상에 이러다 큰일 나는 거 아냐?"

저마다 각자 생각을 큰 소리로 외치며 환호했다.

파천도제는 담선우의 이름과 권왕이라는 별호, 그리고 무황성주라는 직책이 심히 걸렸다.

하지만 이미 뽑은 도를 다시 집어넣는 것도 그림상 좋지 않았다.

어찌해야 하나 고민하는 찰나에 담선우가 도발했다.

"왜? 내 명성이 너의 명성보다 높으니 꼬리를 마는 것이냐?"

"이, 이놈이…… 너의 명성이 네 목숨 줄까지 연장해 줄 것 같으냐?"

일촉즉발(一觸卽發)의 상황이 이어지는 가운데 그사이를 끼어드는 인물이 있었다.

"형님! 그만하시죠. 보는 눈이 많습니다."

파천도제조차 움직임을 제대로 못 봤을 정도로 빠르게 나타난 것이다.

'뭐, 뭐야! 이놈은 또!'

"아! 아우님, 미안하네. 나도 모르게 흥분을 했구먼."

새로운 고수의 등장에 또다시 군중은 흥분의 도가니에 빠졌다.

"우와아! 방금 봤어? 아니, 나는 못 봤어!"

"미친! 갑자기 사람이 나타났어!"

"나 저 사람 알아! 일섬검제다! 일섬검제(一閃劍帝) 무유성(武有惺)!"

"일섬! 검제? 우와아아아아아!"

"대박! 여기가 명당이었네! 유명 인사들 다 나온다!"

"맙소사! 천검문주라니! 세상에 천검문주가 직접 왔어!"

"둘 다 혼자 온 듯한데? 역시 천하삼세가 괜히 천하삼세가 아니지. 저 당당한 모습을 봐! 근데 둘이 형님 아우 사이였어? 완전히 다정하잖아!"

파천도제는 죽을 맛이었다.

솔직히 권왕만 해도 자신이 이길 수 있을지 확신이 안 섰지만 많은 사람이 보고 있어서 일단 지르고 본 것이었다.

그런데 거기에 일섬검제까지 가세하니 빠져나갈 방법이 없었다.

누군가가 이 상황을 좀 정리를 해 줬으면 하는 바람뿐이었다.

파천도제의 간절함을 하늘이 들었던가?

무림맹의 군사 제갈현이 그의 간절함에 답하기 위해 모습을 드러냈다.

"무림동도 여러분! 진정하십시오!"

제갈현은 나오자마자 흥분한 군중을 먼저 진정시키고, 대립하고 있는 세 사람 앞으로 나서서 그들을 달랬다.

"소생 무림맹에서 군사직을 맡은 제갈현이라고 합니다! 무황성주님! 천검문주님! 그리고 파천도제님! 부디 진정하십시오."

제갈현의 말에 파천도제는 기다렸다는 듯이 입을 열었다.

"허험! 뭐…… 초대받은 처지에 소란을 피워서 미안하오."

그런 파천도제의 말에 제갈현이 포권을 한 손을 흔들며 말했다.

"아닙니다! 이렇게 사해에 그 명성이 자자하신 파천도제님을 뵙게 되어 정말 감개무량함을 금할 길이 없습니다. 자 자! 이러지 마시고 먼저 들어가십시오."

제갈현이 문 안으로 손을 내밀며 안내하자, 파천도제는 마지못해 간다는 듯이 헛기침을 하며 문 안으로 들어갔다.

파천도제가 완전히 사라진 것을 보고 돌아서서 담선우와 무유성을 바라보는 제갈현이었다.

"소생이 미리 마중을 나왔어야 했는데, 미처 챙기지 못함

을 이 자리에서 사죄드리겠습니다. 무황성주님! 그리고 천검
문주님!"

"되었소. 초대받아 온 마당에 소란을 피워서 미안하오."

담선우는 뒷짐을 진 채 무덤덤한 목소리로 제갈현의 말에
대꾸하였다.

그 모습을 무유성이 보고는 포권을 하며 제갈현에게 말했
다.

"하하, 형님이 먼 길을 오시느라 조금 피곤하신 것 같습니
다. 이만 저희도 들어갔으면 하는데 안내를 좀 부탁해도 되
겠습니까?"

'무황성주와 천검문주가 호형호제를 한다고? 왜 나에게 이
런 엄청난 정보가 오질 않았지?'

눈앞의 두 남자가 서로 호형호제를 하자 제갈현은 머리가
복잡해졌다.

무림맹의 입장에서는 엄청난 악재였기 때문이었다.

"군사님?"

무유성이 나지막하게 부르자, 그제야 정신을 차린 제갈현
이 다시 포권을 하며 미안함을 나타냈다.

"아! 이거 제가 또 큰 실수를 했군요. 죄송합니다. 제가 안
내해 드리겠습니다! 이쪽으로 오시죠."

제갈현은 두 사람을 직접 안내하며 안으로 들어서려 했다.

그때 담선우가 누군가를 불렀다.

"이리 오거라. 혼자 거기서 뭘 하는 것이냐? 같이 들어가 자꾸나."

담선우가 바라보며 말하는 곳을 보니 옆머리에 붉은 머리 카락이 인상적인 청년이 깜짝 놀라며 대답하고 있었다.

"네? 저, 저도요?"

"그래. 너도 우리 일행이지 않으냐? 어서 들어가자."

담선우의 말에 청년이 머리를 긁적이며 담선우 쪽으로 걸어왔다.

제갈현은 그냥 일행이려니 생각하고 그들을 성 안쪽으로 안내했다.

인적이 드문 곳으로 들어가자 제갈현이 입을 열었다.

"죄송합니다. 제가 정신이 없다 보니 가장 큰 손님 두 분에게 대접을 처음부터 제대로 못 해 드렸습니다. 다시 한번 사과드리겠습니다."

제갈현이 고개를 숙이며 사과를 하자, 담선우가 그 말을 정정했다.

"두 사람이 아니고, 세 사람이오."

담선우의 말에 젊은 청년을 바라보는 제갈현이었다.

"아, 그렇군요. 이거 오늘 계속 실수를 하는군요. 하지만 이분은 제가 잘 알지를 못해서…… 실례가 되지 않는다면 소개를 부탁드려도 될는지요."

제갈현의 말에 담선우가 별것 아니라는 말투로 답해 줬다.

"그 녀석 이름은 용적풍이라고 하오. 사황의 아들이자 구룡방의 소방주요."

"하하, 그렇군요. 사황의…… 네?"

포권을 하며 기계적인 움직임을 하던 제갈현의 움직임이 일순간 멈췄다.

지금 이 상황이 잘 이해가 되지 않았기 때문이었다.

"응? 놀라셨소? 이게 놀랄 일인가?"

얼음이 된 채로 멈춘 제갈현을 두고 계속 걸어가는 담선우였다.

그런 제갈현을 움직이게 한 것이 바로 무유성이었다.

"이런, 이런 형님도 참! 군사님, 하하. 많이 당황하셨습니까? 형님이 오늘따라 왜 저리 까칠하게 구시는지."

무유성의 말에 정신을 차리고 용적풍을 다시 집중해서 쳐다보는 제갈현이었다.

'미친! 사황의 아들이 거기서 왜 나와! 이게 무슨 일이야? 아니, 그것보다…… 막내라니? 니들이 같이 있으면 안 되지!'

제갈현의 머릿속에서는 엄청난 속도로 이런저런 생각들이 지나가고 있었다.

"정식으로 인사드립니다! 저는 구룡방의 소방주 용적풍이라고 합니다. 이번 개파식에 구룡방을 대표하여 왔습니다. 초대해 주셔서 감사드립니다."

"아아…… 그, 그래요. 먼 길 오시느라 고생하시었소."

제갈현은 자신의 인생에서 가장 당황스러운 상황을 맞이하고 있었다.

평소에 누군가와 화술에서 밀려 본 적이 없었던 제갈현이었지만 지금은 혀가 굳어서 그 어떤 말도 쉽게 나오질 않았다.

"군사께서 많이 놀라신 것 같은데…… 우리 적풍이가 오면 안 되는 것이었습니까?"

무유성의 말에 군사는 화들짝 놀라며 동공이 마구 흔들렸다.

'우리…… 적풍이라고? 야이씨, 너는 더 그럼 안 되지! 너는…… 너는 용태성한테 지고 철천지원수가 된 거 아니었어? 아니, 뭔 정보가 맞는 게 하나도 없어!'

잘하면 입에서 침도 흘릴 기세였다.

"천하의 무림맹이 설마…… 초대를 받아 온 사람을 꺼리는 것은 아니겠죠? 사파라고 막 무시한다거나?"

"무, 무슨 말씀이십니까! 그저 잠시 당황했을 뿐 그런 것은 아닙니다. 용적풍 소방주님, 결례를 용서하시기 바랍니다."

"아, 아닙니다. 괜찮습니다."

"하하, 우리 아우님 마음씨가 착하기도 하지. 군사님, 이러다 우리가 제일 늦겠습니다. 어서 갑시다."

"……네. 알겠습니다."

제갈현은 복잡한 머릿속을 뒤로하고 그들을 자리로 안내

했다.

그런 제갈현을 싸늘한 눈빛으로 보는 담선우와 재밌다는 표정으로 보는 무유성이었다.

자리에 도착하자 이미 수많은 명숙들이 모여 있었다.

다들 제갈현이 안내를 해서 오는 자들의 정체가 궁금한지 호기심 가득한 얼굴로 쳐다보고 있었다.

그 모습에 제갈현은 등 뒤에 식은땀이 났다.

자칫 잘못했다가는 개파식도 열기 전에 난장판이 될 수도 있었기 때문이었다.

"하하, 군사님. 많이 피곤하신가 봅니다. 안색이 안 좋으시 구려."

흰색수염이 길게 늘어진 도인 한 명이 말을 걸어왔다.

"아! 아닙니다. 현허진인(玄虛眞人)의 그 마음 감사드립니 다."

선풍도골(仙風道骨)의 풍모를 풍기는 이 사람은 바로 무당의 장문인 현허진인이었다.

제갈현이 감사 인사를 하자 현허진인은 고개를 끄덕이며 눈은 제갈현의 뒤에 있는 세 사람에게 박혀 있었다.

"아! 이분들은 진인께서도 잘 아시지 않습니까?"

"제가요? 글쎄요? 허허, 늙었나 봅니다. 잘 기억이 나질 않아서……."

그 순간 제갈현은 지금 상황이 더 이해되지 않았다.

권왕과 일섬검제는 세상에 익히 알려진 자들이다. 그 얼굴 역시 대문파의 장문인들이라면 알고 있을 것이다.

자신이야 서책에만 빠져 지내느라 얼굴을 잘 모른다지만 여기 모여 있는 명숙들이 천하의 무황성주와 천검문주의 얼굴을 모른다는 게 이해가 되지 않았다.

'뭐지? 설마? 가짜들인가? 아니, 그런 일은 있을 수 없다…… 정말로 모르는 듯한 눈빛들……'

제갈현은 또다시 머리가 복잡해져 오기 시작했다.

수많은 서책을 통달하고 세상만사 이치를 다 안다고 자부했건만, 오늘따라 왜 이리 막히는 일이 많은지 답답했다.

그런 제갈현을 의심의 구렁텅이에서 구해 준 자가 나타났다.

바로 명왕 장천이었다.

"어? 아우님들! 이제야 오시나? 여기여기 자리 비었네. 이쪽으로 오시게!"

담선우와 무유성을 보자 벌떡 일어나며 반기는 장천을 보고 다들 시선이 일제히 그쪽으로 쏠렸다.

그러자 장천이 웃으며 말했다.

"하하하, 다들 왜 그런 눈으로 보십니까? 아니, 천하의 무황성주와 천검문주를 설마…… 모르시는 것은 아니겠지요?"

장천의 말에 모두 경악을 한 눈으로 담선우와 무유성을 바라보았다.

"정말……이오? 아니, 어찌 저런……."

다들 말을 잇지 못할 정도로 버벅대자 제갈현이 나서서 물었다.

"아니, 왜들 그러십니까? 뭔가 문제가 있는 것입니까?"

"그, 그게…… 젊어졌네……. 그리고 보니…… 전에 모습이 남아 있구나……."

"얼마나 강해졌다는 말인가? 저렇게 모습이 변할 정도로 경지가 올라갔다는 말인가?"

"명불허전……이라고 해야 하는가? 그들의…… 피는 속일 수 없는 것인가?"

그랬다.

이들이 담선우와 무유성을 제대로 알아보지 못한 이유가 바로 이것이었다.

강호인들은 경지가 올라가면서 몸 안의 노폐물이 빠지고 그 영향으로 피부가 좋아진다.

그리고 주름도 펴지면서 젊어지는 것이다.

하지만 지금 담선우와 무유성이 젊어진 것은 그 정도가 조금 심해졌다.

반로환동이라고 착각할 정도로 젊어진 것이었다.

그 젊어지는 정도는 강함에 비례하기 때문에 이들이 이렇게 경악을 하는 것이었다.

다들 시기와 질투, 부러움이 섞인 눈으로 자리에서 그들을 바라봤다.

"여러 선배님께 인사 올립니다. 담선우라고 합니다. 현재 무황성의 성주직을 맡고 있습니다."

"저 역시 인사 올립니다. 무유성이라고 합니다. 천검문의 문주를 맡고 있습니다."

소개하거나 말거나 여전히 웅성거리고 있었다.

"안녕하십니까? 저는 용적풍이라고 합니다. 구룡방의 소방주를 맡고 있습니다."

용적풍의 소개가 이어지자 순식간에 사위가 고요해졌다.

입구에서 이미 한 번 경험한 고요함이라 이번에는 당황하지 않고 덤덤하게 넘길 수 있었다.

그때 개방의 방주가 벌떡 일어나 삿대질을 하며 큰 소리를 쳤다.

"네 이놈! 이곳이 어디라고! 사파 따위가 온단 말이냐!"

이건 당황스러웠다.

이래서 경험이 중요하다고 그렇게 귀에 딱지가 앉도록 강조했나 보다.

개방 방주가 날뛰자 여기저기서 호응하는 사람들이 자리에서 일어나 용적풍에게 고함을 지르기 시작했다.

그때 거대한 기세가 솟아오르며 돌풍을 일으켰다.

"뭐, 뭐냐! 이 엄청난 기운은? 누구냐!"

"그만들 하지? 내 아우에게 삿대질도 좀 그만하고?"

담선우가 분노의 눈빛을 뿌리며 기세를 퍼트리고 있었던 것이었다.

"뭐, 뭐라? 그만들 하지? 무황성주가 되더니 우리가 아직도 여전히 네놈 밑에 있는 자들로 보이더냐!"

개방 방주가 이번엔 담선우에게 삿대질을 하며 소리쳤다.

개방 방주는 자신의 말에 주변 사람들이 호응해 주자, 더욱더 신이 나서 담선우를 몰아붙였다.

담선우는 무덤덤하게 개방 방주를 바라보았다.

그리고 포권을 하며 고개를 숙이고 사과를 하였다.

"아, 미안합니다. 저도 모르게 성에서 버릇이 나왔군요. 이 후배가 진심으로 개방 방주께 사죄의 말씀을 올립니다."

담선우가 의외로 선선히 사과하자 개방 방주는 당황했다.

천하의 무황성주가 사람들에게 무시를 당했는데 사과를 한다? 절대 있을 수 없는 일이라 생각했기 때문이다.

자신이 이렇게 몰아붙이면 무황성주는 폭발할 것이고, 만 천하에 무황성의 실체를 까발리면서 무황성의 명예를 실추시킬 수 있을 것으로 생각했다.

하지만 담선우는 무덤덤한 목소리로 사과를 했다.

심지어 중원의 지배자라 해도 과언이 아닌 무황성의 성주가 고개까지 숙였다.

"그, 그걸 안다니 내 사죄를 받아들이겠소. 하지만! 천하의 무황성주의 입에서 사파의 종자를 아우로 삼았다는 말은 내

인정 못 하겠소이다! 사파와 손을 잡다니 그렇게도 우리의 기세가 두려웠소이까?”

개방 방주는 작정을 하고 나왔는지, 이번엔 담선우가 용적풍을 아우라 지칭한 것으로 공격을 전환했다.

개방 방주의 말에 또다시 사람들은 웅성거리며 방주의 편을 들었다.

생각해 보니 무황성이 구룡방과 손을 잡을 이유가 무엇이 있는가?

바로 자신들 때문이라는 생각이 절로 든 것이었다.

그리고 다음에 이어진 무황성주의 말에 다들 말문이 막혔다.

“음…… 아니라고는 말 못 하겠군요.”

많은 사람들 앞에서 대놓고 무림맹을 견제한다고 말한 것이었다.

그 말을 들은 무림맹의 사람들의 얼굴에는 홍조가 어렸다.

‘우, 우리가! 저 무황성이 우리를 견제하다니!’

‘역시, 우리의 선택이 옳았던 거야!’

‘하하하하, 내 생애 가장 잘한 선택이라고 하면 무황성이 아닌 무림맹을 선택한 것이군!’

저마다 생각은 다 달랐지만, 그 속뜻은 하나였다.

무림맹의 일원인 것을 자랑스러워하고 있었다.

하지만 오로지 한 사람만이 경악하며 두려워하고 있었다.

'맙소사! 내가 지금 뭘 보고 있는 것인가?'

제갈현은 담선우의 행동을 보고 경악을 하고 있었다.

처음으로 무황성이라는 곳에 대한 두려움이 생긴 것이었다.

'처음에 광오하게 행동하기에…… 역시라는 생각을 했는데, 내 착각이었다! 오로지 앞만 보고 우직하게 돌진하던 전대 성주가 아니다! 이자는! 정치를 할 줄 안다!'

그랬다.

자신에게 유리하기 위해서 고개를 숙이고, 남을 교란하며 속이는 것을 서슴지 않은 것이다.

'정신을 바짝 차려야겠구나! 천하가 속고 있었어! 무황성은…… 단지 힘이 강해서 무서운 게 아니었어! 목적을 위해서라면 서슴없이 자신을 버릴 수 있는 자다!'

그렇게 경악에 빠진 군사를 더욱 좌절하게 만든 것은 바로 무림맹 장로들의 언사였다.

담선우의 말에 우쭐해져서 거만해진 그들을 보며 제갈현은 자신이 너무 빨리 개파식을 진행했다는 사실을 깨달았다.

'내가 너무 자만했구나…… 다른 이들에게 자만하지 말라고 했는데 정작 내가 자만하고 있었구나…….'

"이 분위기에선 편하게 개파식을 구경할 수 없겠군요. 저희는 인사를 했으니 이만 가 보도록 하겠습니다."

담선우의 말에 다들 반색을 했다.

솔직히 같이 있기엔 너무도 부담스러웠다.

"험, 감사 인사는 잘 받았소. 현재 우리가 매우 바쁜 관계로 배웅은 못 해 드리니 이점은 이해해 주시기 바라오."

개방 방주가 나서서 담선우 일행에게 말했다.

제갈현이 말리려 했지만, 이미 여기 있는 모든 사람의 눈빛은 저들이 어서 가 주기만을 바라는 눈이었다.

'내가 나서 봐야…… 소용이 없겠구나. 그나마 권왕, 무황성주의 무서움을 알게 된 것을 위안으로 삼아야겠구나.'

돌아서는 담선우를 따라나서던 무유성은 나가기 전에 제갈현을 보며 한마디를 더했다.

"천룡표국은 우리 천검문의 동맹이오. 그러니 건드리지 마시오."

그렇게 말을 하고 다시 등을 돌려 나갔다.

점점 멀어지는 담선우 일행을 바라보며, 무너지는 자존심을 붙잡기 위해 주먹을 불끈 쥐는 제갈현이었다.

'무황성주! 천검문주! 기대해도 좋을 것이오. 내 모든 것을 쏟아부어 이 무림맹을 반드시 강호의 중심으로 만들 테니…….'

그리고 그것을 지켜보던 또 다른 사람, 명왕은 이들을 불쌍한 눈으로 쳐다보았다.

'쯧쯧, 자기들이 지금 얼마나 엄청난 실수를 저질렀는지…… 이들은 모르겠지? 저 괴물들보다 더한 괴물들이 위

에 있다는 사실을 안다면…… 이들이 과연 이렇게 웃을 수 있을까?'

그리고 고개를 흔들며 자신의 자리에 앉았다.

한편 밖으로 나온 담선우는 사람들의 시선이 사라지자 그제야 가슴 깊은 곳에 있던 한숨을 내쉬었다.

"하아! 정말 너무 힘들었어. 하마터면 못 참고 저지를 뻔했어."

"고생하셨습니다. 아까 적풍이한테 삿대질할 때 정말로 욱하신 거 맞죠? 그때 조금 위험했습니다."

"응! 맞아! 그땐 정말 뒤집어엎을 뻔했지."

"죄송합니다…… 괜히 저 때문에……."

주눅이 들어 고개를 숙이고 있는 용적풍의 머리를 담선우는 조용히 웃으며 쓰다듬었다.

"우리 적풍이 당당해져야지. 나와 여기 유성이의 아우인데 안 그런가?"

"네. 그렇죠. 적풍아 어깨 펴라. 너 때문에 그런 거 아니니까."

"하지만……."

"아아, 사실 오늘 일은 우리 군사가 나에게 짜 준 계책이었다. 그러니 마음에 두지 말아라."

"네? 계책요?"

"그래. 저기 무림맹의 군사에게 보내는 경고장 같은 거라

더군. 그 뜻을 알아챈다면 무림맹은 더 강해질 것이라고."

"네? 강해지면 안 되는 것 아닌가요?"

"지금은 평화의 시대라고 하지. 하지만 언젠가는 그 평화를 위협하는 누군가가 나올 것이다. 그때를 대비한다면 강한 단체가 늘어나는 것은 오히려 환영해야 하는 일이다. 무림을 지킬 힘이 많으면 많을수록, 강하면 강할수록 피를 흘리는 사람은 줄어드니까."

"그래도…… 저들이 강해져서 무황성을 핍박하면 어찌합니까?"

"뭐? 하하하! 저들이 강해진다 해서 우리 무황성을 어찌할 수 있을 것 같으냐? 하하하!"

한참을 박장대소하며 웃던 담선우가 다시 적풍을 바라보며 말했다.

"저들이 강해진다면 우리 애들도 자극을 받겠지. 자신들을 천하의 중심이라고 믿고, 세상 누구보다 무황성에 대한 자부심이 강한 아이들이다. 사실 경쟁 상대가 딱히 없어서 아이들이 살짝 나태해진 부분도 없지 않지. 이번 기회가 오히려 우리 무황성에게는 호재다."

담선우의 말을 들은 용적풍은 이해한다는 듯이 고개를 끄덕였다.

"그러니 너도 어서어서 강해지거라. 그래서 우리를 자극해 주려무나. 하하하!"

"네……. 형님들."

소심하게 대답하는 용적풍의 등을 팡팡 두드리며 즐겁게 웃는 담선우였다.

그것을 무유성은 미소 지으며 바라볼 뿐이었다.

'이런 날이 오다니…… 세상 오래 살고 볼 일이군. 그래도…… 나쁘지만은 않구나. 그동안 내가 얼마나 편견에 갇혀 살아온 것인가. 적풍이 저 녀석을 보면 그것을 새삼 깨닫게 되는군.'

그렇게 다음 세대 괴물들이 뭉치며 서로의 우정을 쌓아 가고 있었다.

어둑컴컴한 곳에서 누군가가 몸부림을 치고 있었다.

"읍읍읍!"

그의 눈에는 공포가 깃들어 있었다.

그렇게 발버둥을 치고 있는데 문이 열리며 주변이 환해졌다.

여기저기에 횃불이 붙고 이 감옥 같은 곳이 환하게 밝혀졌다.

묶여 있는 남자는 자신을 향해 다가오는 남자를 두려운 얼굴로 바라보았다.

"이제야 만나네?"

자신을 아는 눈치다.

하지만 아무리 생각해도 저런 자들과 적이 된 적이 없었다.

"뭐야? 그 기억을 못 하겠다는 표정은? 서운하네. 그렇게 애들을 자주 보내서 우리를 열받게 하고선······."

"읍읍?"

말은 못 하지만 표정과 눈으로 그게 무슨 소리냐고 묻고 있었다.

"배금령. 맞지?"

그 말에 남자가 조심스럽게 고개를 끄덕였다.

"역시. 하하하. 한 번도 안 만난 사람이 이렇게 반가울 수도 있군."

그러더니 입에 재갈을 풀어 줬다.

"푸학! 누, 누구시오!"

"나? 천룡표국의 태성이라고 하지."

"······!"

말을 하다 보니 짜증이 치밀었는지 기세를 푼 태성이었다.

배금령의 눈이 찢어지라 커졌다.

자신이 알기에는 천룡표국에는 이런 고수가 없었다.

"내, 내가 누군지 알고 이러는 것이오? 나, 나는 이곳 무림 맹의 상단을 총괄하는 자요! 나를 이렇게 다룬 것을 무림맹이 안다면 가만두지 않을 것이오!"

"하하하, 그래그래. 실컷 떠들어. 너의 입에서 재갈이 풀린 유일한 시간이니까."

"아, 아니오. 내, 내가 말실수하였소. 다, 다신 천룡표국 근처도 가지 않겠소. 정말이오. 믿어 주시오."

배금령이 떠들든 말든 태성은 의자에 앉아서 가만히 듣고 있었다.

'이씨! 이게 뭐야. 나를 지키던 그 노인네는 어디 갔어?'

배금령이 눈을 요리조리 굴리며 누군가를 찾고 있었다.

"아! 누굴 찾는구나?"

그러더니 손뼉을 쳤다.

사람들이 무언가를 질질 끌고 들어왔다.

전에 자신에게 자중하라고 경고했던 노인이었다.

미약하게 숨을 쉬고 있지만, 살아도 산 게 아니었다.

마지막 희망이 사라졌다.

"걱정하지 마. 너는 쉽게 안 죽일 거니까. 일단 아무도 모르는 곳으로 데려갈 거야. 그리고 두고두고 죽을 때까지 즐겁게 해 줄 테니 너무 걱정하지 말고. 정말 즐거울 거야. 기대해도 좋아."

"히익!"

"크크크. 그동안 너한테 받았던 보답을 아주 천천히 갚아 줄 테니."

"그, 그런……."

태성의 붉어진 눈동자를 보며 공포에 질려 아무것도 할 수 없는 배금령이었다.

그렇게 무림맹에서 천금상단주가 소리 없이 사라지는 순간이었다.

❧

조방이 천룡을 만난 지도 여러 달이 지났다.

천룡을 따라 상락에 운가장으로 온 조방.

천룡에게 비급을 받고 깊은 산속에서 조방은 구슬땀을 흘리며 열심히 수련하고 있었다.

그가 수련하는 창술은 바로 천룡이 전술해 준 무공이었다.

자신의 부족함을 알기에 천룡에게 부탁을 했는데, 천룡은 일말의 고민도 없이 고개를 끄덕이며 조방에게 자신이 아는 창술을 전수해 줬다.

수련하면 할수록 조방은 깨달았다.

천룡이 자신에게 전수해 준 창술이 얼마나 어마어마한 무공인지를 말이다.

"……이런 절세 신공을 아무렇지도 않게…… 내어주시다니……. 빨리 익혀서 주군을 보필하고 싶다."

심지어 내공이 부족해서 제대로 익히지 못할까 봐 내공 증진을 위한 단약까지 내어줬다.

잠시 천룡에 대한 충성심을 곱씹고 새기는 조방이었다.

사방에 나 있는 수련의 흔적을 바라보며 조방은 생각했다.

염화혼원창(炎火混元槍).

조방이 전수받은 창술이었다.

총 칠 초식으로 이루어진 무공이었다. 전반 사 초식과 후반 삼 초식으로 나뉘었는데, 후반 삼 초식의 위력은 전반 초식에 비할 바가 아니었다.

"후반은…… 어디서 써야 하는 거지? 그보다 이 후반 삼 초식을 사람에게 쓰라고 만든 건가? 아니지…… 주군의 주변만 봐도…… 반드시 익혀야 한다!"

안 그래도 강한 무공인데, 조방은 전설의 화룡지체였다.

당연히 화룡지체에 어울리는 무공이라서 그 위력은 더 강해진다. 심지어 습득하는 속도도 가히 남달랐다.

천룡에게서 전수받은 지 얼마 되지도 않았는데, 벌써 전반 초식은 오 성 이상 익힌 상태였다.

화룡지체의 특징이었다.

화기를 다루는 무공이면 면화(綿花)에 물이 스며들 듯이 순식간에 흡수하는 능력.

이것만 해도 강호에서 이름을 날리기에, 충분한 위력의 무공이었다.

어느 정도 쉬었는지 다시 자신의 낡은 창을 부여잡고 자세를 취하며 수련을 시작했다.

그의 창이 허공을 지날 때마다 창에선 화려한 불꽃들이 춤을 추었다. 시간이 점점 지나면서 조방의 몸 안에 있던 화룡지기가 튀어나왔다.

"크으윽!"

화룡의 기운이 너무나 강해서 가끔 이렇게 멈추고 기운을 다스려야 했다.

천룡이 준 단약이 아니었다면, 이 과정에서 진작 화룡에게 먹혔을 수도 있었다.

"헉헉! 정말…… 이놈을 빨리 내 것으로 만들어야 할 텐데."

그나마 조금씩 기운을 흡수하고 있다는 것을 위안으로 삼는 조방이었다.

"주군께서 주신 단약 덕에 화룡의 기운이 조금씩 나에게 융화되고 있다. 그분은 정녕 신이신가?"

다시금 천룡의 위대함을 상기하며 충성심을 새기는 조방이었다.

그렇게 열심히 수련하는 조방을 지켜보는 눈이 있었다.

그 눈은 무언가에 놀란 듯이 끊임없이 흔들리고 있었다.

"저, 정녕…… 지금 내가 보는 것이 허상이 아니겠지?"

묵 빛의 무복을 입은 노인은 이곳을 지나치다가 우연히 조방이 수련하는 모습을 보았다.

창을 휘두르는 모습이 범상치 않기에 흥미가 생겨 잠시 지켜보았다.

그런데 갑자기 조방의 몸에서 엄청난 화기가 뿜어 나왔고, 그의 두 눈으로 튀어나온 화룡을 보고 만 것이었다.

"화, 화룡지체! 그, 그토록 찾아 헤매던…… 화룡지체가 여기에 있었다니!"

노인의 눈은 감격에 겨워 있었다.

그리고 혹시라도 놓칠세라 몸을 날려 조방의 앞으로 날아갔다.

평범해 보였던 노인은 엄청난 고수였던 것이었다.

순식간에 조방의 눈앞으로 몸을 이동시킨 노인은 조방을 이리저리 둘러보며 자세히 보기 시작했다.

"헉! 깜짝이야! 누, 누구요?"

갑자기 자신의 앞에 나타난 엄청난 고수의 등장에 조방은 잔뜩 경계하며 거리를 벌렸다.

"정말로…… 화룡지체가 맞구나!"

조방의 말은 가뿐히 무시하며 자기 생각만을 말하는 노인이었다.

"누, 누구신데 남의 수련을 방해하는 것이오!"

조방이 다시 한번 물었지만, 여전히 노인은 자신만의 세상에 빠져 있었다.

그리고 노인은 감격한 목소리로 하늘에 대고 외쳤다.

"하늘이! 전대 조상신들께서 우리의 소망을 이루어 주시는 구나! 감사합니다!"

"저, 저기……."

갑자기 자신의 앞에 나타난 고수가 뭐라 뭐라 떠들더니 이번엔 웃기 시작했다.

이런 상황은 경험한 적이 없어서 당황스러운 조방이었다.

그렇게 울던 노인이 갑자기 고개를 들어 조방을 쳐다봤다.

"너의 이름은 무엇이냐?"

"네? 저, 저요?"

"그래! 바로 너! 화룡지체 맞느냐?"

"그, 그게 왜 중요한데요?"

"하하하하, 맞구나. 맞아! 너 내 제자가 될 생각 없느냐? 세상 모든 것을 안겨 줄 수 있다."

"그게 무슨 말입니까? 저는 이미 몸담은 곳이 있습니다."

"몸담은 곳이 어딘지는 모르겠지만 나를 따라간다면 네가 있는 곳은 비교도 안 될 만큼 큰 권력을 얻을 수 있다."

노인이 하는 말속에 천룡과 운가장을 무시하는 말투가 깔려 있었다.

그에 조방의 기분이 나빠졌다.

"다 필요 없소. 그리고 나는 함부로 이동할 수 없소! 나의 주군께서 내가 어서 대성하여 오기만을 기다리고 계시는데 그분을 더 기다리게 하는 불충은 안 되오!"

조방의 말에 노인은 깜짝 놀랐다.

'뭐라고? 주군? 전설의 화룡지체가…… 모시는 주인이 있단 말인가? 이런 말도 안 되는…….'

지금까지 중원 무림에는 화룡지체가 딱 세 번 등장했다.

첫 번째는 사람들이 불의 신으로 모셨고, 두 번째는 상고 시대의 제일인이었다. 세 번째는 한 종교의 교주가 되었다.

지금까지 화룡지체는 남을 아래로 바라보는 자리에만 있었다.

그래서 이 노인이 함부로 못 하는 것이다.

그런데 조방은 반대였다.

오히려 남의 밑에 있었다.

그것을 오히려 자랑스럽게 얘기하면서 말이다.

"네놈이 가진 힘을 잘 모르나 본데. 너는 남의 밑에 있을 인물이 아니다! 남들을 굽어 내려 보며 오만한 삶을 살아도 되는 재능이란 말이다! 내가 도와주겠다! 세상을 오만하게 내려다보는 그러한 권력을 너에게 주겠다!"

노인의 말에 조방은 더욱더 굳건한 표정을 지으며 답했다.

"하하하하! 세상을 오만하게 내려다볼 수 있는 분은 하늘 아래 나의 주군뿐이시오! 나 따위가 감히 주군의 영역을 넘볼 수 있다고 말씀하시는 것이오? 하하하하하!"

조방의 말에 노인은 미칠 지경이었다.

아니, 자신이 알기로는 화룡지체를 지닌 자의 성격은 괴팍

하며 남들 밑에 있는 것을 극도로 싫어하며, 천상천하유아독
존(天上天下唯我獨尊)의 성격을 가졌다고 알고 있었는데, 이자는
전혀 안 그랬다.

아니, 다른 쪽으로 괴팍했다.

그 주군이라는 자에게 완전히 빠져 있지 않은가.

아직 세상 물정을 몰라서 그런 것이라 생각을 했다.

권력의 달콤함을 맛본다면, 그리고 자신이 가진 힘이 어떤
것인지 안다면 이러지 않으리라 생각한 노인은 한 가지 결심
을 했다.

'그래. 달콤한 과실을 먹어 보지 않은 자는 그 맛을 모르는
법이지. 내 너에게 그 달콤함을 맛보여 주마!'

그리고 조방을 향해 말했다.

"일단 내가 너에게 손을 쓰는 것을 용서하라. 훗날 나에게
오늘 일을 매우 고마워할 것이다."

그리고 조방을 향해 돌진했다.

갑작스러운 공격에 조방은 재빨리 반응했다.

그의 창이 몸 앞으로 화려한 원을 그리며 방어막을 형성했
다.

쩌쩡─!

막기는 했지만, 노인의 무공은 상상을 초월했다.

'크윽! 미친! 뭐 이리 강해!'

충격에 뒤로 밀린 조방은 자신의 혈(穴)을 노리며 날아오는

손을 피하며 창에 내공을 몰아넣었다.

"천붕만격창(天崩萬擊槍)!"

전반 사 초식 중에 세 번째 초식인 천붕만격창이 조방의 손에서 펼쳐졌다. 비록 오 성밖에 안 되었지만 그래도 그 위력은 절대로 약하지 않았다.

하늘을 뒤덮은 수많은 창기(槍氣)가 일제히 노인을 향해 날아갔다.

"오오! 이런 무공이라니! 과연 화룡지체로다!"

노인은 피할 생각을 하는 대신 감탄을 하고 있었다.

감탄과 동시에 양손으로 태극을 그리며 자신에게 날아오는 창기를 비켜 나가게 했다.

콰콰콰콰— 콰아아아앙—!

비켜 나간 기운들이 사방에서 터져 나갔다.

노인의 입에서 즐거운 미소가 피어올랐다.

"그렇지. 그렇지! 화룡지체라면 이래야지! 크하하하하!"

폭발의 영향으로 불어온 돌풍에 수염이 세차게 휘날렸지만 개의치 않고 미소를 지으며 조방에게 다시 달려들었다.

"위력이 대단하다고는 하나, 운영하는 것을 보아하니 아직 대성한 것은 아니구나? 나를 따라간다면 그것 따위는 비교도 안 되는 엄청난 무공을 익히게 해 주겠다! 어떠하냐? 구미가 당기지 않느냐?"

공격하는 와중에도 끊임없이 조방에게 조건을 말하는 노

인이었다.

하지만 그 말은 오히려 조방을 화나게 했다.

"감히! 주군께서 하사하신 무공을 그따위로 말하다니! 내가 부족하여 대성하지 못한 것인데! 감히! 감히!"

엄청난 분노가 조방의 몸 안에 있던 화룡을 깨웠다.

화르르르르륵—!

조방의 몸 밖으로 분출된 엄청난 화기가 그의 몸을 감싸며 불타오르고 있었다.

세상의 모든 것을 불태울 듯한 거대한 불길.

그 모습이 너무도 아름다워 눈을 떼지 못하는 노인이었다.

"과, 과연! 이어져 내려오던 말이 사실이구나!"

하늘 아래 모든 것을 오만하게 바라보는 저 거대한 화룡.

욕심이 났다.

그러는 한편, 저런 강한 힘을 가지고도 남의 아래 있다는 사실에 분노가 치솟았다.

"그런데…… 이런 힘을 가지고도…… 뭐란 말이냐! 그런 충성심은! 이런 힘을 가졌으면! 오만하란 말이다! 세상을 아래로 보란 말이다!"

노인은 이러한 힘을 제대로 사용하지 못하는 조방이 너무도 안타까운지 소리를 질렀다.

"나의 주군은! 나 따위는 상대조차 할 수 없을 정도로 강하시고 자애로운 분이시다! 나 조방은 그분의 견마가 되어 그분에게 나의 목숨을 바친 지 오래다! 지금이라도 아까의 망발을 사과한다며 그냥 넘어가겠다!"

조방의 끝도 없는 저 충성심이 노인의 마음속에 반감을 불러일으켰다.

"내 너에게 진정으로 무서운 것과 달콤한 것을 보여 주어야겠구나!"

순간 노인의 기세가 일변하며 온몸에서 검은색 기운들이 솟구치기 시작했다.

"진정한 마도의 힘을 보여 주마! 그리고 깨어나면 너는 세상에서 가장 중요한 인물이 되어 있을 것이니…… 감사 인사는 그때 받도록 하겠다!"

갑작스럽게 등장한 마기(魔氣)에 조방은 당황했다.

한 번도 경험해 보지 않은 기운이었기에 더욱 당황한 것이었다.

'뭐, 뭐야! 저 검은색 기운은……? 마도라고? 설마, 저게 마기라는 건가? 잠깐 마기? 아니, 거기서 그게 왜 나와?'

그 잠깐의 당황이 조방을 패배하게 했다.

퍼억–!

순식간에 거리를 좁힌 노인이 조방의 혈을 내려친 것이었다.

"쯧쯧, 전투에서는 잠깐의 방심도 용납이 안 된다는 것을 너의 주인이 가르쳐 주지 않았나 보군."

희미해져 가는 정신 속에서 조방이 마지막으로 들은 말이었다.

기절한 조방의 몸은 언제 타올랐냐는 듯이 불길이 사라진 상태였다. 그러한 조방을 잠시 바라보던 노인은 화끈거리는 자신의 손을 움켜쥐며 말했다.

"천마강기(天魔剛氣)로 손을 보호했음에도 이러한 화기라니…… 역시 명불허전(名不虛傳)이군. 후후후."

그러고는 정신을 잃은 조방을 업고 어디론가를 향해 경공을 전개하는 노인이었다.

"뭐? 오늘도 안 들어왔다고? 아니, 벌써 팔 일째인데?"

천룡이 누군가의 말을 듣고 걱정스러운지 턱을 쓰다듬으며 말했다.

"못해도 사흘에 한 번은 들어와서 나에게 문안 인사를 올리던 조방이다. 그 삼 일도 죄송하다며 오체투지로 나에게 용서를 빌던 녀석인데……. 팔 일째 나타나지 않았다는 것은 무언가 일이 생긴 것이 분명하다."

천룡의 말에 무광 역시 이상함을 느끼고 말했다.

"맞습니다. 다른 건 몰라도 그 녀석의 충성심은 진심이니까요. 제가 수련하는 장소를 알고 있으니 같이 가 보시겠어요?"

무광의 말에 천룡이 고개를 끄덕이고 자리에서 일어났다.

"그래! 가 보자. 아무래도 걱정이 돼서 편히 쉴 수가 없다."

잠시 후, 무광을 따라 평소 조방이 수련을 한다는 깊은 산속으로 간 천룡은 폐허가 되다시피 한 풍경을 보았다.

"누군가와 격렬하게 싸운 것 같은데요?"

"……."

무광의 말에도 대답을 안 하고 심각하게 그곳을 바라보는 천룡이었다.

"근데…… 이 어렴풋이 남아 있는 기운은? 뭐지? 어디서 느껴 봤더라?"

"마기(魔氣)다!"

"……네?"

"이 흔적은 마공(魔功)이다!"

천룡의 단호한 말에 다들 꿀 먹은 벙어리가 된 채로 서 있었다.

그러다 무광이 혼란스러운지 나서서 말했다.

"자, 잠깐요! 아버지! 마, 마공이라니요! 그게 무슨 말씀이세요? 그…… 옛날에 마교(魔敎)에서 쓰던 그 마공요?"

"그래! 이 기운은 아주 잘 아는 기운이다. 기억은 안 나지만 마공은 확실하다!"

지금 이게 무슨 소리란 말인가?

거기서 마교가 왜 튀어나온단 말인가?

혈천교만으로도 골치가 아픈 마당에 마교라니?

거기에 마교는 사라진 지가 이미 수백 년은 지난 단체다.

물론 어디선가 그 명맥을 유지하고는 있겠지만, 수백 년간 그 모습을 드러낸 적도, 말이 나온 적도 없는 단체였기에 이렇게 당황하는 것이었다.

자신들도 서책이나 전해져 내려오는 구전(口傳)으로만 들었던 단체.

단일 세력으로 지상 최강이라던 단체.

특히나 천마대제라 불리던 마교의 교주는 고금제일인이라는 소리까지 듣는 사람이었다.

처음으로 중원통일을 한 단체.

그러한 단체가 어느 날 소리 소문 없이 사라졌다.

그 누구도 그들이 어디로 갔는지, 누가 그들을 그렇게 만들었는지 아는 이가 전혀 없었다.

"……."

다들 다시 입이 다물어지고 조용해졌다.

"격렬한 듯하지만, 조방은 제대로 대응하지 못하고 한 초식에 당했군."

그리고 한쪽 방향을 바라보며 말했다.

"희미하게 이쪽으로 이어져 있다. 그들이 있는 곳으로 간 것이겠지."

천룡이 바라보는 곳을 다 같이 바라보며 침을 꿀꺽 삼켰다.

자연스레 목적지가 정해지는 순간이었기 때문이었다.

"자, 잠시만요. 그래도 장원 사람들에게 소식은 전하고 가야죠."

그 말과 함께 장천을 바라보았다.

"네? 저요? 아니…… 그래도 제가 명왕인데……."

"네가 여기서 제일 약하잖아. 그러니 잔말 말고 가서 소식 전해."

"……네."

억울하지만 어쩌겠는가.

여기선 무력이 법인 것을.

투덜거리며 장원으로 달려가는 장천을 뒤로하고, 다들 옹기종기 모여서 앞으로 일을 의논하기 시작했다.

"일단 제가 아는 마교는 십만대산(十萬大山)에 있다고 들었습니다. 물론 아직도 그곳에 있을지는 모르겠지만, 아까 아버지가 바라본 방향으로 짐작했을 때 그나마 가장 유력한 장소입니다."

"유력한 장소이긴 하나, 말 그대로 십만에 달하는 산이 모여 있는 곳이라서……. 물론 그런 곳이니 여태까지 들키지 않고 명맥을 이어 왔겠지요."

"그 넓고 험한 곳을 다 찾아다닐 수 있을까요? 다른 방법이 없을는지……."

"일단 가자. 가서 마기 풍기는 놈들 잡아서 족치면 뭔가 나오겠지."

"저기 아버지…… 그 넓은 곳을 그런 식으로 뒤지시겠다고요? 걔들 수백 년을 숨어서 지내 온 애들이에요. 그렇게 쉽게 발견될 것 같으면 벌써 세상에 알려졌겠죠."

"나는 너희들이 느끼지 못하는 희미한 마기를 느낀다. 그러니 약간의 기운만 남아 있다면 쫓아가는 건 별로 어려운 게 아니야. 이 기운을 쫓다 보면 그놈의 무리가 나타날 것이고, 그 후로 그놈들을 패다 보면 대가리가 나오겠지."

"사부, 왜 이리 과격해지셨어요."

"화가 나서 그런다. 나를 좋아해 주고 충성으로 따르는 사람이 끌려갔어. 근데 나는 지금 아무것도 할 수 있는 게 없다. 그것이 너무도 화가 난다."

나직하게 말을 하고 있지만, 지금 천룡은 폭발하기 직전이었다.

다만 화를 낸다고 사태가 해결되는 것이 아니었기에 참고 있을 뿐이었다.

천룡의 말에 다들 동의를 하고 다시 의논하기 시작했다.

그렇게 한참을 서로의 의견을 나누고 조율하고 결정을 거의 다 내려갈 때쯤 장천이 소식을 전하고 돌아왔다.

"자, 그럼 출발하자. 더 늦으면 조방이 어찌 될지 알 수가 없으니."

"네."

조방을 잡아간 노인은 자신이 한 행동이 얼마나 엄청난 재앙을 불러들였는지 알지 못했을 것이다.

지금 강호 역사상 가장 무서운 재앙이 그들이 있는 곳을 향해 출발하였다.

십만대산의 수많은 산을 넘고 넘어, 깊숙한 곳에 거대한 절벽이 자리하고 있었다.

그 절벽은 사방이 둘러 자연이 만들어 낸 천혜의 요새였다.

겉으로 보면 그냥 하늘 높이 솟은 절벽이었지만, 그 안으로 들어가면 밖에서는 절대 보이지 않는 도시가 존재했다.

엄청난 넓이의 공간이 있었고, 그 공간엔 강과 풍요로운 들판이 펼쳐져 있었다.

하늘을 나는 새가 아닌 이상 이곳에 이런 풍경이 존재하고 있을 것이라고는 절대 상상하지 못할 것이다.

도시를 가로질러 중앙으로 가면 웅장한 성이 자리를 잡고 있었다.

성문 위의 전각에는 웅장한 글씨로 이 성이 어떠한 곳인지를 알려 주고 있었다.

천마신교(天魔神敎).

그 천마신교가 오늘은 매우 분주했다.

바로 자신들의 교주가 오랜 중원 여행을 마치고 돌아왔기 때문이었다.

오랜만에 도착한 천마의 등장에 모든 교인들이 나와서 부복했다.

"만마지존! 교주님을 뵈옵니다!"

온 광장이 울릴 정도로 우렁찬 함성이 울려 퍼졌다.

광장에 모인 사람들은 하나같이 강인한 표정을 지으며 절도 있는 동작으로 부복하고 있었다.

과거 천하제일의 단일 세력이라는 말이 허언이 아니었다.

그런 무인들의 환영을 받으며 광장을 당당히 가로지르는 천마였다.

십이대천마(十二代天魔) 구양진(歐陽進).

그의 어깨엔 한 사람이 축 늘어진 채 들려 있었다.

그런 천마 앞에 한 사람이 공손하게 두 손을 모으고 고개를 숙이고 있었다.

천마신교의 군사 백무위.

세상에 사라진 것으로 알려진 천마신교를 다시 부활시키기 위해서 모든 노력을 다한 자이다.

"교주님! 다녀오셨습니까!"

"허허허, 군사로군. 그래. 나 없는 동안 교에 별일은 없었지?"

"네, 교주님! 딱히 큰일은 없었습니다. 그런데 그 어깨에 있는 것은 무엇입니까?"

"화룡!"

구양진의 말에 군사가 동그래진 눈으로 뒤에 업힌 조방을 바라보았다.

"저, 정말이십니까? 정말로 존재하는 것이었습니까?"

"정말로 존재하더군. 대단했어! 나의 천마강기를 뚫고 들어오는 화기라니…… 하하하하."

"네? 천마강기를 뚫고……. 정말 대단하군요! 그럼 이제 성화를 피울 수 있는 것입니까?"

"그렇지. 군사가 정말 고생이 많았네."

"아닙니다. 성화만 원상태로 돌려놓을 수 있다면…… 저희도 이 빌어먹을 저주에서 벗어날 수 있겠죠?"

군사의 말에 구양진이 고개를 끄덕이며 말했다.

"전해져 내려오는 것이 사실이라면 그렇겠지. 지금 미약하게 타오르는 성화로도 자네의 고통이 줄어들지 않았는가."

"맞습니다, 하하. 제가 괜한 의심을 했나 봅니다. 이제 이분을 모시면 되는 겁니까?"

"그 전에 이 녀석을 우리 사람으로 만들어야 한다."

"네? 말하고 데려온 것이 아니었습니까?"

"아니 아직이다. 그리 쉬운 녀석이었으면 내가 이렇게 데리고 오지도 않았겠지. 이 녀석을 어찌 다스려야 할지를 고민해야 하네."

구양진의 말에 군사는 의아해하며 물었다.

"혹시 그냥 강제로 데려오신 겁니까? 말로 안 하고요?"

"강제로 데려올 수밖에 없었어. 아까 말했지 않았는가. 내 천마강기를 뚫고 들어왔다고. 이 녀석 쉬운 놈이 아니거든. 그래서 군사의 그 두뇌가 필요해."

"혹시…… 재물…….."

"으응, 그거 안 통해. 다 얘기해 봤어. 재물, 권력, 무공 다 안 통해."

"……아니, 그런 게 안 통하는 사람이 세상천지에 어디 있답니까?"

"안 통하는 정도가 아니야. 이 녀석…… 모시는 주인도 있더라고."

"네? 나오면 천하를 호령하고 천하의 주인이 된다는 화룡지체가요? 주인을 모셔요?"

"그렇더라고. 나도 뭐 황당했지만, 충성심이 장난이 아니야. 정말로 그 주인이라는 사람 얼굴 한번 보고 싶더라니까?"

"그 정도입니까?"

"응. 여기 오는 내내 깨어날 때마다 얼마나 발버둥을 치며 자신의 주군을 찾던지……. 어휴."

어이가 없었다.

세상에 재물, 권력, 힘을 거부하는 자가 있단 말인가?

"그 설득할 방법이 없을까?"

"일단 대화를 좀 해 봐야 할 것 같습니다. 언제쯤 깨어날 수 있겠습니까?"

"응? 지금 당장이라도 깨울 수는 있어. 근데 좀 시끄러울 수도 있으니 그 점은 알고 있게나."

"네?"

교주는 군사를 데리고 교주전으로 들어갔다.

그리고 바닥에 내려놓고 조방의 아혈만 풀어 주고 깨웠다.

"끄으응! 여기가 어디?"

정신을 차린 조방은 잠시 상황 판단을 하기 위해 고개를 이리저리 두리번거렸다.

그러다가 자신을 여기까지 데려온 구양진을 발견하고는 고래고래 소리를 치기 시작했다.

"당장 풀지 못하냐? 정정당당하게 붙어 보자니까! 아아아악! 너 때문에 우리 주군께 문안 인사도 못 드리고……. 크흐흐흐흑. 주군, 불충한 소신을 용서하십시오!"

깜짝 놀라 귀를 막은 군사는 조방의 울부짖음을 듣고는 구양진의 말이 사실이라는 것을 깨달았다.

"정말로 엄청난 충성심이군요. 보통 사람이라면 이 상황에서 저리 못 할 것인데. 자신의 목숨보다 주인의 문안을 먼저 생각하다니……."

"휴우, 오죽했으면 내가 이러겠나? 천하의 천마가 이렇게 쩔쩔매는 것을 선조님들이 아신다면…… 생각도 하기 싫군."

"그래도 교주님 덕에 저희가 이렇게 명맥을 유지하며 이어 갈 수 있었지 않습니까?"

그랬다.

천마신교의 천마는 힘의 상징이었다.

힘을 숭상하는 그들에게 힘은 곧 지위였기 때문이었다.

그러므로 그전의 천마들은 오로지 힘으로만 철권통치를 했다.

하지만 구양진은 그것을 과감히 버리고 포용과 아량을 베풂으로써 천마신교를 이어 나갔고, 그것이 지금처럼 신교를 일으켜 세울 수 있는 이유가 되었다.

물론 불만이 없는 것이 아니었다.

하지만 구양진에게 대들 자는 아무도 없었다.

구양진이 포용과 아량을 베푼다는 것이지 약하다는 것이 아니었기 때문이었다.

강함으로 치면 역대 천마들 중에서도 세 손가락 안에 들 정도로 초강자였다.

그랬기에 다들 아무 말 못 하고 따르는 것이다.

여전히 힘이 지배하는 천마신교였다.

"거참, 본좌의 얼굴에 금칠하는군."

"야! 이 새끼들아! 니들 얘기만 하지 말고 이거 풀어 달라고!"

쩌렁쩌렁 울리는 고함에 다시 인상을 찡그리는 군사였다.

천하의 신교 안에서 저리 난리를 치다니.

다른 이였으면 당장 목이 날아갔겠지만 조방에겐 그럴 수 없었다.

화룡지체가 자기들의 교주가 된다면 천마신교는 다시 한 번 세상을 지배할 수 있었기 때문이었다.

거기에 무엇보다 중요한, 꺼져 가는 성화를 피울 수 있는 유일한 사람이었다.

신교의 성화.

그 꺼지지 않는 불길은 오로지 화룡만이 피울 수 있었다.

천마신교는 그것을 피우는 것이 제일 급선무였다.

그 이유는 성화가 천마신교 교인들의 고통을 멈추게 해 줄 유일한 희망이었기 때문이었다.

사실 천마신교가 세상에 나가지 못하는 가장 큰 이유가 바로 저 고통이었다.

하늘이 내린 벌이라 불리는 천형.

원인조차 알 수 없는 고통.

그 고통을 줄여 주고 안정을 찾게 해 주는 것이 바로 성화였다.

그런데 그 성화가 꺼져 가고 있었다.

그러니 어떠한 굴욕이 있더라도 조방을 교주의 제자로, 그리고 자신들의 소교주로 만들어야 했다.

군사는 옷매무새를 잘 정돈한 뒤에 조방의 앞으로 나섰다.

"안녕하십니까! 이렇게 인사드리게 되어서 정말 송구합니다."

그러면서 포권을 하며 자신의 소개를 하였다.

"저는 이곳 천마신교의 군사직을 맡은 백무위(白武韋)라고 합니다. 천마신교에 오신 것을 환영합니다."

백무위의 말을 들은 조방은 순식간에 조용해졌다.

'응? 어디라고? 내가 방금 뭘 들었지? 어디서 많이 들어 본 단체인데?'

다시 한번 말해 달라는 표정으로 백무위를 쳐다보는 조방이었다.

"하하하, 하긴 놀라실 만도 하시겠지요. 천마신교라는 단체가 강호에서 사라진 지 오래됐으니까요."

"네? 처, 천마신교라고? 여기가? 진짜?"

뒤늦게 자신이 들은 말이 무엇인지 해석이 끝난 조방은 경악을 했다.

이게 무슨 일인가 싶었다.

"아니…… 천마신교에서 왜 저를?"

영문을 모르겠다는 표정으로 군사에게 설명을 요구하는 조방이었다.

군사는 조방에게 차분하게 설명을 시작하였다.

"저희 천마신교가 단일 세력 최강이라는 칭호를 받게 된 것이 바로 당신과 같은 화룡지체를 가진 교주님덕이었습니다. 그리고 그분이 돌아가신 그날 저희 신교는 오랫동안 잠들어 있어야 했지요……."

조방은 가만히 듣고 있었다.

책으로만 보던 천마신교의 역사를 알게 되는 순간이었기에.

한참을 천마신교에 대해 말하는 군사였다.

"……해서 그 후로도 저희는 부활을 위해 끊임없이 노력을 해 왔지요. 이제 곧 세상에 저희가 그 모습을 드러내려 했습니다. 그런데 한 가지……."

"무엇이오?"

조방이 물었다.

"소교주 자리가 공석입니다. 하여 저희 교주님께서 제자를 물색하러 중원에 나가셨지요. 나가셔서 발견해 오신 분이 바로 당신입니다. 어떠십니까? 저희가 세상에 나가는 순간 중원의 모든 사람이 저희에게 머리를 조아릴 것입니다. 지금 그런 곳에 차기 교주 자리를 권해 드리는 겁니다."

군사는 먼저 권력으로 유혹하기 위해 차기 교주 자리라는 먹이를 던졌다.

옆에서 교주 역시 고개를 끄덕이고 있었다.

이 정도면 그래도 마음이 동하겠거니 생각했다.

그러나.

"하하하하하! 뭐? 중원을 정복한다고? 하하하하!"

대놓고 비웃고 있었다.

아니, 교주 자리에는 전혀 관심이 없어 보였다.

조방의 웃음에 울컥한 교주가 손에 마기를 끌어 올리며 손을 쓰려 했다.

군사는 재빨리 그런 교주를 막으며 말했다.

"참으시지요. 처음부터 쉽지 않을 것으로 생각하지 않으셨습니까."

"크윽!"

얼굴이 빨개진 채로 고개를 돌리는 교주였다.

군사 역시 화가 났지만, 꾹 참고 조방에게 물었다.

"무엇이…… 그리도 웃기시는지요?"

군사의 물음에 조방이 코웃음을 치며 말했다.

"하하, 당신들 지금 엄청난 잘못을 저지르고 있는 거요. 중원을 정복해? 하하, 지금 중원이 얼마나 강해졌는지 모르시오?"

"잘 알고 있습니다."

"잘 알고 있다고? 역대 최고의 호황을 누리고 있는 것이 현재 중원이오. 그런데 그런 중원을 정복한다?"

"그건 우리의 진정한 힘을 그대가 몰라서 그러는 것이오. 우리의 진정한 강함을 알게 된다면 내가 하는 말이 얼마나 진실한 이야기인지 알게 되겠지요."

"진정한 힘? 그렇군. 진정한 힘이라."

조방에게 설득이 먹히나 싶었다.

"진정한 힘이 있으셨군. 맞아. 나의 주군! 하하하. 자네들은 죽었다가 깨어나도 절대 중원을 정복하지 못해. 왜냐고? 바로 나의 주군께서 계시기 때문이지!"

조방의 말에 군사가 발끈하며 말했다.

"도대체 그대의 주군이 누구이길래 이런단 말이오! 무황이오?"

"무황? 하하하하! 아니."

아니, 지금 중원에서 가장 강한 자가 무황인데 그가 아니라니.

"그게 무슨 말이오. 무황이 중원제일인이 아니오?"

"아니오! 무황께서도 강하긴 하시지. 하지만 나의 주군은 신이시오."

조방의 말에 군사가 내린 결론은 하나였다.

'무언가에 단단히 세뇌되었군. 저자의 주군이라는 자는 조방이 화룡지체라는 것을 알고, 세뇌를 걸어 놓은 것 같다. 그렇다면 말로는 안 되겠군.'

그렇게 결론을 내리고 물었다.

"당신의 주군은 당신이 화룡지체인 것을 아시나요?"

"암! 알고 계시오."

"그럼 그자가 당신을 세뇌해서 이용하려 한다는 생각은 해 보지 않으셨는지?"

그 말에 조방이 벌떡 일어났다.

그리고 살기 가득한 눈빛을 발산하며 말했다.

"감히 나의 주군을 그리 말하다니! 이용? 그렇다! 주군께 서는 나를 양껏 이용해도 되신다! 그런데 세뇌? 나의 주군을 그런 치졸한 행동을 하는 분으로 생각하다니……."

저 정도 충성심이면 과했다.

누가 저런 맹목적인 충성심을 보인단 말인가.

누가 봐도 정상은 아니었다.

─교주님, 아무래도 단단히 세뇌를 당한 것 같습니다. 일단 저희 쪽에서 역 세뇌를 시켜 앉히는 수밖에 없을 것 같습니다.

교주에게 전음으로 내용을 알려 주는 군사였다.

군사의 말에 교주가 고개를 끄덕였다.

그때 누군가가 다급하게 달려왔다.

"감히 누가 교주님 앞에서 살기를 드러내느냐!"

"어떤 시부랄 놈이 우리 교주님께 이런 젓 같은 기운을 내 뿜냐?"

두 명이 동시에 나타나 조방을 공격했다.

교주가 왔다는 소식에 달려온 천마신교의 육대마군 중에 둘이었다.

"멈춰라!"

교주가 다급하게 말렸지만 늦었다.

그들의 검과 도가 조방을 향해 날아가고 있었으니까.

점혈이 되어 움직일 수 없는 조방.

쐐애애액-!

순식간에 목이 날아갈 위기에 처했다.

그때.

화르르르륵-!

거대한 화염이 조방의 몸에서 치솟았다.

화염은 용의 형상을 하며 뜨겁게 교주전을 달구었다.

퍼펑-!

화룡의 기운에 공격이 막힌 둘이었다.

"크윽! 무, 무슨?"

"뭐, 뭐야? 저 괴물은?"

한편 조방의 몸에서 나온 화룡을 처음 본 군사는 황홀한 표정을 짓고 있었다.

'저것인가? 우리 신교를 지켜 주던 성화의 본질이? 그리고 과거 중원을 정복했던 천마대제의 모습이? 과연…… 명불허전이구나.'

그리고 그 불길에 자신의 고통이 사라지는 것을 느꼈다.

오랫동안 괴롭혀 오던 그 끈질긴 고통을.

이래서 과거에 중원 진출이 가능했던 것이었다.

천마대제의 불길은 그들의 고통을 줄여 주니까.

성화가 없어도 바깥으로 나갈 수 있었다.

한편 교주는 다급하게 다가가 다시 점혈하고 조방을 잠재웠다.

털썩-!

순식간에 화룡이 사라지고 고요함만이 남았다.

"내가 항상 상황을 먼저 파악하고 공격하라 하지 않았느냐! 다행히 아직 약했기에 망정이지 하마터면 여길 전부 날릴 뻔했다!"

갑작스러운 공격에 교주가 화를 냈다.

그러자 한 마군은 엎드려 머리를 찍으며 용서를 빌었다.

쿵쿵-!

"요, 용서를…… 감히 교주께 살기를 내보이길래 저도 모르게 그만."

다른 마군은 오히려 대들 기세로 말했다.

"우리 교주께 그딴 살기를 날리는 놈을 그냥 둡니까? 목을 쳐야죠."

둘의 말에 교주가 머리를 짚었다.

이 둘은 충직하긴 한데 성격이 다급한 것이 흠이었다.

미워할 수 없는 자들이라 그냥 넘어가기로 한 교주였다.

전대 교주들이었으면 바로 이들의 목을 쳤을 것이다.

"되었다. 다음부터 상황을 먼저 파악하고 공격하거라."

"충!"

그중 한 명이 고개를 들어 물었다.

"교주님, 방금 그것이 무엇입니까?"

검을 날린 자가 물었다.

"화룡지체."

"맙소사! 그럼 이제 성화를 피울 수 있는 것입니까?"

"이제 우리 애들도 세상에 나갈 수 있게 되는 것입니까?"

"아마도. 일단 제일 좋은 방에 눕혀라. 그리고 정성을 다해 모셔라."

교주의 말에 둘 역시 감격한 표정으로 답했다.

"네! 알겠습니다."

"우리 신교의 미래다. 그러니 조심 또 조심해서 데려가도록."

"존명!"

들어온 둘은 조방을 조심스럽게 들쳐 메고 교주전을 나갔다.

"군사는 준비 철저히 해서 저자를 반드시 우리 쪽 사람으로 만들라."

"존명!"

⊱

조방이 잡혀 온 지 십 일이라는 시간이 지났다.

군사는 종종걸음으로 교주전으로 향했다.

"오, 그게 정말인가?"

교주전에 도착하자마자 보고한 내용에 교주가 반색하며 반겼다.

"네! 이제 모든 준비가 완료되었습니다. 대법을 시행하기만 하면 그는 천마신교의 사람이 될 겁니다."

"하하하하, 좋다! 좋아! 이로써 모든 것이 완벽해지는구나! 이제 긴 고통의 시간이 끝나는군."

"언제 시행을 할까요?"

"지금 당장! 한 시라도 빨리 우리 사람으로 만들도록! 다른 것은 모르겠으나 성화는 한 시가 급하다."

"존명!"

교주의 허락을 받은 군사는 서둘러 교주전을 나갔다.

혼자 남은 교주는 행복한 상상을 하며 앉아 있었다.

"드디어…… 노력의 열매가 맺어지는 것인가? 이제 우리 신교가 세상에 당당히 모습을 드러낼 날이 오는 것인가? 하하하."

그리고 자신의 앞에 있는 술을 따라 단숨에 들이켜는 교주였다.

한편 교주의 허락을 받은 군사는 조방이 머무는 방으로 이동했다.

그곳에는 수많은 약초와 단환들, 약병들이 가지런히 놓여 있었고, 그 옆에는 기다란 장침과 봉침, 시침 등이 줄줄이 놓여 있었다.

잠들 듯이 누워 있는 조방의 주변으로 의원복을 입은 자들이 둘러싸고 있었다.

"시행하라."

방 안으로 들어온 군사의 말에 바로 움직이는 의원들이었다.

순식간에 조방의 몸에 수백 개가 넘는 침들이 꽂혔다.

조방의 입으로는 끊임없이 약들이 들어가고 있었고, 그의 머리에는 알 수 없는 향이 피워져 있었다.

"얼마나 걸리더냐?"

"시간은 금방 됩니다."

의원들의 말에 군사가 고개를 끄덕였다.

군사의 이마에는 땀이 흐르고 있었다.

그때.

콰콰쾅-!

우르르르-!

갑작스러운 폭발 소리와 함께 전각이 진동하며 먼지들이 떨어졌다.

"뭐, 뭐야?"

군사가 놀란 눈을 하고 방문을 열어 젖혔다.

"무슨 일이냐!"

"지금 당장 알아보겠습니다!"

서둘러 나가는 수하를 보고 군사가 다시 방 안으로 눈길을 돌리며 외쳤다.

"심상치가 않다. 어서 대법을 마무리해라!"

"네!"

의원들이 분주하게 움직이기 시작했다.

군사의 눈이 점점 초조하게 변해 갔다.

그 무렵 천마신교의 성문 앞.

그곳에는 네 명의 남자가 박살이 난 성문과 자욱한 먼지를 뒤로한 채 서 있었다.

조방을 찾아 이곳까지 온 천룡과 제자들이었다.

한편 엄청난 굉음에 놀란 수천의 마교인들이 달려 나왔다.

그리고 천룡 일행을 둘러싸고 있었다.

"네놈들은 누구냐!"

"이곳이 어떤 곳인 줄 알고 온 것이냐?"

"지금 너희들이 한 짓이 얼마나 엄청난 짓인지 아느냐?"

각자가 자기 할 말을 하며 이 네 사람을 압박했다.

그러자 천룡이 외쳤다.

"당장 내 수하를 내놓아라."

우웅– 우웅––!

나직하게 말한 듯했는데 어찌나 내공이 강한지 사방이 울렸다.

"크흑! 어, 엄청난 내공이다!"

"모두 긴장해라! 엄청난 고수다!"

단지 말했을 뿐인데 마교 무사들이 휘청거렸다.

말로는 안 될 것으로 보이자, 천룡이 팔을 걷어붙이고 본격적으로 나서려 하는데 무광과 제자들이 말렸다.

"아버지, 저런 잔챙이들은 저희가 상대하겠습니다."

"맞습니다. 사부님은 그저 뒤에서 지켜보시면 됩니다."

"사형들, 저 먼저 갑니다!"

성격 급한 태성이 제일 먼저 뛰어 들어가 마교 무인들을 향해 장력을 날렸다.

후웅—!

퍼퍼펑—!

"크아아악!"

태성이 날린 장력에 수십 명이 공중으로 날아갔다.

"살다 살다 마교를 상대하는 날이 오는구나!"

그러면서 무광 역시 달려들었다.

"막아라! 저 무도한 놈들을 처단하라!"

마교인들은 최선을 다해 무광과 제자들을 막았다.

하지만 역부족이었다.

일개 말단 무사들이 막을 수 있는 전력이 아니었다.

양 떼 속에 들어간 대호(大虎) 무리가 이러할까?

반항도 못 하고 수수깡처럼 쓰러져 가는 마교 무인들이었다.

파아앙-!

그때 누군가가 태성의 장력을 막았다.

"네놈들은 누구냐!"

태성의 장력을 막은 자가 이글거리는 눈빛으로 태성을 노려보며 물었다.

다른 곳에선 무광과 천명 역시 누군가와 대치하고 있었다.

다들 자신의 앞에 두 명씩 대치하고 있었다.

무광과 천명, 태성은 자신들의 공격을 막은 이들에게 흥미가 생겼다.

삼황이 된 후로 자신들의 공격을 이렇게 막은 자는 정말로 드물었기 때문이었다.

더욱이 지금은 그때보다 더 경지가 올랐다.

그런 자신들의 공격을 막은 것이다.

그 말은 이들이 정말로 마교의 핵심이라는 소리였다.

"호오! 막아?"

"하하, 역시 마교라고 해야 합니까?"

"간만이네요. 누군가에게 공격이 막히는 건."

셋은 마치 재미난 장난감이 나타난 것처럼 말하고 있었다.

제五장

그 모습에 나타난 자들이 분노의 눈빛을 하며 말했다.

"우리를…… 우습게 보는 것이냐? 우리는 천마신교를 지키는 육대마군들이다!"

육대마군.

신교를 지키는 여섯 가문의 수장들이다.

대대로 이들의 무공은 교주를 제외하고 상대할 사람이 없을 만큼 강했다.

역사에 의하면 중원을 침공할 때 이들이 선두에 나서서 공포에 몰아넣었다고 되어 있었다.

그래서 마교보다 중원에서는 육대마군이 더 유명했다.

"육대마군? 우와, 정말이네?"

"그러게요. 정말 존재하는 거였네요."

"책에서 보던 자들을 만나니 감회가 남다른데요?"

오히려 신기한 눈으로 쳐다보는 제자들이었다.

그 모습에 분노가 치솟은 육대마군들이었다.

육대마군들은 주변에 있는 교인들에게 큰 소리로 외쳤다.

"모두 최대한 멀리 물러서라! 지금부터 우리의 공격에 휩쓸리기 싫으면!"

그의 말에 순식간에 광장에서 멀어져 거리를 두는 교인들이었다.

무광은 그 모습을 바라보다가 말했다.

"아니, 우리는 그냥 사람만 찾으면 된다니까?"

무광의 말에 거대한 도를 든 자가 웃으며 말했다.

"크하하하, 뭐라? 지금 이 난리를 쳐 놓고 고작 한다는 개소리가 사람만 찾으면 된다?"

"진짜야. 사람만 찾으면 그냥 가 줄 수도 있어. 물론 그 사람이 멀쩡하다는 전제하에."

"인제 와서 겁이 나는 것이냐?"

그 말에 핏줄이 솟은 무광이 물었다.

"너 이름이 뭐냐?"

"크하하, 왜? 이제야 존경심이 싹트는 것이냐? 좋다! 귀를 활짝 열고 잘 듣거라! 나는 도마군 육강생이다!"

"아, 도마군 육강생. 묘비에 그렇게 적어 주면 되냐?"

"뭐?"

도마군이 반문을 할 때 순식간에 그의 앞으로 이동한 무광이 웃으며 말했다.

"내가 이쁘게 새겨 줄게. 네 이름."

콰쾅-!

"크헉!"

무광의 공격에 순식간에 날아간 도마군이었다.

그런데 무광이 놀란 얼굴을 하고 서 있었다.

"어허…… 그걸 막고 역공을 해? 제법이잖아?"

그러면서 얼얼한 자신의 손을 바라보았다.

혈천교 이후로 오래간만에 느끼는 기분이었다.

활기가 돌아온 기분.

과거 혈천교와 싸움에서 느끼던 그 기분.

오랫동안 잊고 있었던 그 느낌이 무광의 온몸을 덮쳐 왔다.

"하하하, 이것 참. 오래간만에 진지하게 싸워 보겠구나."

무광의 눈이 진중하게 변했다.

무광은 자신의 사제들에게 말했다.

"만만한 놈들이 아니다. 방심하지 마라."

다들 고개를 끄덕이며 표정이 진지하게 변했다.

한편 도마군이 날아가는 모습을 본 나머지 육대마군 역시 진지한 표정으로 바뀌었다.

방금 무광의 한 수에 얼마나 강한지 느낀 것이다.

"일대일은 안 될 것 같소. 합공합시다."

푸른 기운이 감도는 피부를 가진 독마군이 말하자 옆에 빨간 가죽장갑을 낀 권마군이 고개를 끄덕이며 말했다.

"둘이면 상대해 볼 만하겠지."

독마군과 권마군이 태성을 맡았다.

"우리 역시 합공합시다."

검을 들고 있는 검마군의 말에 섭선을 들고 있던 환마군이 고개를 끄덕이며 답했다.

"좋습니다."

이들은 천명을 맡았다.

그리고 바닥에서 일어나 먼지를 털던 도마군이 웃으며 말했다.

"나는 혼자도 해볼 만하겠는데? 크크크."

"그럼 혼자 하시오."

창마군이 창을 거두고 뒤로 물러섰다.

"아니…… 그래도 둘이 하면 더 좋고……."

딱 봐도 당황한 표정으로 말하는 도마군이었다.

그런 도마군을 보며 창마군이 피식 웃으며 다시 창을 무광에게 겨눴다.

그 모습에 무광이 크게 웃으며 말했다.

"크하하하하. 무황이 된 이래로 이렇게 긴장을 해 보는 게 얼마 만인지!"

그 소리에 다들 놀랐다.

"무, 무황?"

"무슨 소리냐!"

"당신이 무황이라고?"

무광의 말에 다들 놀라 물었다.

"내가! 바로! 중원의 무황이다!"

당당하게 선포를 하자 천명과 태성 역시 자신의 정체를 밝혔다.

그러자 오히려 즐거워하는 육대마군이었다.

"그렇지! 그래야지! 어쩐지 강하다 했더니! 하하하하. 역시 명불허전이구려."

"크하하하하. 이거, 이거 영광이오! 천하에 명성이 자자한 삼황을 상대하게 되다니! 이거야말로 꿈같은 일이 아니오!"

"하하하하, 어제 돼지꿈을 꾸었더니 이런 일이 생기는구나!"

"좋구나! 좋다! 크하하하! 그럼 그렇지. 우리로 하여금 합공하게 만드는 자들이 평범한 자들일 리가 없지."

서로가 웃으며 즐거워했다.

멀리서 보면 미친놈들 같았다.

하지만.

실상은 무시무시했다.

콰콰쾅─!

거대한 폭음이 들려왔다.

폭음이 들려온 곳에선 도마군이 날린 도가 무광의 손에 막혀 있었고, 창마군이 찌른 창은 옆구리에 잡혀 있었다.

"이제 시작해 볼까?"

무광의 몸에서 거대한 내공이 터져 나왔다.

후웅─!

엄청난 내공에 밀려난 두 마군.

"크크. 역시 명불허전!"

"역시 대단! 이제 무황의 성명 절기인 무극신공(無極神攻)을 견식 하는 건가?"

창마군의 말에 무황이 웃으며 말했다.

"그전에 한 가지만 물어보자. 혹시 여기에 화룡지체 오지 않았냐?"

무광의 물음에 도마군이 답했다.

"그게 신경 쓰이시오?"

도마군의 말에 무광이 고개를 끄덕였다.

"제대로 된 싸움을 위해 말해 주지. 그분은 지금 숙소에 계시오."

"그분?"

"그렇소. 우리의 소교주님이 되실 분이시지."

"허……"

그 말에 천룡을 바라보며 전음을 날렸다.

-아버지. 무슨 말인지는 모르겠지만 조방을 저리 높여 말하는 걸 보니 딱히 걱정 안 해도 될 것 같습니다.

무광의 말에 표정이 살짝 풀리며 고개를 끄덕이는 천룡이었다.

천룡은 곧바로 기감을 펼쳐 조방을 찾기 시작했다.

조방을 찾는 사이, 세 제자와 육대마군의 전투가 시작되었다.

사방에서 폭음이 울려 퍼지고 진동이 울렸다.

퍼퍼펑-!

콰콰쾅-!

쩌정-!

쉽게 승부가 날 것이라 생각을 했는데 육대마군은 생각보다 강했다.

벌써 수십 합을 나누고 있었다.

무광이 즐거운 표정으로 말했다.

"크크크. 정말 오랜만이다. 이렇게 박진감 넘치게 싸운 것은."

그리고 양손에 거대한 기운을 모으기 시작했다.

이렇게 활기찬 무광과 달리 반대편에 있는 도마군과 창마군은 지쳐 가고 있었다.

"조심해! 무언가 심상치 않은 게 온다!"

창마군의 경고에 도마군이 자신의 도를 움켜잡고 무광을 주시했다.

"하앗! 무극폭풍격(無極暴風擊)!"

쿠아아아―!

무광의 손에서 떠난 강력한 기파가 도마군과 창마군을 향해 쏟아졌다.

"크윽! 마도강산(魔道罡傘)!"

도마군의 도가 엄청난 속도로 원을 그리며 휘둘러졌고 그 앞에 우산 모양의 강기가 생겨났다.

"일점중쇄(一點中碎)!"

창마군의 창강이 무광의 기운을 향해 집중되었다.

투콰콰콰콰―!

쩌저정―!

무광이 날린 거대한 기의 폭풍을 둘이 합세하여 분산시키고 있었다.

"크아악!"

"버텨!"

"하압!"

푸하하학―!

간신히 무광의 기운을 분산시킨 그들.

무광이 그 모습을 보며 칭찬했다.

"하하하, 대단하구나! 무극신공 후반 삼 초식 중 하나를 막다니."

웃고 있는 무광과는 달리 죽을 맛인 도마군과 창마군이었다. 무광의 공격을 분산시키느라 엄청난 내공을 소모한 것이다.

'괴물이라고는 들었지만…… 이건 소문보다 더하지 않은가.'

'중원의 저력이 이리도 강했단 말인가?'

둘은 처음과는 달리 정말로 경악하고 있었다.

말로만 들었던 무황의 진정한 힘을 느낀 것이다.

심지어 자신들은 둘이 덤비고 있었다.

그런데 자신들과 달리 무광은 지친 기색이 없었다.

무광이 그런 그들을 보며 말했다.

"다음 초식은…… 안 되겠고. 그래! 좋다! 보여 주지. 내가 왜 무황인지를."

그 말은 최후의 초식을 보이겠다는 뜻이었다.

겨우겨우 몸을 가누고 있는 도마군과 창마군에겐 절망의 소리였다.

하지만 예상외로 그들의 눈빛은 초롱초롱했다.

"크크크크. 한 세상 태어나 오늘처럼 기쁜 날이 또 어디 있단 말인가."

"그렇지. 하하하, 오시오! 보여 주시오! 최강자라 불리는 자의 모습을!"

역시 힘을 중시하는 천마신교의 무인들다웠다.

그 모습에 무광 역시 기꺼운 마음으로 받아들였다.

하얀 이를 보이며 활짝 웃는 무광이었다.

"오냐! 간다."

그런데 기대와 달리 무광의 움직임이 평온했다.

움직이는 듯 아닌 듯한 모습으로 그들을 바라보며 말했다.

"고생했다. 좀 쉬어라."

"무슨?"

갑자기 뜻 모를 소리를 하는 무광.

퍼퍽-!

퍽-!

"커억!"

"크어억! 이, 이게 무……슨?"

털썩-!

쓰러진 그들에게 궁금증에 대한 답을 해 주는 무광이었다.

"무극무심권(無極無心拳). 심권(心拳)이라 보면 된다."

그리고 크게 기지개를 켜고 천룡이 있던 자리를 보았다.

천룡은 이미 사라지고 없었다.

"그놈 찾으러 가셨나 보군."

천하에 천룡을 어찌할 사람이 없으니 이리 태평한 것이다.

눈을 돌려 자신의 사제들을 보았다.

거기도 이미 싸움이 끝나 가고 있었다.

"미친! 환술을…… 검으로 깨다니! 이게 가능하단 말인가!"

"과연! 대단하오! 하하하. 역시 검의 하늘답소!"

자신의 환술을 순수 검술로 깬 검황에게 경악하는 환마와 그런 검황을 존경 가득한 눈으로 바라보는 검마군이었다.

그런 그들에게 천명은 조화십검의 최후 초식인 십검합일로 보답했다.

천명의 십검합일에 검마군과 환마군이 성 벽 끝까지 날아가 부딪힌 후 기절했다.

그 옆에선 태성의 뇌화풍천도 최후초식인 뇌화풍도에 권마군과 독마군이 피를 토하며 쓰러지고 있었다.

육대마군의 패배.

장내는 조용했다.

그것을 지켜보던 모든 마교인들은 침을 꿀꺽 삼켰다.

육대마군이 누구던가.

교주를 제외하고 마교를 지탱하는 기둥들이다.

그런 자들이 합공했음에도 불구하고 저 세 사람을 이기지 못했다.

누가 그랬던가.

지금 마교의 힘이면 중원 정복도 가능하다고.

거짓이었다.

지금 그 현실을 마주하고 있었다.

이제 남은 희망은 오로지 하나였다.

자신들의 교주.

그들의 마음을 들었던가?

천마신교의 십이대천마(十二代天魔) 구양진(歐陽進)이 무서운 표정으로 하늘에서 내려오고 있었다.

사실 진작 왔지만 육대마군을 믿었기에 상황을 지켜보고 있었다.

패배할 때도 지켜본 것은 바로 이곳이 마교이기 때문이었다.

힘이 곧 진리인 곳.

저들은 힘에 진 것이기에 교주는 그들을 내버려 둔 것이다.

그렇다고 저들을 이대로 곱게 보낼 수는 없었다.

그것은 곧 마교의 자존심 문제였기에.

"그대들이 소문으로 듣던 삼황이군. 이곳엔 어쩐 일이지?"

우우웅─!

교주의 엄청난 내공에 사방이 진동했다.

"역시 교주인가? 거의 나랑 동급인데?"

"엄청나게 강합니다."

"저보다 강한 거 같은데요?"

교주 구양진이 땅에 착지했다.

이글거리는 눈으로 세 사람을 바라보았다.

"역시 명불허전이라 해야 하나? 사람들이 왜 너희들을 가리켜 지상 최강의 세력이라고 하는지 알겠군."

무광의 말에 교주가 웃었다.

"고맙다고 해야 하나?"

"아니, 그냥 그렇다고. 우리는 그저 우리 식구를 찾으러 왔을 뿐 여기와 큰 감정은 없다."

"식구?"

"화룡. 알 텐데?"

"역시! 네놈이 주군이었구나! 그럴 줄 알았다."

"뭐?"

"그놈이 그러더군. 자신의 주군은 중원제일인이라고."

"하하하, 그건 맞는 말이지! 암!"

무광의 말에 교주는 인정을 한 것이라 오해했다.

"그러나 어쩌겠는가? 이미 우리 식구가 되었는데…….."

"뭐?"

"하하하, 이제 그는 우리 신교의 식구다."

아까부터 이해 못 할 소리를 지껄이고 있었다.

"맞다! 아까 너희 애들이 소교주 어쩌고 하던데…….. 설마?"

"하하, 그래. 그는 우리 신교를 이어받을 소교주가 될 것이다."

교주의 말에 답변은 엉뚱한 곳에서 들려왔다.

"누구 맘대로?"

갑작스럽게 들려온 소리.

화들짝 놀라서 뒤를 돌아보았다.

자신과 대화하던 삼황도 자신의 이목을 피하지 못했는데 그런 자신이 느끼지도 못하게 나타났다니 믿을 수가 없었다.

뒤돌아보니 그곳에는 한 청년이 조방을 안고 서 있었다.

천룡이었다.

교주는 천룡을 보고 경악했다.

그는 느낄 수 있었다.

내면에 있는 천룡의 진정한 모습을.

그리고 천룡의 진정한 강함을.

"어, 어찌…… 그, 그대는 사람이오?"

자신도 모르게 두려움에 뒷걸음질을 치는 교주였다.

천마가 된 이후로 이렇게 큰 공포를 느낀 적이 없었다.

그 말에 천룡이 호기심을 보였다.

"호오, 내 힘을 느껴?"

호기심에 조방을 바닥에 내려 두고 살짝 기세를 풀었다.

"크으윽! 마, 말도 안 돼! 어찌 인간의 몸에 이런 힘이!"

살짝 풀어진 천룡의 기운에 더더욱 경악하는 교주였다.

온몸에 식은땀을 흘리며 아무것도 할 수가 없었다.

절대자.

말 그대로 절대자였다.

말 그대로 세상을 굽어 살피는 자였다.

그리고 조방이 말한 것이 기억났다.

자신의 주군은 신이라고 한 것을.

그것은 사실이었다.

그때 조방이 눈을 떴다.

그런데 조방의 상태가 이상했다.

눈동자가 없었고, 이지를 상실한 모습이었다.

대법이 끝나기도 전에 천룡이 데리고 나와서 생긴 부작용
이었다.

"크르르르!"

조방의 입에서 짐승의 소리가 흘러나왔다.

"크아아아악!"

그리고 굉음을 내지르며 튀어 나가더니 사방을 공격하기
시작했다.

화르르르륵-!

거대한 화룡이 모습을 드러내며 주변을 초토화하기 시작
했다.

콰콰쾅-!

화르르륵-!

콰르르르-!

그 모습을 본 천룡이 고개를 흔들며 막으려는 찰나 강렬한
기억이 그의 머리를 강타했다.

"크윽!"

-세상의 모든 것들은 다 태우겠소!

-이것은 벌이오! 중원 놈들이 우리 교인들에게 그동안 저지른 악행의 벌!

천룡의 기억 속에 한 남자가 세상을 돌아다니며 불태우고 있었다.

그는 조방과 같이 화룡을 다루고 있었다.

-나 천마대제는 신교의 수호자다! 그러니 절대로 당신에게 질 수 없다!

천마신교의 창시자이자 신교 역사상 가장 강한 무인.

천마대제.

그가 천룡을 만났다.

기억 속에서 그는 자신에게 끊임없이 덤볐다.

이를 악물고 악착같이.

-어, 어찌 이런 강함을! 네놈이 정녕 인간이더냐?

기억 속의 남자가 자신을 보며 경악하고 있었다.

-너희들의 악행이 하늘을 찌르는구나. 그 힘은 내가 거두

어 가겠다.

–멈추시오!

–우리도 억울하다! 어찌 사정을 듣지도 않는 것이냐!

–다, 당신이야말로…… 악마요.

그리고 기억 속에 자신은 신교 곳곳에서 화려하게 불타오르고 있는 성화를 향해 다가갔다.

–앞으로 수백 년간 천마라는 이름이 세상에 나오지 못하게 만들어 주지.

–그만! 그만하시오! 내가 정신이 나갔었나 보오! 그만!

–당신도…… 세상이 정해 준 잣대로만 선악을 판단하는구려. 그러한 힘을 가지고 있으면서…….

–너희들이 아무리 그래도 죄악이 사라지는 것은 아니다. 이딴 불꽃 따위를 믿고 악행을 저지르다니……. 두 번 다시 이런 짓을 하지 못하도록 이건 내가 회수해 가지.

성화의 불길을 모두 꺼뜨려 버리는 자신이었다.

–제발! 그것만은! 그것은 우리들의 불치병을, 하늘이 내린 저주를 치료해 주는 유일한 희망이오! 제발! 두 번 다시 이곳 천산을 벗어나지 않겠소! 당신의 노예가 되라면 되겠소. 그러니

제발, 제발!

사방에서 자신을 바라보며 간절하게 비는 사람들의 모습
이 떠올랐다.

저마다 눈물을 흘리며 무릎을 꿇고 싹싹 비는 사람들.

─부디부디 자비를 베풀어 주십시오! 부디!
─이건 내가 너희에게 내리는 벌이다. 그러니 달게 받도
록…….
─아아악! 당신이야말로 악인이다! 누구의 잘못인지 확인
을 하는 것이 먼저 아닌가? 언젠가 당신은 당신이 한 행동에
대한 그 벌을 받을 것이다!

그리고 사방에서 울부짖는 소리를 뒤로하고는 그곳을 빠
져나오는 장면으로 모든 기억은 끝이 났다.

식은땀으로 몸이 범벅이 된 천룡을 걱정스럽게 바라보고
있는 제자들이었다.
"아버지!"
"사부님!"

"사부! 괜찮으세요?"

세 제자의 말에 천룡이 고개를 끄덕이며 다시 고개를 들었다.

눈앞에는 폭주한 조방과 화룡이 보였다.

천마는 조방을 막기 위해 동분서주하고 있었다.

"크으윽! 이런 힘이라니!"

천하의 천마마저 당황하게 하는 힘이 바로 화룡이었다.

천룡은 그런 것은 아랑곳하지 않고 조방을 향해 걸어갔다.

일단 조방을 진정시키는 것이 먼저였다.

"안 됩니다! 아버지!"

"사부님! 조심!"

천룡과 눈이 마주친 조방.

역시나 곧바로 천룡을 공격하려는 동작을 취했다.

그런데 더는 움직이지 않는 것이다.

"조방아, 내가 왔다."

천룡이 조방을 부르자 놀랍게도 움직임을 완전히 멈췄다.

광기에 사로잡혔던 눈빛도 가라앉고 있었다.

"너의 주군이 왔는데 인사도 하지 않을 셈이냐."

"크르륵."

계속 움찔거리며 이러지도 저러지도 못하고 있었다.

내면에서 엄청난 싸움이 일어난 듯 보였다.

그런 조방의 어깨를 붙잡고 천룡이 말했다.

"날 기억 못 하는 것이냐? 충심을 다 한다더니 거짓이었구나."

천룡의 말에 반응하는 조방이었다.

정신이 나간 상태에서 놀랍게도 천룡을 알아본 것이다.

"크르르……. 주……구운. 크으윽!"

조방의 입에서 주군이라는 단어가 나왔다.

그 모습에 교주를 비롯한 모든 사람이 경악했다.

"마, 말도 안 돼! 이성을 잃은 상태에서 누군지를 알아보다니!"

"어, 얼마나 충성심이 강해야 저럴 수 있단 말이냐!"

조방의 눈동자가 서서히 돌아오기 시작했다.

털썩-!

정신이 돌아오면서 그 자리에 주저앉는 조방이었다.

그리고 자신의 앞에 있는 천룡을 발견했다.

"주군?"

"오냐."

후두두둑-!

화룡의 힘에 의해 공중으로 솟구쳤던 수많은 물건들이 땅으로 떨어졌다.

그사이에 조방이 천룡을 바라보고 있었다.

"주군! 어찌 이곳에……."

그리고 자신의 주변을 바라보았다.

초토화된 세상.

사방이 불타오르고 있었다.

"서, 설마. 제가 이걸?"

그리고 천룡을 바라보았다.

천룡의 주변이 불에 그슬려 있었다.

"제, 제가 주군을 공격한 것입니까?"

"아니다."

"제, 제가 주군을……."

조방의 동공이 세차게 흔들리고 있었다.

그런 조방에게 가까이 다가가 다시 어깨에 손을 얹는 천룡
이었다.

"아니래도. 내가 하는 말에 지금 의심을 하는 것이냐?"

그 말에 재빨리 부복하며 말하는 조방이었다.

"아, 아닙니다! 제가 어찌 주군의 말씀에 의심하겠습니까.
소신이 잘못했습니다."

"하하, 아니다. 이렇게 살아 있으면 되었다."

천룡의 말에 조방이 무언가 생각이 난 듯 고개를 번쩍 들
었다.

"서, 설마. 저를…… 구하러 오신 겁니까?"

조방의 물음에 천룡이 고개를 끄덕였다.

그 모습에 조방은 감격하여 말을 하지 못했다.

그런 조방을 그저 토닥여 주는 천룡이었다.

격한 감정이 어느 정도 수습이 되었는지 조방은 천룡에게 부복하며 말했다.

"부족한 신을 위해 이리 와 주시다니, 신은 앞으로도 주군을 위해서라면 섶을 들고 불길이라도 뛰어들 것입니다!"

"하하, 그런 말이 어디 있느냐. 오랫동안 같이 살아야지. 넌 내 가족이다."

가족.

오랫동안 홀로 지내 온 조방에게 무엇보다 그리운 단어.

그런데 자신의 주군이 가족이라고 말해 주었다.

조방은 그저 다시 고개를 숙인 채 몸을 들썩이기만 했다.

감격에 겨워 아무 말도 못 하는 조방을 뒤로하고 천룡은 교주를 쳐다보았다.

"아직도 내 아이가 탐이 나는가?"

천룡의 말에 교주가 고개를 저었다.

"좋아. 딱히 조방에게 해를 끼치려 한 것 같지는 않고, 지금 이 사태는 내가 서둘러서 일어난 사태니, 문제 삼지 않겠다."

"그게…… 무슨 소리요?"

교주가 이를 악물고 간신히 말했다.

구양진은 천룡이 너무도 무서웠다.

지금까지 자신의 무공이면 두려운 것이 없다고 생각을 했었다.

하지만 천룡이 가진 힘은 그런 것이 아니었다.

인간이 가질 수 없는 힘.

그야말로 절대자란 이런 것이라는 것을 보여 주는 표본이었다.

천룡이라면 이곳의 모든 사람을 전부 멸할 수 있었다.

자신이 본 천룡의 힘은 그 정도였다.

그런데 천룡의 입에서는 뜻밖의 말이 튀어나왔다.

"미안하다."

상상과 전혀 다른 한마디에 당황하는 교주였다.

"무슨 말이오?"

"너희들의 성화를 빼앗아간 자가 나다."

"헉!"

"또한, 천마신교를 무너뜨리고 세상에서 지운 것 또한 나다."

"……!"

"……!"

"아니, 지웠다기보단…… 강제로 봉문시켰다는 것이 맞는 표현이겠군."

천룡은 씁쓸한 미소를 지으며 말했다.

"이제 기억이 났다. 과거의 내 모습이…… 아집 덩어리였군. 과거의 나는……."

천룡의 입에서 나온 폭탄선언은 성 안의 모든 사람의 언어 능력을 없애 버렸다.

그저 경악을 한 채로 천룡의 말을 듣고 있을 뿐이었다.

"그래…… 생각해 보니 나는 정말 못된 놈이었군. 하아, 너희들이 그때 했던 그 말대로 나는 벌을 받은 것인지도 모르지."

그렇게 말을 하고는 무언가를 곰곰이 생각하는 천룡이었다.

"너희를 도와주지. 겨우 이런 거로 내가 너희들에게 한 잘못이 사라지진 않겠지만, 너희들의 그 천형(天刑:하늘이 내린 형벌)은 치료해 줄 수 있을 것 같다."

구양진은 천룡의 입에서 나온 말에 확신을 할 수 있었다.

천형이라 했다.

말하지 않았는데도 자신들이 처한 상황을 정확하게 알고 있었다.

정말이었다.

이자가 과거 천마신교를 무너뜨리고 세상에서 그 자취를 감추게 한 자가 맞다는 것을 말이다.

수백 년 전의 일이지만 눈앞의 남자라면 왠지 그 긴 세월을 살아왔을 것 같다는 생각이 들었다.

"그대에게…… 고맙다고 해야 하오?"

구양진의 악다문 입에서 새어 나온 소리였다.

그 말에 천룡이 고개를 저으며 말했다.

천하무적
운가장

"아니……. 그저 내 잘못을 조금이라도 바로 잡기 위함이라고 해 두지."

천룡의 말에 구양진은 그 어떠한 말도 할 수가 없었다.

너무도 분하고 억울했다.

자신의 천마신교를 이 꼴로 만든 원수가 눈앞에 있는데도 아무것도 할 수 없는 자신이 너무도 미웠다.

왜 그토록 역대 천마 조사들께서 힘을 갈구하고 또 갈구했는지 지금 깨달았다.

구양진의 손톱이 손바닥을 파고 들어가 피가 흘러내리고 있었다.

그래도 참아야 했다.

자신의 경거망동으로 교도들, 이곳의 사람들의 고통이 치유될 기회가 날아갈 수도 있으니.

천룡만이 자신들을 구원해 줄 수 있는 유일한 동아줄이었으니까.

"내가 무엇을 해도 그대들은 날 용서 못 하겠지……. 오해라고 해도 믿지 않을 테고. 솔직히 말하자면…… 나는 그것을 기억을 못 하고 있었어. 나는…… 기억을 잃었거든. 드문드문 생각나는 단편적인 기억만이 남아 있을 뿐이야. 오늘도 이곳에 오지 않았다면…… 평생 그 기억은 하지 못했을 수도 있었겠지."

다들 숙연한 표정으로 천룡의 말을 경청하고 있었다.

"일단 내 사정을 설명하지. 그게 오해일지 아닐지는 그대들이 판단하고. 그전에 너희들이 말하는 천형에 대해 알려주지."

그렇게 말하며 어느새 달려 나온 천마신교의 군사를 바라봤다.

천룡이 조방을 데려가자 다급하게 뒤따라온 것이다.

그러던 중 천형에 관해 이야기하는 것을 들었다.

군사 백무위는 천형에 대해 알려 준다는 소리에 침을 꿀꺽 삼키며 집중했다.

"너희들이 천형이라고 부르는 그것은 저주가 아니야."

"무, 무슨 말씀이십니까?"

군사 백무위의 동공이 세차게 흔들렸다.

처음으로 자신들을 괴롭힌 천형의 정체가 밝혀지는 순간이었기 때문이었다.

백무위를 포함한 교인들은 대대로 알 수 없는 천형에 시달렸다.

"기생충…… 만월흡혈고(滿月吸血蠱)라 이름 지어진 기생충이 바로 너희들이 앓고 있는 천형이자 병이다. 보름달이 뜨면 활동하는 녀석들이지. 심지어 이 녀석들은 대를 이어서 넘어간다."

"그게, 무슨? 기생충이라니!"

보름달만 뜨면 사람들이 미쳐 날뛰는 이유가 겨우 그거였단 말인가.

"내 기억에 의하면 훗날에 나도 그 사실을 알고 너희들을 오해했다는 사실을 안 거 같아. 그리고 너희들에게 가려고 한 것 같은데…… 그 뒤로는 기억이 잘 안 나는군."

충격에 빠진 백무위와 구양진이었다.

"암튼 그 고(蠱)는 만월(滿月) 때에 피를 갈구하지. 그 고들이 일제히 너희들의 피를 빨아들이기 시작하니, 갑자기 현기증이 나고 온몸이 창백하게 변하는 거다. 동물의 피를 갈구하게 되는 이유도 바로 그것이고…… 그 녀석들은 위장 안에서 활동을 하니."

명명백백하게 드러나는 천형의 정체.

"몇몇은 사람의 피를 마셨겠지. 피를 마시면 위장으로 들어간 그 피를 흡혈고들이 흡수하고 안정이 되었으니까."

"그게 사실이라면 왜 그것을 아는 의원이 단 한 명도 없는 것입니까? 그 어디에도 그런 기생충이 있다는 내용이 없었습니다."

군사가 물었다.

자신도 이 병에 대해 해법을 찾기 위해 평생을 노력했다.

"당연하겠지. 그것은 이 세상의 것이 아니니까."

"네?"

"어디서 왔는지는 기억이 나지 않는다. 그것이 기생충이라는 것을 발견한 자가 바로 내 친우였던 거 같다. 목소리만 기억에 남아서 정확히는 모르겠군. 암튼 그가 말했다. 이 세상의 것이 아니라고."

그러다가 천룡이 곰곰이 생각에 잠겼다.

"그렇군. 그 사실을 알고서 너희를 오해했다는 사실을 깨달았군."

왜 자신이 이렇게 이들에게 미안한 마음을 가지고 있었는지 깨달았다.

"계속 이야기하지. 암튼 너희들이 피를 마시는 그 장면을 우연히 본 사람들이 소문을 냈고, 그 소문은 삽시간에 퍼져서 중원 사람들이 알게 되었다."

천룡의 입에서 사람들을 공포에 떨게 한 마교의 진정한 정체가 드러나기 시작했다.

"중원 사람들은 처음엔 호기심으로 이곳을 찾았을 거야. 그러다가 점차 악한 놈들이 나타났을 것이고. 그놈들이 이곳을 공격하고 사람들을 짓밟았겠지. 그리고 세상에 나가서 너희를 마의 무리라고 소문을 냈겠지."

신교가 과거에 당했던 일을 듣자 구양진과 군사를 포함한 모든 교인들이 몸을 부르르 떨고 있었다.

"자신들은 잘못도 하지 않았는데 세상 사람들은 너희들 마의 자식들, 마인이라고 불렀다. 단지 호사가의 입으로 퍼져 나간 소문이 너희를 마인으로 만든 것이지. 사람들은 마인을 처단해야 한다며 선동을 했지. 그리고 너희를 공격했지."

잠시 숨을 들이켜며 여유를 가지고 계속 말을 이어 나갔
다.

"힘이 없으면 당한다는 진리를 깨달은 천마신교 사람들은
강한 힘만이 세상에서 자신들을 지킬 수 있다고 생각했고,
그것이 곧 천마신교의 율법이 되었지. 적자생존(適者生存)이 곧
생활이 되었다. 그 덕에 천마신교는 중원에서도 유명해지고,
자신들을 지킬 수 있었지. 하지만 천형으로 인해 죽어 가는
것은 변하지 않았지."

천룡은 자신의 기억 속에 있던 정보를 계속해서 말해 주었
다.

"거기에 강력한 구심점이 없으니 아무리 강해진다 해도 각
개격파 당하기 일쑤였지. 그러던 중 너희를 구원해 준 자가
나타났다."

다들 천룡의 말에 집중했다.

"바로 그가 천마대제다."

천룡의 말에 다들 놀란 눈으로 쳐다보았다.

천마대제라 하면 천마신교 역사상 가장 강한 무인이자 처
음으로 세상에 천마라는 칭호를 알린 자였다.

그것도 중원인들이 두려워하면서 부른 별호였다.

그리고 천마신교의 사람들을 천형에서 자유롭게 만들어
준 장본인이었다.

천마대제는 화룡의 기운이 천형에 효과가 있다는 사실을

알았다.

그래서 사람들에게 하늘이 너희에게 주는 불길이라며 성화를 피워 줬다.

그 성화에서 나오는 열기를 오랫동안 맞은 사람들은 천형의 고통에서 해방되었다.

사람들은 그 불을 신성한 불길이라 말하며 숭배했다.

진정한 종교가 되는 순간이었다.

종교가 되자 사람들은 하나로 뭉치기 시작했고, 그것은 곧 강력한 힘이 되었다.

천마대제는 빠르게 강해지기 위해 새로운 무공을 창안했다.

명왕기(明王氣)와 명왕공(明王功)이다.

바로 지금의 모든 마기와 마공의 근원(根源)이었다.

이것은 빠르게 강해질 뿐 아니라 극마경(極魔境)의 경지에 오른 자들은 천형에서 해방해 주었다.

그렇게 강력해진 힘은 중원을 향했고, 모든 중원은 그 힘에 굴복했다.

중원 역사상 처음으로 한 단체에 정복되는 순간이었다.

그러나 복수에 눈이 멀어서일까?

그동안 당해 왔던 사람들인 중원인들에게 역으로 갚아 주기 시작한 것이다.

그것이 점차 과해졌고, 결국 천룡이 세상에 나와 벌하게 만든 것이었다.

그렇게 천마대제가 사라지고, 성화에 힘을 불어넣어 주던 사람이 사라지자 성화는 점차 꺼져 갔다.

천마신교는 꺼져 가는 성화를 되살리기 위해 수단과 방법을 가리지 않았다.

성화가 꺼지면 자신들을 고통으로 몰아넣은 천형의 저주가 다시 시작되었기에.

그러나 모든 것이 실패로 돌아갔고, 방법을 찾기 위해 중원에 나갔던 교주가 우연히 화룡지체를 발견한 것이다.

성화를 되살릴 수 있는 화룡지체를 말이다.

천룡은 구양진을 바라보며 말을 이어 갔다.

"그래서 나는 천마신교를 벌하러 왔었고, 그들을 벌했다."

"……."

"하지만…… 죽이진 않았다. 모두의 힘을 회수하고…… 세상에 나오지 못하도록 성화의 힘을 약화해 놓았다. 그게 내가 기억하는 마지막이다."

구양진은 어느새 분노했던 마음을 가라앉히고 천룡의 말에 귀 기울이고 있었다.

비록 천마신교를 이 꼴로 만든 장본인이었지만, 그래도 그는 단 한 명도 신도들을 해하지 않았다고 했다.

그래서 아까 지운 것이 아니고 강제로 봉문을 시켰다고 한 것이다.

"믿는가?"

"……그대와 같은 절대자가 하는 말인데, 설마 거짓을 말하겠소……. 믿소이다."

부드러워진 말투로 자신의 말에 대꾸하는 구양진을 보며 천룡은 미소를 보였다.

그리고 자리에서 일어나며 말했다.

"좋아! 이왕 이렇게 된 거 그 천형 자체를 아예 없애 주지."

"네? 그게 정말입니까? 가능한 일입니까?"

"응. 가능한 일이야. 만월흡혈고는 화기에 약하다. 그래서 음기가 가장 충만한 만월에만 활동하는 것이지. 성화도 바로 그 예다. 성화의 화기가 고를 막아 준 거야. 너희들은 그것을 성화가 지켜 준다고 착각을 한 것이고."

"그런…… 그럼 화기 근처에만 있어도 되었다는 말씀입니까?"

"아니지. 일반적인 모닥불 같은 화기로는 안 돼. 그랬으면 굳이 화룡의 힘이 필요했겠어?"

"그렇군요."

"일단 이곳에 머물면서 사람들을 치료해야겠다. 다들 괜찮지?"

천룡의 말에 조용히 지켜보던 제자들이 고개를 크게 끄덕이며 답했다.

"네!"

천하통치
윤가장

천룡에게 묻고 싶은 것이 많았지만, 지금은 그냥 넘어가기로 한 제자들이었다.

그리고 한쪽에선 구양진과 백무위가 복잡한 표정으로 서있었다.

특히나 구양진의 표정은 심각했다.

그러나 결론은 하나였다.

자신이 자존심을 굽히면 수백 년간 이어져 온 교인들의 천형을 고칠 수 있었다.

구양진이 결심한 얼굴로 천룡의 앞으로 오면서 포권을 했다.

"부디 우리 교도들을 천형에서 구해 주시오! 그러면 모든 과거를 청산하고 그대를 신교의 은인으로 대접하겠소."

"저도 이렇게 무릎을 꿇고 간청드립니다. 부탁드리겠습니다!"

그 모습에 주변의 모든 교인들 역시 무릎을 꿇으며 외쳤다.

"부디 저희를 구해 주십시오!"

"구해 주십시오!"

천룡은 알았다는 듯이 고개를 끄덕이고는 백무위에게 다가가 말했다.

"조금 아프다."

"무, 무슨?"

말과 동시에 백무위의 머리를 붙잡은 천룡.

　갑작스레 붙잡힌 백무위는 반항도 하지 못한 채 천룡이 하는 것을 그대로 당할 수밖에 없었다.

　빠지지지지직—!

　빠지직— 빠직——!

　"크흐흐흣!"

　천룡의 몸에서 시작된 백색의 뇌전(雷電)이 백무위의 온몸을 휘감고 있었다.

　"만월흡혈고는 사람 위장 안에 기생하는데 그 수가 수백만에서 수천만에 이른다. 일반적인 화기로는 어림도 없지. 가장 효과가 좋은 건 바로 뇌기야."

　잠시 후, 천룡의 손이 떨어지자 얼떨떨한 표정으로 서 있는 백무위에게 구양진이 다가가서 물었다.

　"어떤가? 몸이 좀 달라진 것 같은가?"

　"글쎄요. 아직 잘…… 크으윽! 흡!"

　어리둥절한 표정을 짓다가 갑작스레 찾아온 고통에 백무위의 표정이 일그러졌다.

　"무, 무슨 일인가? 괜찮은가?"

　교주의 물음에도 백무위는 대답을 쉽게 못했다.

　그의 얼굴이 창백해져 갔다.

　"자, 잠시 급……!"

　다급하게 말을 하고는 급하게 어딘가로 뛰어가는 백무위

였다.

그런 백무위를 보며 천룡이 말했다.

"치료는 다 했어. 그 기생충을 배출하러 가는 거야. 걱정하지 마."

그 말에 방금 엉덩이 쪽을 부여잡고 다급하게 뛰어가는 백무위를 다시 바라봤다.

"정녕 저걸로 끝이란 말이오? 정말로?"

"응. 문제는 그 많은 사람을 어찌 치료해야 하나 그걸 고민해야 해. 한 번에 치료해야 하는 문제라…… 안 그러면 남아 있는 기생충이 다시 옮겨 갈 수도 있거든. 그러면 무용지물이야. 당분간은 고민을 좀 하자고."

"아, 알겠소. 일단 잠시만 여기에 계시오. 내가 귀빈실을 준비하고 식사도 준비하라 하고 오겠소."

그러고는 장내를 정리하라고 명하는 구양진이었다.

"이후 이야기는 여길 벗어난 뒤에 말해 주마."

자신의 제자들과 부하들을 바라보며 천룡이 말하자, 다들 고개를 끄덕였다.

❦

며칠이 지나고 천마신교는 모든 사람이 성안의 광장으로 분주하게 이동하고 있었다.

광장은 언제 전투가 있었냐는 듯이 말끔해져 있었다.

그리고 넓은 광장 안에 설치되어 있는 줄을 기준으로 질서 있게 자리 잡고 있었다.

사람들이 이렇게 모이는 이유는 바로 치료를 위해서였다.

천룡은 일일이 한 명씩 치료해서는 이 기생충을 퇴치할 수 없다고 말했다.

한 번에 없애야 이 천형이 사라질 수 있는데, 그러기 위해선 모든 사람을 한곳에 모아야 한다고 말했다.

교주인 구양진은 천룡이 무엇을 하려는지 잘 이해는 못 했지만 그래도 치료를 할 수 있는 유일한 사람이기에 그의 말대로 교도들을 한곳에 모으는 중이었다.

그러는 한편 자신의 옆에 있는 군사를 바라보았다.

항상 두려움에 빠져 살았는데 지금 그의 얼굴은 세상 평온하고 편안했다.

"이보게, 군사. 천형에서 벗어난 기분이 어떤가?"

구양진의 말에 신교의 군사 백무위가 활짝 웃으며 답했다.

"말도 마시지요. 다시 태어난 기분입니다. 매일매일 활력이 넘쳐흐릅니다!"

"그…… 정말로 고통이 사라졌는가?"

"네! 아직 만월은 오지 않았지만, 그래도 밤마다 절 괴롭히던 고통이 싹 사라졌습니다!"

"그럼 정말로 치료가 되었다는 거군. 허허, 이걸 믿어야 할

는지."

"그는…… 정말로 인간일까요? 인간이 수백 년을 저렇게 변하지 않고 살아왔다는 것은 더욱 믿기지 않고요. 수백 년간 고통받던 우리 일족의 천형도 그는 너무도 쉽게……."

"……모르지. 신일지도…… 과거 우리 신교는 그 신의 노여움을 받아 벌을 받은 것인지도……. 하나, 이건 확실히 알지. 절대로 그자와 적이 되어선 안 된다는 것을."

구양진의 말에 백무위는 격하게 공감한다는 표정으로 고개를 끄덕였다.

"교주님 말씀이 백 번 천 번 옳습니다."

그렇게 대화를 나누고 있을 때 천룡이 저 멀리서 모습을 드러냈다.

"준비는 다 되어 가나?"

"나오셨습니까? 네! 저기를 보십시오. 은인께서 말씀하신 대로 사람들을 배치하고 있습니다."

"최대한 오밀조밀하게 붙여서 앉혀야 하네."

"네! 그렇게 명령을 내려놓았습니다. 그런데……."

"무슨 문제라도?"

"저, 궁금한 것이 있는데 여쭈어봐도 될는지……."

"궁금? 뭐지?"

"사람들을 저리 앉혀 놓은 이유가 궁금해서 말입니다. 치료를 하려면 한 줄로 세워서 대기하는 것이 더 효율적이지 않은가 해서요."

구양진의 말에 천룡은 사람들이 모여 있는 곳을 바라보며 대수롭지 않게 말했다.

"아, 저거? 저렇게 오밀조밀 모여 있어야 내가 한 방에 뇌전을 뿌려서 정리하지."

"……네? 뭘 뿌려요?"

"그, 무, 무슨?"

말의 뜻이 잘못 해석되면 재앙이 벌어질 순간이었다.

구양진과 군사의 귀에는 엄청난 소리로 들렸기 때문이다.

뇌전을 뿌려 한 번에 정리하겠다는 소리.

그 정리가 모두 죽이겠다는 소리로 들렸다.

침을 꿀꺽 삼키며 긴장하는 둘을 보고는 천룡이 물었다.

"응? 표정들이 왜 그래?"

"뇌, 뇌전을 저들에게 뿌린다고요? 정말요?"

"……저희를 벌하시려고 이렇게 모이라고 하신 건?"

그들의 말에 무엇을 오해하고 있는지 깨달은 천룡이었다.

"어? 하하하하하! 내가 말을 잘못했구나. 한 명 한 명 어느 세월에 일일이 제거하고 있어? 저렇게 모아 놓고 한 방에 너희 천형을 제거한다고."

"그, 그게 가……능한 일입니까?"

"제가 알기론…… 뇌기(雷氣)는 조금만 써도 엄청난 내공을 소모한다고 들었는데요?"

천하에서 가장 강한 기운이 바로 뇌기다.

그만큼 다루기도 힘들뿐더러 다룰 수 있는 자도 없었다.

황보세가에 벽력신권이 있다지만 지금 천룡이 쓰는 것처럼 대놓고 뇌전을 형성하진 않는다.

뇌기는 가장 다루기 까다로울 뿐 아니라, 사람을 공격할 만큼의 뇌기를 모으기 위해선 수십 년간 누적해야 가능했기 때문이다.

아니면 벼락을 맞고 자신의 내공을 뇌기로 바꾸든가.

문제는 벼락을 맞고 살아나야 한다는 것이다.

그것에게 성공한다 해도 어마어마한 내공 소모가 되어서 웬만한 내공 수위로는 시도조차 못 하는 것이 바로 뇌공이었다.

그만큼 까다롭고 엄청난 기운이었다.

대신 그 위력은 그 무엇보다 강력했다.

과거 정말로 벼락을 맞고 뇌공을 대성한 뇌절신군은 뇌기만으로 천하제일인이 되었다.

초식도 필요 없었다.

그냥 뇌기를 뿌리기만 하면 되었으니.

이어진 천룡의 말에 말문이 막혀 버린 둘이었다.

"그게 뭐 어려운 일이라고."

대수롭지 않은 표정으로 얘기하며 모이는 사람들을 바라보는 천룡이 신(神)처럼 보이기 시작했다.

아니, 신이어야 했다.

인간이면 저래선 안 되었다.

자신들도 모르게 경외심이 저절로 생기는 두 사람이었다.

어느 정도 시간이 흐르자 광장에 사람들이 전부 모였다는 보고가 들어왔다.

"은인! 신도들이 전부 모였다고 합니다."

"그래? 그럼 시작하지."

"네? 지금요? 여기서요? 안 내려가시고요?"

"응."

그렇게 답하고는 창문 밖으로 몸을 날리는 천룡이었다.

광장 한복판 위로 날아간 천룡의 몸에서 뇌전이 튀어나오기 시작했다.

파칙-! 빠지지직-!

뇌전은 점차 커지기 시작하더니 이윽고 천룡의 몸 전체를 뒤덮었다.

뇌전으로 인해 머리가 규칙 없이 여기저기로 삐죽거리며 꿈틀댔고, 눈은 하얗게 변해 있었다.

천룡의 몸 주변으로는 강력한 뇌전들이 갈래갈래 퍼지고 있었다.

마치 뇌신이 강림한 모습이었다.

그 모습을 광장 아래서 지켜보던 사람들은 경악하고 있었다.

"마, 맙소사! 뇌신께서 강림하신 것인가?"

"우리의 천형을 치료해 주시기 위해…… 뇌신께서 내려오셨다!"

"아아아! 뇌신이시여!"

엄청난 광경에 사람들은 현혹이 되어 천룡을 뇌신이라고 믿기 시작했다.

거대한 함성과 함께 천룡의 몸 주변을 돌며 격하게 튀어오르던 뇌전들이 하늘 위로 솟구쳤다.

하늘로 솟구친 뇌전은 광장 전체를 뒤덮으며, 거대한 뇌운(雷雲)이 되어 뇌기를 사방팔방에 뿌리고 있었다.

파도가 치듯이 뇌전이 물결 모양으로 퍼져 나가고 있었다.

그 모습을 성안에서 지켜보던 백무위가 구양진에게 말했다.

"교주님…… 저분이 신이 아니라고 말하지 마십시오."

"……저분은…… 신이네. 우리를 구원하러 내려오신…… 뇌신!"

태어나서 처음 보는 엄청난 광경에 다들 광분하고 있었다.

한쪽에서는 천룡의 일행 역시 그 광경에 턱이 빠져라 놀라고 있었다.

"마, 맙소사! 아버지는 정녕 신이신가?"

"사부님께서 선계로 가시면 어찌 됩니까?"

"천명 사형! 그런 말도 안 되는 소리는 하지 마세요!"

다들 엄청난 광경에 넋이 나간 상태였다.

"주군! 오오! 나의 주군! 크흐흐흑!"

조방은 천룡의 위대한 모습을 보며 감격해 울고 있었다.

뇌운에서 광장을 향해 수천 갈래의 뇌전이 뿌려졌다.

그리고 광장에 있는 사람들을 강타하기 시작했다.

"끄어어어어어어억!"

"끄아아아악!"

"꺼거거걱!"

부들거리며 기괴한 앓는 소리를 내는 사람들.

빠지지지직-!

빠지이지지직-!

수많은 사람 사이로 줄기줄기 뻗어 나가는 뇌전들.

뇌전이 지나간 자리엔 머리가 위로 뻗은 자들이 가쁜 숨을
몰아쉬고 있었다.

광장에 있는 모든 사람을 전부 휩쓴 뇌전은 다시 하늘로
솟구쳐 올라갔다.

그리고 언제 그랬냐는 듯이 순식간에 사라지는 뇌기.

다시 맑아진 하늘 아래 해맑게 웃고 있는 천룡.

그 모습은 광장 아래에 있는 사람들 뇌리에 아주 강렬하게
박히고 있었다.

뇌운이 걷히면서 천룡의 등 뒤로 내리쬐는 햇살이 그를 더
욱더 신성하게 만들어 주고 있었다.

누구라도 할 것 없이 천룡을 향해 경배를 드리려는 순간이
었다.

"아아아! 정녕 저분이야말로 우리를 구원해 주신 시……!
으읍! 킥!"

"나는 오늘부터 저분을 따르……! 허헙! 으그극!"

"나의 신이…… 커헉!"

뿌웅—!

꾸르륵— 꾸르륵—!

"헙! 그, 급하다!"

"화, 화장실!"

사방에서 알 수 없는 신음과 함께 안색이 창백해지는 사람
들이 속출하기 시작했다.

그 모습을 하늘에서 바라보던 천룡은 안색이 창백해졌다.

가장 중요한 사실을 깜박한 것이다.

슬그머니 성 쪽으로 몸을 날렸다.

'아, 맞다…… 저건 생각 못 했네…….'

그랬다.

치료의 부작용이 바로 배설이었는데 그것은 생각하지 않
은 것이었다.

사람들이 화장실을 향해 가기도 전에 일이 터졌다.

뿌지직—!

뿌지지직—!

"으허허헉!"

"아, 안 돼!"

사방에서 무언가를 아래로 쏟아 내는 사람들 천지였다.

난장판이 된 광장.

천마신교의 광장은 수많은 사람의 배설물로 뒤덮이고 있었다.

천하의 천마신교가 절규의 똥 밭이 되고 있었다.

성 안에 들어와서 보니 교주와 군사가 멍한 얼굴로 광장을 내려다보고 있었다.

그리고 천천히 천룡을 향해 고개를 돌렸다.

천룡은 어색하게 웃었다.

"미안…… 저건 깜박했네……."

"……."

천룡은 머리를 긁으며 사과했다.

천룡의 사과에도 구양진과 백무위는 다시 창밖의 참상만을 바라볼 뿐 아무런 대답도 없었다.

"군사도 그렇지. 자신이 경험했으면 응? 그에 대한 준비도 다 해 놨어야지!"

오히려 적반하장으로 나오기까지 했다.

그 소리에 군사가 다시 천천히 천룡을 향해 고개를 돌렸다.

"저는…… 준비를 다 해 놨습니다. 그런데…… 이렇게 말도 없이 뛰쳐나가서 할 줄은 몰랐죠…….”

이가 갈려 나가는 소리가 들리며 말하는 백무위를 보며,
천룡은 슬그머니 고개를 돌리며 말했다.

“그, 그랬어? 암튼! 치, 치료 다 했으니까! 나는 그, 급하게
가 볼 데가 있어서……. 이만 가 볼게! 다음에 또 인연이 있
으면 보자고! 아니…… 인연 있어도 보지 말자. 아니 아니 우
리 인연은 여기까지.”

“으닌께서 으디를 그십니끄? 으직 즈희가 긂아드려야 할
은혜그 하늘 가튼데요! 흐흐흐. 으드드득!”

이를 악물며 얼굴이 시뻘겋게 변한 교주였다.

교주의 치아가 박살이 나는 소리가 들렸다.

신(神)이고 나발이고 당장이라도 덤빌 기세였다.

“하하…… 아, 아니야. 굳이 은혜 안 갚아도 돼……. 어?
저기 육대마군이!”

천룡이 깜짝 놀라며 창문 밖을 가리키자 구양진과 백무위
가 고개를 돌렸다.

창문 밖은 여전히 배설하는 사람들로 북적이는 모습만 보
이었다.

“무슨? 아무것도 없는…….”

다시 돌아봤을 때 천룡은 이미 사라지고 없었다.

“……허허허. 은인께서 가셨구나?”

“그러게 말입니다? 저희에게 큰 은혜를 내리시고 그냥 가

셨네요?"

"그럴 순 없지! 이곳이 정상화되는 즉시 애들 다 풀어라! 은혜를 꼭 갚아야지!"

"알겠습니다! 제 모든 것을 걸고 과거의 강한 신교를 재건하고 반드시 은인에게 보답하고 말겠습니다!"

"어찌 보답을 해 드려야 할까?"

"까짓것 진짜 신으로 만들어 모시죠!"

"오, 그거 좋은 방법이다! 그리고 중원 끝까지 따라다니는 거지! 크크크크크! 정말 좋은 방법이구나!"

그 둘은 은인에게 은혜를 갚기 위한 것이 아니라, 엿을 먹이기 위한 준비를 시작하였다.

무서운 얼굴로 미소를 지으며 다시 창문 밖을 바라보는 그들이었다.

한편 일행이 있는 곳으로 돌아온 천룡은 이미 짐을 다 싸고 갈 준비를 한 애들을 보고 놀랐다.

"어? 니들 어찌 알았어?"

"헤헤헤, 척하면 착이죠!"

"사부가 사고 칠 때 후다닥 가서 준비 다 해 놨죠!"

"이게! 내가 언제 사고를 쳤어!"

"그럼, 저기 신교 앞마당을 똥 밭으로 만든 게 사고 친 거 아니면 뭐예요?"

"이게 그래도!"

천룡이 주먹을 쥐고 들어 올리자, 태성이 잔뜩 움츠리며 방어 자세를 취했다.

"아버지, 그만하시고 어서 가시죠?"

"그, 그래! 어서 가자! 쫓아와서 매달리기 전에."

그렇게 도망치듯 천마신교를 빠져나가는 천룡 일행이었다.

물론 자신을 향한 천마신교의 엄청난 음모를 모른 채 말이다.

장천은 십만대산을 향하는 입구에서 천룡 일행을 기다리고 있었다.

천룡 일행을 만난 그는 자신이 준비한 별채로 그들을 안내하였다.

저녁을 먹기 위해 한자리에 모인 그들.

갖가지 먹음직스러운 음식이 커다란 상에 빈자리가 없을 정도로 차려져 있었다.

거기에 최고급 술까지 준비된 상차림 앞에 사람들은 아무런 말 없이 조용히 앉아 있었다.

다들 천룡만을 바라보며 무언가를 기다리고 있었다.

천룡은 그러한 분위기를 읽었는지, 자신의 앞에 있던 술잔을 들어 목을 축이고 입을 열었다.

"그래. 다들 내 과거가 궁금하겠지?"

천룡의 말에 다들 격하게 고개를 끄덕였다.

"사실 나도 잘 기억이 나질 않는다. 단편적인 것들뿐이야. 그나마 자세하게 기억이 나는 게 바로 여기 천마신교와 있었던 일들이지."

"그럼 아버지가 누구였는지는 기억이 없다는 말씀이신가요?"

무광의 질문에 천룡이 고개를 끄덕였다.

"그래. 내가 누구였는지, 그것은 정확히 기억이 나지 않는다. 내 이름이 운천룡이라는 것. 그것뿐…… 그런데 신교에서 어느 정도 기억이 돌아왔다."

천룡의 말에 다들 침을 꿀꺽 삼키며 경청했다.

"그리고 나는…… 어느 한 문파의 수장이었던 것 같다. 벌을 주고 오겠다며 나섰던 기억이 있는 것을 보니……. 일단 시대는 천마대제가 있던 시기니 그때도 내가 존재했었다는 얘기겠지."

"천마대제는 무려 삼백오십 년 전 사람입니다."

"그래. 최소 내 나이가 그 이상이라는 것은 알겠군."

천룡은 씁쓸한 미소를 지으며 술을 마시고 다시 말했다.

"신교와의 일은 생생히 기억난다. 그런데 왜 나에 대한 기억이 나질 않는 것인지 모를 일이구나."

"천마신교는 과거에 단일 세력으로는 최강이라는 평을 받던 집단입니다. 그런 집단을 단신으로 무력화시키고 세상에서 사라지게 만드신 분이…… 전혀 알려진 내용이 없습니다. 천마신교도 어느 날 갑자기 소리 소문 없이 사라졌다고만 알려져 있고요."

"그러니까요. 그 정도 무력이었으면, 이미 온 세상에 이름을 널리 알렸을 텐데요? 왜 기록이 전혀 없을까요?"

무광과 태성의 말에 천룡이 다시 술을 털어 넣으며 말했다.

"휴우, 그러게 말이다. 나도 장천을 통해 혹시나 하고 찾아봤지만, 나에 대한 기록은 그 어디에서도 찾을 수가 없었다. 누군가가 철저하게 지워 버린 것처럼……."

"또 다른 기억은 전혀 없으신 겁니까?"

"유가연……."

"네? 국주님이 왜요?"

"아니……. 내 기억 속에 그녀가 있었다. 기억 속 그녀의 이름도 유가연이고, 기억 속의 그녀도 나를 가가라고 불렀어. 심지어…… 얼굴도 똑같아. 그래서 한동안 정말로 혼란스러웠지."

"……."

"분명히 수백 년 전의 사람일 텐데, 내 눈앞에 있다고 하니 믿기지 않았어. 자꾸 확인하기 위해 만났고, 그 후로 그녀에게 내 마음은 저절로 가더군."

천룡의 말을 덤덤히 듣고 있는 사람들이었다.

"저희가 도와드리겠습니다! 보아하니 과거에 인연이 있었던 무언가를 보거나 경험을 하게 되면 기억이 돌아오시는 것 같습니다."

"그러고 보니 그러네요! 무광 사형 말씀대로 사부가 과거 인연이 있는 장소나 사람을 만나면 그 부분은 기억이 재생되는 것 같은데요?"

무광과 태성의 말에 보탬을 더해 묻는 천명이었다.

"사부님, 그 기억 속의 유가연이란 분이 있던 장소가 기억이 나시나요? 아니면 그분과 연관이 있을 만한 장소나?"

천명의 말에 천룡은 눈을 감고 조용히 기억을 끄집어 냈다.

처음 기억 속의 유가연을 만났을 때 떠올랐던 그곳.

그 기억 속에 나왔던 장소를 말이다.

한참을 생각하던 천룡이 눈을 뜨고 말했다.

"대나무!"

"네?"

"대나무가 울창한 곳에 위치한 어느 장원 같은 곳에서 나에게 울면서 말했어…… 여기서도 나를 치료할 방법을 찾지 못했다고……. 하지만 절대 포기하지 않을 것이라고."

"대나무? 치료?"

"대나무가 많고 치료를 하는 곳이라…… 그런 곳이 있나?"

다들 이게 무엇을 뜻하는지 생각하고 있을 때, 명왕 장천이 벌떡 일어나며 외쳤다.

"천의문(天醫門)!"

"천의문?"

"네! 그곳은 사방이 대나무로 둘러싸인 의가(醫家)입니다."

장천의 외침에 다들 무언가가 생각이 난 것처럼 눈을 동그랗게 떴다.

"그, 그렇지! 천의문이 있었구나. 중원 제일의 의가! 그곳은 울창한 대나무 숲 안에 있어서 천죽의문(千竹醫門)이라고도 부르지."

"아버지! 그곳일 겁니다! 아버지 기억 속에 있는 곳!"

"일단 거기로 가 보시죠! 혹시 아나요? 사부 기억이 돌아올지? 기억이 돌아오지 않더라도 그곳은 중원 제일의 의가니 기억이 돌아오게 할 방법 같은 걸 알지 않을까요?"

다들 한마음이 되어 천룡의 기억을 되찾아 주겠다는 의지가 넘쳐흐르고 있었다.

그런 마음을 느낀 천룡은 슬픈 미소를 지어 보이며 말했다.

"과연…… 기억을 찾는 것이 맞는 것일까? 과거에 내가 악인이라면……. 과거의 내가 너희에게 떳떳하지 못한 사람이라면…… 나는, 나는……."

천룡이 차마 뒷이야기를 하지 못하고 머뭇거리자 천룡의 제자들이 몰려와 천룡의 손을 잡으며 말했다.

"그 무엇이든 상관없습니다! 그리고 저희는 믿습니다! 절대로 그럴 리가 없을 것이라는 사실을 말이죠!"

무광이 흥분한 목소리로 말했다.

"맞아요! 사부. 악인인데 악행을 저지르던 천마신교를 벌하러 가셨을 리가 없잖아요."

"저희는 사부님을 믿습니다! 그러니 그런 걱정은 하지 마십시오."

"주군께서 악인이든 아니든 소신은 끝까지 따를 것입니다! 그리고 소신 역시 주군께서 절대 그러실 분이 아니라는 것을 굳게 믿고 있습니다!"

조방은 바닥에 부복하며 천룡에게 외쳤다.

명왕 장천 역시 조방의 말에 동의하며 무릎을 꿇었다.

그러한 모습에 천룡의 눈에서 눈물이 흘러나왔다.

지금까지는 일부러 과거를 피했다.

과거의 기억이 나지 않도록, 나려고 해도 일부러 고개를 흔들어 지워 버렸다.

두려웠기 때문이었다.

자신이 사랑하는 이 모든 이들이 먼지처럼 사라질까 봐 그것이 너무 두려웠던 천룡이었다.

하지만 자신을 이렇게 믿고 지지해 주는 이들을 보니 천룡은 너무도 기뻤다.

"고, 고맙다……. 다들……. 고마워……."

얼마나 오랫동안 마음고생을 했는지 알 수 있는 천룡의 목소리였다.

그 모습에 다들 숙연한 표정을 지으며 천룡을 바라보았다.

무광의 눈은 이미 붉어질 대로 붉어졌고, 태성은 고개를 돌리고 울고 있었다.

"너희들을 위해서라도, 그리고 나에게 당당해지기 위해서라도, 이제부터 과거를 피하지 않겠다. 우리 같이 한번 부딪혀 보자."

"네! 저희만 믿으십시오!"

그들의 다음 여행지가 이렇게 또 결정되었다.

천룡의 과거 찾기 여행의 시작이었다.

❦

산서성 태원 북쪽에 아주 넓고 울창하게 펼쳐진 대나무 숲이 존재하고 있었다.

이곳 사람들은 그곳을 매우 신성하다고 여기고 있었다.

바로 천하제일의 의가가 이곳에 위치하고 있었기 때문이었다.

천의문의 역사는 천 년 가까이 되었다.

그 긴 세월 동안 자신들의 의술을 후손에게 전수하면서 더욱더 발전을 시켜 나갔다.

지금의 천의문에는 대대로 내려오던 의술의 정수를 고스란히 이어받은 천재가 자리하고 있었다.

천의문주(天醫門主) 관천(關天).

그의 의술을 따라올 자는 중원 어디에도 없었다.

세간 사람들은 그를 일컬어 천공의선(天工醫仙)이라 불렀다.

또한, 그들은 무림의 한 축을 담당하는 무림 문파이기도 하였다.

하지만 그 어떤 곳에도 속하지 않고 누구든지 아픈 이가 있다면 가리지 않고 치료해 주었다.

그렇다 보니 자연스레 안에서 싸움이 벌어지기 일쑤였고, 이를 말리기 위해서 무공을 익히다 보니 지금은 무림 문파가 된 것이었다.

의가라고 해서 무공이 약하다고 생각하면 큰 오산이었다.

치료를 받으러 오는 자들이 약한 자들만 있는 것이 아니었기에, 천의문의 무공은 자연스레 의술과 더불어 발전해 나갔고 그것의 완성형 역시 지금의 문주인 관천에게 전수되었다.

태극오행신공(太極五行神功)이 바로 그 무공이었다.

의술을 행하는 자이기에 사람이 크게 다치지 않도록, 주로 방어와 공격을 흘리는 쪽에 특화된 무공이었다.

지덕체를 모두 갖춘 완성형 인재라고 할 수 있었다.

그리고 꼭 무공이 아니어도 이곳에서 은혜를 입은 무인과 백성들이 많았기에 함부로 할 수 있는 곳이 아니었다.

사람들 사이에서 이곳은 알게 모르게 싸워서는 안 되는 곳으로 인식되어 갔다.

그런 천의문에 위기가 닥쳐 왔다.

관천은 수심이 깊은 얼굴로 자신 앞에 놓인 서류를 바라보고 있었다.

"하아…… 약재 수급이 어찌 이리 더딘 것이냐?"

서류에 적힌 내용은 약재 수급에 관련된 사항이었다.

그 문제로 문파의 중요 인물들을 모두 모아 놓고 심각한 회의를 하고 있었다.

"어느 순간부터 중원 내에 약재들의 수량이 급격하게 빠져나가고 있습니다. 누군가 집중적으로 매입을 하는 것이 포착되었습니다."

"일상생활에 쓰이는 약재는 아직 여유가 있으나, 문제는 특수 약재들의 수급이 원활하지 않습니다."

사방에서 약제 문제에 관한 이야기를 쏟아 내고 있었다.

"현재 가장 부족한 것은 무엇인가?"

"삼(蔘)입니다!"

"삼? 아니, 삼은 고려상단과 직접 계약을 맺었기에 부족할 리가 없을 텐데?"

"인삼이 아니고 산삼(山蔘)을 말씀드리는 것입니다. 저희 문에 남아 있는 산삼으로는 올해도 넘기기 힘듭니다. 사방팔방으로 수배를 해 놓고는 있지만, 산삼이라는 것이 그리 쉬이 구해지는 것이 아닌지라…….”

“아니……. 우리에게 납품하던 심마니들은 어쩌고?”

“……사라졌습니다.”

“뭐? 뭐가 사라져?”

“심마니들이 어느 순간 모두 사라졌습니다.”

“……그게 정말인가?”

“네! 어느 날 한순간에 연락이 끊겨서 찾아보니 모두 실종된 상태입니다. 현재 관(官)과 연합하여 찾고 있지만…….”

“허어…… 산삼이 부족한 것이 가장 큰 문제더냐? 일단은 인삼으로 대체를 해 보아라. 효능이 조금 떨어져도 장복시키면 비슷한 효과가 있을 것이다.”

“그것만이 아닙니다. 하수오(何首烏)와 백수오(白首烏) 역시 재고가 떨어져 가는 상황입니다.”

그냥 특수 약초의 수급이 힘들어졌다는 얘기였다.

관자놀이를 손으로 주물럭거리며 몰려오는 두통을 해소해 보려 하는 관천이었다.

“우리 애들을 시켜서 구할 방법은?”

“아무래도 전문 심마니나 약초꾼에 비하면 그 재량들이 떨어지는 터라……. 그리고 이런 일들은 전부 외주를 맡겨 와서 더 상황이 심각해진 것 같습니다.”

천하무적
윤가장

"하아…… 그렇다고 환자들에게 약을 허투루 쓸 수도 없는 노릇인데……. 일단은 그것들을 대체할 수 있는 방안들을 생각해 보라."

그렇게 말을 하고 회의를 파한 관천은 어찌 이런 일이 일어났는지 자세히 알아보기 위해 밖으로 나서서 자신들과 주로 거래하는 도시의 약재상들을 찾아갔다.

그들 역시 지금까지 장사하면서 이런 적은 처음이라며 고개를 흔들었다.

"아이고! 문주님! 말도 마십시오. 지금 이런 평범한 약재도 웃돈이 붙어서 팔려 나가는 판입니다. 그런데 그런 특수 약재를 어디서 구합니까?"

"허어, 도대체 이게 무슨 일인지…… 혹 나라에서 전쟁을 준비하는 것인가?"

"그건 아닌 것 같고…… 저도 들은 이야긴데…….."

"그래? 들은 이야기가 있는가?"

"하도 허황한 이야기라서 그냥 재미로만 들으십시오."

"허황한 이야기?"

"그…… 중원을 노리는 거대한 세력이 중원의 약재부터 씨를 말리고 있다는 소문이…… 그래야 나중에 부상자들을 치료 못 해서 자기네들에게 유리한 판이 짜인다는 소문이 있습니다."

"……허황한 이야기 잘 들었네."

일말의 가치도 없다 생각한 관천은 곧 관심을 끊고 이리저리 정보를 모으기 위해 돌아다녔다.

하지만 다들 처음의 약재상이 이야기한 것처럼 허황된 이야기만 할 뿐이었다.

결국, 별다른 성과도 없이 답답한 마음에 객잔으로 향하는 관천이었다.

객잔에서 술과 간단한 안주로 답답한 속을 다스리고 있는데, 누군가 와서 말을 걸었다.

"저…… 혹시 천공의선 아니십니까?"

세간 사람들이 자신을 그렇게 지칭하지만 그렇다고 이렇게 대놓고 면전에 저 쑥스러운 별호를 말하는 사람은 처음이었다.

누군지 보기 위해 고개를 들어 보니 웬 젊은 공자가 자신에게 포권을 하면서 초롱초롱한 눈으로 쳐다보고 있었다.

관천은 기분이 좋으면서도 쑥스러워하면서 자신을 그렇게 말해 준 자에게 포권을 하였다.

"하하하, 그렇게 불리긴 하지만 과한 별호일세!"

"정말이시군요! 이거 정말로 영광입니다! 천하제일의 의술을 지니신 분인데 과한 별호라니요!"

"하하하하, 이거 참! 젊은 공자께서 나를 너무 치켜세워 주시는군. 이거 통성명도 못 했군. 공자께선 누구신가?"

"아! 이런. 제가 큰 실수를 저질렀군요. 저는 아직 별호는 없는 강호 초출인 조방이라고 합니다."

젊은 공자의 정체는 바로 조방이었다.

천룡 일행의 숙소를 알아보기 위해 제일 먼저 태원에 온 것이었다.

조방은 관천을 좋아했다.

자신이 불치의 병을 앓고 있어서였는지는 몰랐지만, 그는 언젠가 관천에게 치료를 부탁하겠다는 꿈을 가지고 살아왔다.

그의 얼굴이 그려진 초상화를 부적처럼 걸어 놓고 한 번씩 자신을 꼭 낫게 해 달라고 기도까지 올리던 그였다.

그래서 여기저기 객잔을 돌아다니던 도중에 우연히 관천을 보고는 너무나도 좋은 나머지 이렇게 말을 건 것이었다.

"하하하, 별호가 있으면 어떻고 없으면 또 어떤가! 자 자, 앉게. 마침 적적했는데 나랑 술 한잔하세."

그런 관천의 말에 조방은 난처한 표정으로 손을 내저으며 말했다.

"아, 아닙니다! 제가 괜히 술을 즐기시는 분을 방해해 드린 것 같아 죄송합니다."

"아닐세! 사해가 동도라 하지 않던가. 어서 앉게나. 하하하하."

"그럼 잠시만 실례하도록 하겠습니다."

"자, 자! 일단 한잔 받으시게."

조방이 자리에 앉자마자 관천은 자신의 잔에 술을 따라 주며 조방에게 건넸다.

"아! 감사합니다."

그러고는 공손하게 받아서 단숨에 술을 마시고는 옷소매로 잔을 닦아 관천에게 내밀었다.

"저도 한 잔 올리겠습니다."

관천이 고개를 끄덕이고 잔을 받자 조방은 공손하게 술을 따르며 물었다.

"그런데 무슨 일이라도 있으십니까? 안색이 별로 안 좋으신 것 같습니다."

조방의 물음에 관천은 손에 있는 술잔을 단숨에 비우고는 한숨을 쉬며 말했다.

"하아, 자네 눈에도 그렇게 보이나?"

"네! 심지어 수행원도 없이 이렇게 홀로 술을 자시고 계시니……."

"하도 답답해서 이리로 들어온 것이네. 답답해서……."

그리고 관천은 지금까지 있었던 일들을 하소연하듯이 조방에게 말을 했다.

오늘 처음 본 그에게 이런 말을 하는 이유가 뭘까? 너무도 답답했던 나머지 누군가에게 이렇게라도 말해서 풀고 싶었던 것이었다.

"……해서 지금 이러지도 저러지도 못하고 이렇게 끙끙 앓고 있는 걸세."

"그럼…… 지금 천의문은 환자를 받지 않는 것입니까?"

"그러네. 당분간은 받지 못하네. 왜 그런가? 자네도 천의
문에 볼일이 있어서 오는 길인가?"

"네! 정확히는 제가 아니고 제가 모시는 분이 방문할 예정
입니다. 그런데 상황이 이러시다니……."

"허허허, 괜찮네! 이것도 인연인데, 자네가 모시는 분은 모
시고 오시게. 내가 진료는 해 줄 수 있네. 다만 약재는……
없을 수도 있네. 그 점은 참고하시게."

"정말입니까? 감사합니다!"

"아까 보니까 여기 객잔을 예약하려고 하는 것 같던데, 그
러지 말고 천의문에 방이 좀 있으니 그곳으로 모시게. 어차
피 진찰하려면 오셔야 하는 것을 괜히 이리저리 오가는 것도
힘들지 않은가."

"그, 그래도 되겠습니까? 가, 감사합니다!"

"하하하하, 그렇게 좋은가? 자네를 보니 정말로 기분이 좋
네. 근래 들어 자네처럼 눈빛에 정광이 넘쳐흐르는 무인을 본
적이 없거늘. 오늘 이렇게 만나니 정말 기분이 좋군! 하하."

"좋게 봐주셔서 감사합니다. 하하, 아직 이름도 없는 무인
일 뿐입니다."

관천의 칭찬에 조방의 입은 찢어질 듯이 벌어지며 좋아했
다.

관천은 조방이 처음에 말을 걸었을 때 그의 몸에서 나오는 정기(正氣)에 한 번 놀라고, 그의 눈에서 나오는 정광(正光)에 두 번 놀랐다.

또한, 그의 몸에서 풍기는 기세는 일반 무인의 그것이 아니었다.

"자네는 금방 세상에 이름을 떨칠걸세. 내 장담하지!"

"과찬이십니다. 아직 그 정도는 아닙니다."

"자네를 보니 모시는 분이 정말로 궁금하구먼."

"제 주군 말씀이십니까? 하하하, 정말 대단하신 분이지요. 저따위는 감히 쳐다볼 수도 없는……."

'허허, 저 정도의 무인에게 저런 충성심을 받을 정도라니……. 마음이 싱숭생숭해서 나왔는데 뜻밖에 인연을 만나겠구나.'

"주군 이야기를 하니 생각이 났군요. 전 이만 그분을 모시러 가야겠습니다. 주군을 모시고 빠른 시일 내에 천의문으로 가도록 하겠습니다."

"그러게나. 문 앞에서 막거든 내가 초대를 했다고 하면 되네."

"네! 다시 한번 감사드립니다."

"허허허, 아닐세. 찾아오는 환자를 거부할 수밖에 없는 지금 상황이 오히려 원망스러울 뿐일세."

그렇게 말하는 관천을 조방은 존경스러운 눈빛으로 잠시

바라보았다.

'이분은 정말로 성인(聖人)이시다. 주군 다음으로 존경스러운 분이시다.'

"어서 모시고 오시게나. 나도 이만 일어나야겠네. 조만간 다시 보세나."

그렇게 둘은 객잔 앞에서 잠시간의 이별을 고하고 헤어졌다.

❧

"어떠세요? 뭐 좀 기억나는 것이 있으세요?"

천의문에 가까워져 오자 무광이 호들갑을 떨며 물었다.

"그게 그렇게 쉽게 기억이 나면 내가 이러고 있겠니. 아직까진 딱히 떠오르는 게 없다. 여기도 그저 스쳐 지나간 장소일지도 모르지."

"그런데 생각보다 사람이 없네요? 천의문은 항상 사람들로 바글거리는 것으로 알고 있는데?"

"아, 천의문에 지금 사정이 생겨 환자들을 가려 받고 있다고 합니다."

조방의 말에 천룡이 물었다.

"사정? 아니, 그런 곳에 내가 가면 실례 아닌가? 나는 중병도 아니고……."

"아, 아닙니다! 주군께선 천의문주님의 초청을 받아서 가시는 거니 괜찮습니다!"

"그래요. 아버지. 초대를 받아서 가는 거니 너무 마음 쓰지 마세요."

"그런데 그 사정이라는 것이 무엇인지 알고 있어?"

천룡의 물음에 조방은 천의문주에게 들은 내용을 상세하게 말해 주었다.

사정을 다 들은 무광이 혀를 차며 말했다.

"허어, 약재가 없다고? 아니, 이 넓은 땅에 약재가 없다는 게 말이 돼?"

"그걸 채집하는 사람들이 사라졌다고 하지 않습니까. 아무나 할 수 있는 일이 아니니 문제인 거죠."

"우리 애들도 약재가 없어서 고생하고 있는 거 아냐?"

"에이, 대사형도 참! 제가 알기로 무황성도 그렇고 저희도 그렇고 그 부서가 따로 있어서 걱정 없을 겁니다. 천명 사형은 모르겠네요."

"하하하, 저희는 상락에서 공급받고 있습니다. 상락은 약초가 유명한 지방이라 약초꾼들이 많습니다. 그리고 그 약초꾼들은 저희의 보호를 받고 있고요."

"아, 그렇지? 그러면 상락에서 약초를 받아 오면 되는 거 아냐?"

"그쪽에서 구해 오는 것은 아마 힘들 거예요. 상락의 약초는 그 질이 매우 뛰어나서 황실에만 상납해서 그럴 겁니다. 그래서 특히나 경호에 신경을 쓰는 편이죠. 그중에서 질이 떨어지는 것을 보호비 대신 저희에게 주고 있죠."

"뭐야…… 그럼 우리 애들한테 한번 물어볼까?"

"대사형, 저희 쓸 것도 모자라요."

다들 진지하게 약초에 관한 얘기를 하고 있자 천룡이 조용히 생각하다가 한마디 했다.

"일단 가 보자. 가 보고 우리가 도울 수 있음 도와주면 되지."

"어떻게요?"

"우리가 캐 오면 되지. 그게 뭐 어려운 일이라고."

"……네?"

천룡의 말에 다들 그게 무슨 말이냐는 표정으로 쳐다봤다.

"기억 안 나? 천년삼?"

"헉! 설마, 그런 식으로요?"

"그래. 이 기회에 니들도 수련을 좀 하자. 그 미세한 기운을 찾아낼 수 있다면, 지금보다 한 단계 더 성장할 수 있을 거다."

이걸 좋아해야 하는지, 말려야 하는지 감이 안 잡히는 제자들이었다.

제자들의 표정이 별로 안 좋아지자 천룡이 말했다.

"아! 그때 니들도 나중에 하자고 했잖아! 재밌을 거라며."

"저희가요? 정말요?"

분명 그렇게 말을 했는데 모르쇠로 나가는 애들이었다.

다 무시하고 무작정 하자고 밀어붙였다.

"무조건 하는 것으로 알고, 일단은 다들 말조심해라. 너희
는 내 제자들이 아닌 나를 호위하는 무사들이다."

"네! 흐흐흐. 또다시 사부의 호위무사가 되었네요. 크큭."

처음부터 아버지, 사부 뭐 이런 식의 호칭을 하면 또 구구
절절 설명해야 했다.

또 놀란 모습 바라보며 감정 추스를 때까지 기다려야 하고
상황이 복잡해지니 이번에는 그냥 일행 전부를 호위무사라
하기로 하고 가는 중이었다.

그렇게 떠들며 걷다 보니 어느새 천의문의 정문 앞까지 오
게 되었다.

정문 앞에 서 있던 무사가 천룡 일행을 보더니 다가와 포
권을 하며 천룡 일행에게 무언가 말을 했다.

"안녕하십니까! 저희 천의문을 찾아주셔서 감사드립니다.
하지만 지금 저희 문파가 사정이 있어 환자를 받지 않고 있
습니다. 치료를 받으러 오셨다면 죄송하지만, 다시 돌아가셔
야 할 것 같습니다."

매우 정중하게 말을 하며 현재 상황을 설명하고 있었다.

"아, 저희는 관천 문주님의 초대를 받아 왔습니다."

"아, 그분들이시군요! 전달받았습니다. 이거 결례했습니

다."

"아닙니다! 당연히 해야 할 일을 하셨는데요."

"하하, 그렇게 인정을 해 주시니 정말 감사할 뿐입니다. 이리로 오시죠! 제가 안내해 드리겠습니다."

그렇게 안내를 받으며 안으로 들어서자, 역시나 의문이라그런지 사방에서 한약 냄새가 진동했다.

"환자들이 있네요?"

"네. 그렇죠. 기존에 있던 환자분들은 끝까지 치료를 해 드려야지 않겠습니까? 약재가 부족하지만 않았다면…… 더 많은 이들을 치료해 줄 수 있었을 텐데요. 안타까울 뿐이죠."

다음 권으로 이어집니다

유우리 퓨전 판타지 장편소설

상위 0.001%
랭커의귀환

**현실이 된 던전 아포칼립스 게임
빚더미 취준생에서 영웅이 되다!**

서비스가 종료된 망겜 '드림 사이드'
그리고 드림 사이드 2 오픈일에 돌아온 건……

[#0115 채널이 개설되었습니다.]
[환영합니다. 이곳은 '지구 에어리어'입니다.]
[퀘스트가 도착했습니다.]

N포조차 아닌 N무 세대 강서준
바뀌어 버린 이 세상에서 그가 가진 최고의 무기
극악의 난이도인 드림 사이드 랭킹 1위!

**천외천 중의 천외천 플레이어
나만 이 게임을 공략할 수 있다!**

사상 최강의 양손투수

RAS 스포츠 장편소설

천둥 같은 좌완 파이어볼러
지진 같은 우완 언더핸드
양어깨로 펼쳐 내는 불꽃 컬래버레이션!

30대 중반 데뷔, 3회 연속 사이 영상 수상
대기록의 소유자, 불굴의 천재
그러나 마음속 한구석에 꿈틀거리는 거대한 아쉬움

조금만 더 일찍 도전했더라면……

미련의 절정에서 19세로 회귀했다?
이제 양어깨에 양키스의 명운을 진 채
다시 한번 로열로드를 걸어간다!

믿어라, 그리하면 신이 강림할지니
스위치 피처 김신金信의 투수신投手神 등극기!

꿈의 도약, 로크에서 하십시오
(주)로크미디어에서 신인 작가를 모십니다

즐거운 세상, 로크미디어는 꿈을 사랑하고 도전을 두려워하지 않는 작가 분들의 참신한 작품을 기다리고 있습니다. 21세기 장르 문학계를 이끌어 갈 차세대 선두 주자 (주)로크미디어에서 여러분의 나래를 활짝 펴 보시길 바랍니다.

모집 분야 판타지와 무협을 포함한 장르 문학
모집 대상 아마추어 작가, 인터넷 작가
모집 기한 수시 모집

작품 접수 시 유의 사항

1. 파일명은 작가명_작품명.hwp형식을 갖춰 주십시오.
1. 파일에 들어갈 내용은 다음과 같습니다.
   - 성명(필명인 경우 실명을 밝혀 주세요), 연락처, 이메일 주소.
   - 제목, 기획 의도.
   - A4 용지 1장 분량의 등장인물 소개.
   - A4 용지 2장 분량의 전체 줄거리.
   - 본문.
1. 작품이 인터넷에 연재되고 있다면, 게시판명과 사이트의 구체적이고 정확한 주소를 기재해 주십시오.

선택된 작품은 정식 계약 후 출판물로 간행되어 전국 서점에 유통됩니다.
작가분은 (주)로크미디어의 전폭적인 지원하에 전속 작가로 활동하시게 됩니다.

※ 자세한 내용은 로크미디어 홈페이지(rokmedia.com)를 참조하세요.

(04167)서울시 마포구 마포대로 45 일진빌딩 6층
(주)로크미디어 편집부 신간 기획 담당자 앞
전화 : 02 - 3273 - 5135
www.rokmedia.com   이메일 : rokmedia@empas.com